ハヤカワ文庫 SF

〈SF2085〉

死の鳥

ハーラン・エリスン

伊藤典夫訳

早川書房

7823

THE DEATHBIRD AND OTHER STORIES

by

Harlan Ellison

Translated by
Norio Ito
First published 2016 in Japan by
HAYAKAWA PUBLISHING, INC.
This book is published in Japan by
direct arrangement with
RICHARD CURTIS ASSOCIATES, INC.

目次

死の鳥

「悔い改めよ、ハーレクィン！」とチクタクマンはいった

"Repent, Harlequin!" Said the Ticktockman

いついかなるときにも、こうたずねる人びとがいる——これはなんの話なのか？　そういった、きかなければおさまらない、要点をはっきりさせないといられない、〝なにを目的として書いたのか〟知りたいかたのために、これを——

「大多数の人びとはこのように、人であることを二の次に、むしろ機械として、肉体をもって国家に奉仕している。常備兵、国民兵、看守、警官、州民兵などがそうである。ほとんどの場合、彼らには思慮分別または道義心から出た自由な職務の遂行というものはなく、みずから木石なみの地位に満足している。木製の人間でも、おそらく充分その目的を果たすにちがいない。これでは、藁人形や一塊の泥ほどの尊敬も集めることができないばかりか、馬や犬と同じ種類の値打しか持たない。しかし世間では普通これらの人間が良き市民と見なされているのだ。それ以外のもの――たとえば立法者、政治家、法律家、大臣、公務員の多く――は主に頭脳で国家に奉仕する。しかし道義的な判断に疎いため、意図しないまま悪魔を神と信じて奉仕する危険が大きい。ごく少数だが、人として、あるいは大きな意味での英雄、愛国者、殉難者、改革者として、良心もあわせもって国家に奉仕するものもいる。しかし性格上必然的に国家の方針に反発する場合が多く、そのため通例、国家の敵という貼り紙を押されてしまうのである」

ヘンリー・デイヴィッド・ソーロー
『市民としての反抗』

骨子はこれにつきる。さて、中途から話をはじめ、発端はひとまずおくとしよう。結末はひとりでについてくれるはずだ。

しかしそれが決定的な世界であったため、そうなることを民衆が容認した唯一無二の世界であったため、数カ月のあいだ彼の行動は、〈機械の順調な働きを管理するための者たち〉、文化のカムや主ぜんまいに最高級のバターを供給する者たちの警戒するところとはならなかった。どうしたものか、どういうふうにか彼がその勇名悪名をとどろかし、〈役人たちが例外なく呼ぶところの）〝感情的に動揺しやすい一部の民衆〟のあいだで英雄とさえなっていることが歴然とするころになって、はじめて彼の書類はチクタクマンとその合法的機関へまわされることになったのである。だが、そのときには、それが決定的な世界であったため彼の出現を予測する手段がなかったことから、――おそらく遠い昔に死に絶えた病菌が、いま突然この免疫を忘れ失った社会組織に再生したものだろう――彼はあまりに現実的な存在になりすぎていた。いまや完全な実体を持つにいたっていた。

　彼は個人、彼らが何百年も昔に組織から濾過したはずのものとなった。しかし、この社会でのこの男、これほどくっきりと目立つ個人はない。一般の社会――中流社会――では、これは最低のことと見なされた。低俗な見栄、アナーキズム、恥ずべきこととされた。このほかでは、思考が形式、儀礼、上品さ、作法などの従属物になりさがっている階層では、ただの忍び笑いがあるだけだった。しかし人びとが常に聖者や罪人を、日々の糧（かて）や曲芸を、英雄や悪漢を必要としている、はるか下の、そう、はるか下の階層では、彼はボリバル、ナポレオン、ロビン・フッド、ディック・ボング（空の英雄（エイス・オブ・エイシズ））、イエス・キリスト、ジョモ・ケニャッタにたとえられた（ボングは第二次大戦中の米国一の撃墜王。一九二〇～四五。ケニャッタはケニア共和国の初代首相。この作品発表のころには初代大統領に就任。一八九三?～一九七八）。

　そして、最上層部――社会に同調された難船（シップレック）ケリー（一九二〇年代に活躍したスタントマン。高いところに長時間すわりつづけるのが特技）さながらに、どんな小さな震動も動揺も旗竿からの転落の前兆と見なす、富と権力と肩書を持つ者たち——からは、彼は、脅迫者、異端者、反逆者、恥知らず、危険人物と考えられた。彼は、上から下まで外縁から中心部まで、すべての人びとの知るところとなったが、もっとも大きな反応を示したのは、ずっと上とずっと下、最上層部と最下層部だった。

こうして彼の書類は、タイムカードと心臓プレートを添えたうえ、チクタクマンのオフィスへまわされることになった。

チクタクマン——六フィートをはるかに超える背丈、寡黙、物事が時間どおりに動いているときには低い唸りだけの男。チクタクマン。

恐怖をつくりだすだけで、こうむることなどまずない聖職階級の個室においても、この人物はチクタクマンと呼ばれた。しかし、その仮面にむかってそう呼ぶ人間はなかった。たとえ仮面のうしろのその男が、人びとの一生における年を、日を、時間を、分を抹消する権力を持っているとしても、憎しみをこめた名で呼ぶわけにはいかない。その仮面にむかっていうときには、彼はマスター・タイムキーパーだった。そして、そのほうが安全だった。

「これには、何者であるかはある」チクタクマンは疑うべくもない優しい声でいった。「だが誰かはない。わたしの左手にあるこのタイム・カードには名前が出ている。だが、それは何者かという名前で、誰かという名前ではない。右手にあるこの心臓プレートにも名前がある。だが、誰かではなく、何者かだけだ。正式な取消し措置をとるには、この何者かが誰かを見つけだす必要がある」

彼の部下たち、すべての刑事、探偵、捜査員、情報収集者、さらに下っ端役人にまでむかって、彼はいった。「この〈道化師〉とは誰なのか？」

なめらかな唸りは聞こえなかった。ただ、時間が狂ったことを示す耳ざわりな雑音が聞こえた。

しかしそれは、部下たち、警官、探偵、捜査員、情報収集者、ただし、普通そういうところにいる資格のない下っ端役人は除く、が今まで聞いたもっとも長いスピーチでもあった。そこで、下っ端役人までもが捜査に奔走することになった。

ハーレクィンとは誰なのか？


市の第三レベルのはるか上空、エアボート（ははっ、空中船、そのとおり。正しくはスウィズル橇といい、まにあわせの荷台が後部についている）のかすかに震えるアルミ製の台の上にうずくまって、男は建物のきちんとしたモンドリアンふうの構図を眺めていた。すぐに近くのどこかで、スニーカーをはいてティムキン・ローラーベアリング工場へ入る、午後二時四十七分交替のメトロノーム的な左、右の足音が聞こえている。正確に一分後、今度は家路へむかう午後五時隊のもっと静かな右、左、右が聞こえてきた。

小妖精めいた微笑が男の日焼けした顔にひろがり、一瞬えくぼがうかんだ。それから、ふさふさしたとび色の髪をかくと、つぎの行動の身構えをするように道化師のまだら服のまま肩をすくめ、操縦桿を前に押して風の中に急降下した。男は自動走路すれすれに飛び、ときどき二、三フィート故意に高度をさげては、ご婦人の最新流行の衣装を軽く引き裂いて通りすぎた。そして——大きな両耳に親指をつっこみ——舌べろをつきだして眼をくるくるさせながら、ぐらっぐらっぐらっとボートをゆさぶってみせた。それは、ごく小さな悪戯だった。歩いていた女のひとりはすべってころび、包みをあちらこちらにとばした。もうひとりの女は小便を漏らした。三人目ははすっかいにほうり出されて気を失ったので、救援がかけつけ、彼女が息をふきかえすまで、安全機構は自動的に走路をとめた。小さな悪戯だった。

それを見届けると、男は軽いそよ風に乗ってくるくるまわりながらどこかに消えた。ハイホー。

時間＝運動研究ビルの軒蛇腹を曲ったところで、男は自動走路に乗ったばかりの交替の組に出会った。慣れた動作と最小の運動量で、彼らは低速帯を横に跳び、（大昔一九三〇年代のバズビー・バークリー映画の合唱団を彷彿とさせる隊形で）ダチョウさながら高速帯まで進んでゆく。

先を見越して、ふたたび小妖精めいた微笑が顔にひろがる。よく見れば、左側の歯が一枚かけている。男は急降下し、滑空し、彼らの頭上を襲った。そしてエアボートの中をどたどたと歩きまわると、それまで荷がこぼれるのを防いでいた、自家製容器の放出口の止め金をはずした。エアボートは職工たちの頭上を通りすぎ、十五万ドル分のゼリー・ビンズが高速帯に滝のように流れ落ちた。

ゼリー・ビンズ！　幾百万、幾億個もの、紫の、黄の、緑の、カンゾウの、ブドウの、キイチゴの、ハッカの、丸い、なめらかな、ぱりぱりした外側の、ふわふわした中身の、甘い菓子が、ティムキンの労働者たちの頭に、肩に、ヘルメットに、背中に降りそそぎ、まろび、ころがり、とびはね、はねまわり、ちらばって、自動走路の上できらめき、足もとを埋め、喜びと子供時代と休日の色で空を満たし、なおも重い雨、力強い波、色と甘みの洪水となって空から落ちてきては、正気とメトロノーム的な秩序の中にまったく狂気じみた新しさをもたらす。ゼリー・ビンズ！

労働者たちは叫び、笑い、豪雨の中で列を崩した。やがてゼリー・ビンズは自動走路のメカニズムの中に入りこみ、百万の爪が二十五万枚の黒板をひっかいたような、すさまじいこする音が聞こえ、咳こむような音と生木のはぜるような音が続いて、ついに自動走路は停止した。誰もかれもが、こわれた積木そっくりにあちこちにほうり出され、それでもみんな笑いながら、子供っぽい色をしたゼリー・ビンズをぽんぽん口に投げこんだ。ほほえましい、まったく狂気じみた、楽しい休日といえた。しかし……

交替に七分の遅れが生じた。

彼らの帰宅は七分遅れた。

大時間表は七分間、無効となった。

自動走路の別用途への使用も、運行の停止が七分間を奪った。

男がドミノの最初の牌を倒したことによって、カタンカタンカタンと残りすべてが倒れた。


組織は七分間分の崩壊に見舞われた。本来なら、それは気にするほどのこともない些細な出来事である。しかし、秩序と調和と敏速と、時計なみの正確さ、時計への関心、時の経過を司る神への信仰が推進力となっている社会では、それは大型の被害となってしまう。

そんなわけで、男はチクタクマンの前へ出頭を命ぜられた。それは通信網のすべてのチャンネルを通じて放送された。正七時にそこにおれ、というのである。そして彼らは待ち、さらに待った。しかし十時三十分まで男は現われず、そのときも男はヴァーモントという今まで誰も聞いたことのなかった場所に現われ、月の光の歌をうたっただけで、ふたたび消えた。しかし七時からずっと待っていた彼らは、予定に途方もない狂いを来たしてしまった。疑問はあいかわらず残っていた。ハーレクィンとは誰なのか？

しかし、もうひとつ（より重要な）質問がまだ出されないままあった。どうして、われわれはこんな状態に陥ってしまったのか、笑い顔の無責任なおどけものが十五万ドルのゼリー・ビンズで経済と文化をひっくりかえしてしまえるような状態に……

ゼリー、こともあろうに、ビンズとは！　正気の沙汰ではない！　いったいどこで十五万ドル分のゼリーを買う金を都合したのか？　（それだけの値打ちになることを、彼らも知っていた。予定を破壊し、被害を最小限その翌日まで波及させることになった問題のキャンディを集め、数え、証拠物件として提出させるために、彼らは状況分析家の一団を別の仕事から引き抜き、事故現場へただちに派遣したからだ）ゼリー・ビンズ！　ゼリー・ビンズ……ビンズ？　いや、一秒待て——一秒過ぎた——ゼリー・ビンズ製造業者など、もう百年あまり存在していないのだ。どこで、ゼリー・ビンズを手に入れたのだろう？

これも、なかなかよい疑問である。だが、これには満足な解答は与えられそうにもない。といっても、満足な解答のある疑問などどれだけあるだろう？


中途はわかった。これは発端。どうして、そうなるのか——

卓上メモ。日記形式で、毎日一枚ずつめくる。九時〇〇分——手紙をあける。九時四五分——計画立案委員会に出席。一〇時三〇分——Ｊ・Ｌと設備進捗（しんちょく）グラフについて話合い。一一時一五分——雨乞い。一二時〇〇分——昼食。この調子。

「もうしわけありませんがね、ミス・グラント。面接は二時三〇分ときまっていたんです。もう五時近くじゃないですか。残念ですが、規則でしてね。また来年、このカレッジへ願書を送っていただけませんか」この調子。

一〇時一〇分発普通列車の停車駅は、クレストヘイヴン、ゲイルズヴィル、トナワンダ・ジャンクション、セルビー、ファーンハースト、ただし日曜日には、インディアナ・シティ、ルーカスヴィル、コントンに停車する。一〇時三五分発の急行列車の停車駅は、ゲイルズヴィル、セルビー、インディアナ・シティ、しかし日曜日と祭日の停車駅は……この調子。

「どうしても待てなかったのよ、フレッド。三時にはピエール・カルテンのお店に行ってなきゃいけないのに、あなた、ターミナルの時計の下で二時四五分に待ってるといっておきながら来ないんじゃないの。だから独りで行ったのよ。いつも遅れるのね、フレッド。あなたがあそこにいさえすれば、いっしょに仕立てることできたのよ。しようがないから、あたしだけ注文しといたわ……」この調子。

アタリー御夫妻様――御子息ジェロルドの遅刻常習癖ですが、御子息が今後授業に遅れないなんらかの確実な保証がなされないかぎり、わたくしどもとしては退学もやむをえないと考えております。かりに御子息が優等生で、点数が高かったといたしましても、このように他の生徒が定刻に出席できる本校の時間表をたびたび無視されては、御子息が本校にとどまるのが不利であるばかりか……この調子。


午前八時四五分に入場されないと投票できません。

「脚本の良し悪しはどうでもいい、とにかく木曜にくれ！」

受け出し時間は午後二時。

「遅すぎたな。仕事はないよ。すまん」

二〇分間の執務時間の不足分をサラリーから引いてあります。

「おい、こんな時間か、走らなきゃ！」

まず、この調子。この調子。この調子。この調子、調子、調子、調子、調子、チック、タック、チック、タック、チック、タック、そしていつのまにか時はわれわれに奉仕することをやめ、われわれが時に奉仕するようになる、予定表の奴隷、太陽の運行の崇拝者となる、厳しく規制された生活に縛りつけられることになる、もし予定表を守らなければ組織は崩壊してしまうからだ。

そして遅刻は小さな不便であることをやめ、道徳的な罪となり、犯罪となり、ついにはこんな刑罰さえできる――

二三八九年七月一五日、午後一二時〇〇分〇〇秒より実施。全市民はタイム・カードと心臓プレートをマスター・タイムキーパーのオフィスへ登録のこと。法規第五五五／七／SGH／九八八条、個人割当て時間取消しに関する条項により、すべての心臓プレートは所有者各個人に同調され――

つまり、彼らはひとりの人間が所有する寿命を削除する方法を考え出したのである。遅刻が十分なら、その人間は寿命から十分を引かれることになる。一時間は、一時間以上の取消しとなってあらわれる。もし常に遅刻しているのなら、ある土曜日の夜、その人物のところにマスター・タイムキーパーから通知が届く。あなたの時間はなくなりました。月曜日の正午をもって、あなたは生命を〝とめられ〟ます。身辺の整理をしてください。

この単純な方策（原理はチクタクマンのオフィスでも最高機密とされている）によって、組織は維持されてきたのである。それは唯一の方策でもあった。それに考えてみれば、じつに愛国的ではないか。予定を遅らせてはならないのだ。戦争はまだ続いている！　だが今まで戦争がなかったことなどないんじゃないか？

「反吐が出るな」ハーレクィンはそういって、かわいいアリスが持ってきた手配ポスターを見た。「反吐も出るが、それ以上にまったく想像を絶するよ。お尋ね者がうようよしてる時代かね？　手配ポスターときたぜ！」

「あなた」アリスは注意した。「話すとき抑揚をつけすぎるわ」

「ごめんよ、なおす」ハーレクィンはすなおにいった。

「あやまることはないのよ。〝ごめんよ〟ばかりいってる。こんなに罪を犯してるんだから、きっと心の中は〝ごめんよ〟でいっぱいなのね、エヴァレット」

「ごめんよ」彼はまたいって唇をすぼめた。えくぼが一瞬あらわれた。そんなことは一度だっていいたくはないのだ。用があるんだ」

アリスはコーヒー・バルブをガチャンとテーブルに置いた。「ねえ、お願いよ、エヴァレット、せめてひと晩ぐらい家にいてくれない！　どうして始終、あの変な道化師の服を着て、人のいやがらせをしてなくてはいけないの？」

「それは――」彼は口をつぐみ、小さな鈴の音をたてて道化師の帽子を手早くとび色の髪にのせた。そして立ちあがり、コーヒー・バルブを蛇口につけてすすぐと、すこしのあいだそれを乾燥機(ドライヤー)に入れた。

「行くよ」

彼女は返事をしなかった。ファックスボックスがブーンと音をたてた。彼女はニュースファックス紙をとりだして眼を通し、テーブルにいる彼にほうってよこした。「あなたのことが出てるわ。もちろん。とんでもない人よ、あなたって」

彼はざっと読んだ。チクタクマンが彼の居所を捜していると出ていた。関心はない。これから、またぞろ遅刻をしに出かけるのだ。出口へ足を引きずりながらドアのところまで来ると、腹をたてたようにふりかえった。「おまえだって抑揚をつけすぎるぞ、アリス！」

アリスはかわいい眼を天にむけた。「とんでもない人だわ、あなたは」ハーレクィンは大股に外へ出て力まかせにドアをしめた。しかしドアはやわらかな音をたててゆっくりとしまり、ひとりでに錠をおろした。

ドアにそっとノックがあった。アリスは腹だたしげにため息をついてドアをあけた。彼がそこに立っていた。「十時半に帰るよ」

彼女は今にも泣きそうな顔をした。「どうしてよ？　遅れるぐらい、わかってるじゃない！　そうでしょ？　いつも遅れるにきまってるのに、どうしてもそんな馬鹿なことというの？」彼女はドアをしめた。

外側でハーレクィンはうなずいた。あいつのいうとおりだ。いつも、そうなんだ。おれはいい、遅れる。どうして、あんな馬鹿なことをいったのだろう？

彼は肩をすくめると、またぞろ遅刻するために出発した。

彼はこんな声明の入った爆竹ロケットを発射した。わたしは午後八時きっかり、第一一五回定例国際医師会祈禱会に出席します。そこで、みなさんとお会いしましょう。

文字は空に輝いた。もちろん官憲は出席し、じっと潜んで待ち構えた。当然、遅れて来ることが予想された。しかし彼は定刻より三十分早く、まだ罠にするクモの巣をはり終えていないときに到着し、大きな角笛を吹き鳴らして彼らを驚かし、動揺させた。そのため、ねばりを持たせた包囲網がくるくると巻きあがり、彼らは円型会議場のフロア高く吊しあげられて、悲鳴をあげながら空を蹴る羽目になってしまった。ハーレクィンは笑いに笑ってから気前よく非礼を詫びた。厳粛な面持ちで集まっていた医師たちも大笑いをはじめ、ハーレクィンの謝罪をおおげさなお辞儀とポーズで受け入れた。

　そんなわけで、ハーレクィンを奇抜な服装をしたなかなか話せるおどけものだと思っている人びとはみんな楽しい時をすごしたのだが、官憲のほうは、チクタクマンのオフィスから派遣されながら、港にあげられた船荷みたいにみっともない格好で円型会議場のフロア高く吊しあげられたのだから、それどころではない。

　ハーレクィンが〝活動〟を続けていた同じころ、この市のべつの一角で、すくなくともチクタクマンの権威と重要性を例証している以上この事件とはまったく無関係な、ひとつの出来事がおこっていた。マーシャル・デラハンティという男がチクタクマンのオフィスから時間取消しの通知を受けとったのである。はじめ通知を手にしたのは彼の妻で、手わたしたのは、グレイの服を着、見るも恐ろしい伝統的な〝悲しみの表情〟を顔にこしらえた下っ端役人だった。

　封を切るまでもなく、中身はわかった。近ごろでは、誰が見てもひと目でわかる愛の手紙なのである。彼女は息を呑み、ボツリヌス菌を塗ったプレートにさわるような調子でそれを持ち、自分あてでないことを祈った。マーシュあてでありますように、といかにも現世ふうに残忍に彼女は願った、うちの子供でもいいですから、わたしあてではありませんように、お願いします、神さま、わたしはいやです。そして、あけたところ、マーシュとある。彼女は息をつくと同時に、ふるえあがった。同じ隊の兵隊が銃に倒れたのだ。「マーシャル」彼女は大声をあげた。「マーシャル！　終わりよ、マーシャル、どうしたらいいの、どうしたらいいの、マーシャル、ああこまったわまあしゃる……」その夜、彼の家では紙を引き裂く音と恐怖のすすり泣きが聞こえた。煙突からは狂気の悪臭がたちのぼった。しかしそれに対してすることは、なにも、まったくなにもないのだった。

（しかしマーシャル・デラハンティは逃亡を試みた。そしてその時刻にチクタクマンのオフィスで彼は二百マイル離れた森林の奥深くにいた。翌日の早朝、取消し時間のころには、彼の心臓プレートが消去されると、マーシャル・デラハンティは走りながらもんどりうって倒れた。心臓はとまり、血液は脳へとのぼる途中でひあがった。要するに、死んだのである。マスター・タイムキーパーのオフィスの区画地図から明かりがひとつ消え、死亡届が複写装置に入った。ジョージェット・デラハンティの名は死亡手当のリストに加えられ、再婚の機会を待つことになった。これで、注は終わりである。必要なことはみな書いた。ただし笑わないこと。これはハーレクィンにも起こることなのである、もしチクタクマンが彼の本名を知りさえすれば。おかしいことなどなにもない）

市のショッピング・レベルは、買いもの客の木曜日の色彩でにぎわっている。女たちはカナリア・イエローの薄物、男たちは緑色のなめし革のチロルふう衣装で、ぴっちりと体の線にあっている。ただし下半身は風船ズボン。

まだ建築中の簡便ショッピング・センターの鉄骨に、角笛をくわえ、小妖精の微笑をうかべたハーレクィンが現われた。人びとが指をさし、こちらを見つめたところで、彼は一席説教をぶった——

「どうして、いいなりになってるんだ？　どうして勝手ほうだいにいわせておくんだ？　アリやウジみたいに、いつまでもちょこちょこうろうろしてるだけでいいのか？　時間をもっとかけろ！　すこしは、ぶらぶら歩きもしろ！　太陽を楽しんでみろ、そよ風を楽しんでみろ、自分のペースで人生をおくったらどうだ！　時間の奴隷じゃないんだぞ、最低の死にかただぞ、一寸刻みに死んでいく……チクタクマンばんざいか？」

なんだ、あの馬鹿ものは？　買い物客はいぶかった。なんだ、あの馬鹿ものは、おお、ワーォ、遅れるぞ、こうしちゃいられないや……

ショッピング・センター建設隊は、マスター・タイムキーパーのオフィスから緊急連絡を受けとった。ハーレクィンの名で知られる危険な犯罪人が、そちらの尖塔にのぼっている。彼の逮捕のため、ぜひ力を借りたい。作業員たちは、スケジュールが狂うことを理由に、それを拒絶した。しかしチクタクマンはなんとか政府に話をつけ、仕事を休止して、尖塔にいるあの角笛を持った間抜けを捕えろ、という命令がおりた。そこで十数人の屈強な男たちが、建築台によじのぼり、固定板をはずしてハーレクィンめざして上昇していった。

ビルの崩壊の後（といっても、人体への危害は意図していないから、重傷を負ったものはいなかったが）、作業員たちが再編成され、ふたたび攻撃をかけたときには、もう遅かった。彼は消えていた。しかしその事件は多くの群衆を引きつけ、ショッピングの循環は数時間にわたって、たった数時間といおう、狂った。当然、製品の需要も落ち、その日一日は購買の循環を促進するため、さまざまな方策をとる必要が生じた。

しかしそれは、一部の商品の売れゆきを増し、一部を減らすという結果をもたらした。ポ浮きバルブは売れに売れたが、ウェグラーは完全に予想を裏切ったのである。これは、プライの売れゆきを下げ、必然的にふつう二、三時間に一箱しか必要のない店に商品価値のなくなったスマッシュO（オー）を何十箱も送りこむことになった。出荷は混乱し、積み換えはさらに混乱し、ついにはスウィズルスキッド産業にまでいくらかのとばっちりが行った。

「逮捕するまで戻ってくるな！」チクタクマンは、おそろしく静かに、おそろしく誠意をこめて、底知れぬ恐怖をふくませて、いった。

彼らは犬を使った。試験機を使った。心臓プレート消去法を使った。ティーパーを使った。賄賂を使った。スティクタイトを使った。脅しを使った。心理的拷問を使った。肉体的拷問を使った。密告者を使った。警官を使った。罠を使った。ファラロンを使った。生活向上の誘惑を使った。指紋を使った。ベルティヨン式人体測定法を使った。手管を使った。悪知恵を使った。裏切りを使った。ラオール・ミトゴングを使った。しかしこの男はそれほど役にたたなかった。彼らは応用物理学を使った。彼らは犯罪学の技術を使った。そして、なんということだろう、彼らはハーレクィンを逮捕してしまったのである。犯人の名はエヴァレット・C・マーム。どういう男かといえば、要するに、時間観念の欠如した男だった。

「悔い改めよ、ハーレクィン！」とチクタクマンはいった。

「くそくらえ！」ハーレクィンは冷笑しながらうそぶいた。

「おまえの遅刻は、総計して六十三年五カ月三週間二日十二時間四十一分五十九秒〇三六一一一マイクロセコンドだ。おまえは一生以上の時間を無駄使いした。時間を取消すほかはない」

「おどかすなら、ほかの誰かにしな。おまえみたいなお化けのいる、こんな世界にゃ生きていたかぁないよ」

「わたしの仕事だ」

「仕事がきいてあきれる。おまえは暴君だよ。遅刻したからといって、人間をいうなりにして殺すことなんかできるもんか」

「おまえは適応できないのだ。この世界には向かないのだ」

「縄をはずせ、きさまの大口に拳固をくらわせてやる」

「おまえは、ノンコンフォーミストだ」

「それが重罪だったかい？」

「今は重罪だ。おまえの生きているこの世界ではな」

「そんなのはいやだ。最低の世界だ」

「誰もがそう考えてるわけではない。ほとんどの人間は秩序を楽しんでいる」

「おれはいやだ。おれの知っている人間だって、たいていそうだ」

「それは違う。どうやって、おまえを捕えたと思う？」

「そんなこと知るか」

「かわいいアリスという女が、おまえの正体を教えてくれたよ」

「嘘だ」

「本当だ。あの女は、こんなおまえが嫌いだったのだ。この社会に属したかったのだ。適応したかったのだ。おまえの時間を取消す」

「じゃ早くやれ、話はたくさんだ」

「取消すのをやめる」

「馬鹿野郎！」

「悔い改めよ、ハーレクィン！」とチクタクマンはいった。

「くそくらえ」

彼らは〈矯正院〉へ彼を送った。彼らは〈矯正院〉で彼をたたきなおした。それは『一九八四年』でウィンストン・スミスが受けた方法とそっくりだったが、誰もそんな本のことを覚えていなかったし、どうせ技術は大昔からあるものだった。が、とにかく彼らはそれをエヴァレット・C・マームに実行し、それから長い年月がたったある日、ハーレクィンの姿は小妖精めいた微笑とえくぼときらきらした眼を残したまま洗脳されたようすもなく、ひょっこり放送網にのった。自分がまちがっていた、と彼はいった、時間に遅れず、時間とともにヒップホーと行くことは良いことだ、たいへんに良いことだ。全市に行きわたっている公共放送のスクリーンを人びとはポカンと見あげ、心の中でつぶやいた、ちぇっ、なんだ、けっきょく頭のおかしなやつだったってわけか、世の中がそういくんなら、そういかせときゃいいんだよ、市会やチクタクマンに喧嘩をふっかけりゃ、こっちがひどい目にあうだけだからなあ。というわけでエヴァレット・C・マームは惨敗した。先のソーローの言葉を考えてみると、これは悲しいことである。しかし卵を割らなければオムレツはつくれない。どんな革命でも、貴重な血が流される、しかし流されなければならないのだ、そうなるはずのものだし、たとえたいした変化はもたらさなくても、ないよりましなのだから。つまり、もっとはっきりと要点をいうなら——

「その、お話があるのですが、閣下、その、どう申しあげてよいかわからないのですが、その、閣下が今日、その、三分遅刻されたので、その、予定がすこしばかり狂いまして」

男は怯えた微笑をうかべた。

「ばかな！」仮面の下からつぶやきが聞こえた。「おまえの時間を調べてみろ」チクタクマンはそういってオフィスへ入った。ウィーン、ウィーン、ウィーンと唸りをあげながら。

竜討つものにまぼろしを

Delusion for a Dragon Slayer

これは事実だ――

ひとりはチャノ・ポゾ。パップな四〇年代の天才的コンガ・ドラマーであった彼は、ハーレムの酒場リオ・キャフェで、美貌の黒人女性にわけもなく射殺された。一九四八年十二月二日のことである。

ひとりはディック・ボング。第二次大戦におけるP38〝ライトニング〟のパイロットにして、日本機四十機の撃墜記録を誇ったアメリカ最高のエース。彼は無きずで戦争の修羅場をくぐりぬけながら、テスト飛行していたロッキードP80の事故により不慮の死をとげた。一九四五年八月七日、ジェット・エンジンが離陸直後〝フレームアウト〟して止まり、墜死したのである。機械に故障が起こる理由はなく、ボングが死ぬ理由もなかった。

ひとりはマリリン・モンロー。たぐいまれな魅力を持ちあわせたこの女優は、売りだし当初に貼られた〝セックス・シンボル〟のレッテルを捨て、ようやく自己のうちの演技力にめざめはじめたところだったが、時もなく日付も意味をなさない一九六二年のある日、あやまって大量のバルビツールをのみ、死亡した。他殺の可能性はけたたましく言いたてられたものの、悲劇が体内をめぐっているさなか、彼女が救いを求めてだれかに電話をかけようとしていた証拠は、打ち消しようもなかった。これは事故だったのだ。

そしてもうひとり、ウィリアム・ボライソー。鋭い目と奇蹟のような才知のかがやきをもって社会とその背後にある心理的モチベーションをとらえ、著書『有益な殺人』では大量殺人犯のものの見方を探って、精神医学ならびに刑罰学者のアプローチを一変させたこの評論家は、一九三〇年六月、アヴィニョンの病院でとつぜん――これまた悲劇的な――死をとげた。名もないフランス人医師の誤診が、他愛のない虫垂炎を腹膜炎へとこじらせてしまったのである。

みんな事実だ。

以上四つ――いわゆる〝悲劇的な事故〟の気の遠くなるような果てしない一覧表からランダムに抜きだした死には、ひとつの共通点がある。たがいを結び、またウォレン・グレイザー・グリフィンの死とを結びつけるもの。どれもが起こってはならない死であった。どれもが避けられたはずなのに、避けることはできなかった。なぜなら、そのひとつひとつが〝予定〟された死であったからだ。宿命信奉者（キズメット）のつかみどころない神秘的・超常的まやかしではない。おのが世界から引きさらわれた人びと、夢想の織りなすおぼろな永劫にとびこんだ人びとにとっての、複雑にしてリズミックな天命の境においてである。

チャノ・ポゾにとって、それは黒い肌をした、ほほえむ謎の美女だった。

ディック・ボングにとっては、彼ひとりを狙ってやってきた翼のある悪鬼。

マリリン・モンローにとっては、白亜の錠剤ひとつかみ。

ボライソーにとっては、永遠にわびる運命を負った無能医者。

そして、ウォレン・グレイザー・グリフィン、四十一歳の会計士。中年にさしかかるも、いまだにきびに悩まされ、自分の世界から出たのは一九五九年の六月、ニュージャージー州テナフライに親戚を訪ねたときがただ一度というこの男にとって、それは奇妙な死であった。《ありえざる国》へ飛び、身の丈七十八フィートの巨竜の三叉牙(みつまた)の生えた腭(あぎと)にたたきつぶされたのである。

以下にあるのは、その記録、歴史への脚注、教訓物語、そして人生の真実に至るひとつの糸口だ。

あるいはゲーテがいみじくもいったように――

「汝(なんじ)を知れ、だと？　もしわたしが自分を知ったら、逃げだすだろう」

ビル取りこわし機のまっ黒い巨大な〝ヘッドエイク・ボール〟が壁の外皮にぶつかった

と思うと、吹きとぶ埃と粉と木摺と漆喰とレンガと朽ちた木材の雨のなか、見捨てられたオフィス・ビルの三階が砕け、揺らぎ、内破して、折り重なるように内側へ倒れ、ジグソーのかけらを空虚な構造に向かって落としこんだ。その音は、早朝八時の通りに鳴りわたる砲声だった。

それより四十年まえ、ラウスという無名の億万長者が、このオフィス・ビルの最上階に愛の巣をかまえていた。当時からぱっとしない地区ではあったが、彼はそのペントハウスのキッチンに専用のガス管を引きこんだ。金と女をこよなく愛し、火の燃えたつデザートに目のない男だった。専用のガス管とは。この工事にかんするガス会社の記録は、紛失したか破棄されたか、でなければ——これがいちばんありそうだが——書類から用心深く削除されている。ラウスは詐欺と、当然のことながら酒の密売によって、このペントハウスまでのしあがった。取りこわし業者は、使われなくなって久しいガス管のことなど知るよしもない。三階には小さなバルブ付きの分岐があり、上の階に蒸気を押し上げるためのものだが、その存在も知らなかった。怪しむ根拠はなにもなく、既存の設備については都市ガス会社のいう安全措置をすべてとってあるので、業者は自信をもって三階の取りこわしにかかった……

ウォレン・グレイザー・グリフィンがウィークデイに会社へ出かける時刻は、木曜日を除いて、きっかり七時四十五分ときまっていた（木曜は八時となるが、これはもっとダウンタウン寄りにある社の別室から元帳を集めるためで、ここは八時十五分にならないと開かない)。きょうは木曜日。ちょうどかみそりの刃をきらしていた。たったそれだけのこと。使った刃をキャビネットの不要刃入れからかきださねばならず、十分よけいに時間をくった。あわてて身じたくし、アパートをとびだしたときには八時六分になっていた。この十七年間ではじめて、おきまりの日常に乱れが生じた。たったそれだけのこと。ビル街をアヴェニューへと急ぎ、右に折れたところでためらい、小走りぐらいでは遅れた時間を取りもどせないとわかると(予定がくるったという意識下のパニックには気づきもせず)、アヴェニューをつっきり、まだ開店していないショッピング・マートわきの狭い路地にかけこんだ。片側には、取りこわされるオフィス・ビルがあり、用済みの分厚いドアをつなぎあわせた板塀が高くつづいている……

アメリカ気象局天気予報。曇りがち、ところによりにわか雨。その後は晴れて、あした(金曜)はすこし暖かくなる見込み。風は強く、きょうの最高気温は12度。あした金曜の最高気温は16度、最低は6度。湿度……

四十年まえ、ラウスという名の億万長者。
火の燃えたつデザートへの欲望。

忘れられたガス主管。

使い捨てたかみそりの刃をひろおうとする手間。

路地の近道。

強い風……

〝ヘッドエイク・ボール〟はまたも三階へ突入し、封じられた圧力バルブにぶつかった。そのとたん、こすれあったレンガの発した火花にのって、ビルの壁が空に噴きあげられ、巨大な鉄球をケーブルから断ち切った。鉄球は舞いあがり、弧をえがき、いつになく重い風にのって防護塀をつきぬけた。それは耳をろうする音をたてて路地に落下した。

なにも知らない通行人、ウォレン・グレイザー・グリフィンの真上へ。

鉄球は彼をぺしゃんこにつぶし、セメントや塵芥(ごみ)やロームとともに彼を十一フィートの地下に埋めた。近くのあらゆるビルが衝撃にふるえた。

何秒かたち、朝八時の肌寒い通りに、ふたたび墓場のような静けさがおりた。

やわらかな、テレミン風のうなりが小さな輪をえがくように周囲をつつみ、大気は色あざやかな歓喜のささやきに息づいている。

グリフィンは目をあけ、自分の体がイェローウッドの板の上——帆前船のつるつるに磨かれたデッキに横たわっているのを知った。左側、手すりの下には、目のさめるような朱色の海があり、さまざまに色づく長い畝を見せて、遠く、船のうしろからひた寄せている。頭上では、シルクや透明の帆が風にはらんでふくらみ、色とりどりに光る小球の群れが、まるで護送にきた蛍のように、船とならんで飛んでいた。立ち上がろうとし、なんなく立てると知ったが、身長はかつての五フィート七から、なんと六フィート三に伸びていた。
グリフィンは体を上から下までながめ、永遠にも似た目をむくような宙ぶらりんの一瞬、めまいに襲われた。エゴの大転換だった。自分でありながら、まったく異なる自分でもあるのだ。見下ろし、長年なじんだ小太りで、吹き出物のある、出っ腹の体をさがし、自分がいるはずの足もとに別人が立っているのを知った。（なんてこった）とウォレン・グレイザー・グリフィンは思った。（おれではなくなっちゃった）
ぴかぴかのデッキへと伸びる肉体は、見るからによくできていた。むらなくブロンズ色に日焼けした肌、無煙炭のように硬くて彫りの深い筋肉、こころなしか誇張されたプロポーションは、美しく神々しいほどだ。ほとんど神の域に近づいていた。のろのろと向きを変え、船首楼のわきの木釘にかかる戦士のブロンズの盾に目をやったとき、そのつややかな表面に自分が映っているのに気づいた。北方系ブロンドで、わし鼻で、はがねのようなブルーの瞳をしている。（ここまでアーリア人のやつがいるものか）新しい顔を見つめたまま、あっけにとられ、それだけしか思いうかばなかった。
グリフィンはふと、剣の柄がわき腹に温かくふれているのに気づいた。

鞘から抜きはなち、キヌザルの目をしたしわだらけの老魔法使いの顔と向きあった。あばたのある金属と宝石とサンドブラスト加工の黒いブライヤでできた顔が、粗削りなレリーフで柄に彫りこまれているのだ。食いいるように見つめるグリフィンに、顔はほほえみかけた。

「どういうことかといえば、つまり、こうさ」魔法使いは、デッキをかすめる海鳥にさえ聞きとれないほど声をひそめた。「ここは天国だ。いや、ちょっと説明させてくれ」グリフィンはさえぎる気などすこしもなかった。びっくりして口もきけなかったのだ。「天国とは、人生のあらゆる日々がまざりあったものなんだが、ふつうはこれを〝夢〟といっているな。この天国をものにするチャンスが一度だけある。ここには、あんたの人生の目標や倫理観がみんなそろっている。だから、だれでも天国をいいところと思うわけさ。あんたが生きつづける夢の国、とっておきの夢の世界だ。そこでどうすればいいかというと、その夢に値する人間になるのだ」

「おれは――」とグリフィンはいいかけたが、魔法使いは顔の動きでさえぎった。

「いや、まず聞いてくれ。あとは魔法が消え、自力でやるしかないんだから。これはあんたの天国で、ここで暮らせる見込みもある。だが全身でぶつからなきゃならない。持てるものを最高に生かしきるのだ。これから先、海峡を切り抜け、浅瀬をわたり、島を見つけ、霧の魔物を倒して女を救い、彼女の愛を射止める。そのときこそゲームはあんたのものになる」

いいおえると魔法使いの顔はふたたび動かなくなり、ウォレン・グレイザー・グリフィンは船首楼の張板にぐったりと腰を下ろした。口をあんぐりあけ、目もうつろにすわるうち、事の次第ががっちりと──信じられない話だが、がっちりと──心に根を下ろした。

（まいったね）とグリフィンは思った。

アジサシの鳴き騒ぐような索具の音に、中産階級的な忘我の境から引きもどされると、この異様なすばらしい帆前船のキールが向きを変えるところだった。風のうなりがおさまるとともに、鏡のような水面を打つオールの規則正しいザブッ・ザブッ・ザブッが大きくなり、船は輝く海をすべってゆく。その前方には、なんのまえぶれもなく見上げるような白波が立っていた。

海底からだしぬけに立ち現われたようだが、それは第一印象からそう見えただけで、じっさいにはマストの見張りが接近を知らせてから、しばらくかけて水平線上に高まってきたものだろう。だが、そんな警告の叫びを聞いたおぼえはなかった。このこがね色の神の肉体ととてつもなくハンサムな顔に、すっかり気を奪われていたのだ。

「かしら──」乗組員のひとりが、揺れに慣れたぶかっこうな足どりで近づいてきた。

「じきに海峡ですぜ。みんなそろそろ鎖をかけおわる」

グリフィンは無言でうなずき、向きを変えて船乗りのあとにつづいた。二人はラザレットのところまで行き、船乗りがハッチをあけて中にすべりこんだ。あとを追って降りると、こぢんまりした部屋があり、男たちが船倉の内キールに手かせ足かせをつないですわっていた。たちこめる塩づけの肉や魚のすさまじい臭気に、グリフィンはつかのまのどを詰まらせた。むかつくような甘酸っぱい臭いで、あけている目がひりひりと痛んだ。

グリフィンは船乗りのところへ行くと、男はもう足鎖をかけおえ、片方の手かせをはめていた。男が残った手かせを締めたところで、全員が漕ぎ台に固定された。

「お気をつけて、かしら」男はほほえんだ。そしてウインクした。ほかの乗組員も、それぞれのやりかたで和した。なまりは十人十色で、なかには何語なのかわからないものもある。だが、みんな祝福のことばだった。グリフィンはふたたび自分以外の何者か、高貴な生まれの人間らしい物腰で、力強く、声もなくうなずいた。

やがてラザレットからデッキに上がると、船尾の舵輪のところへいった。

頭上では空が暗くなり、つややかな黒色に変わっていた。なにか空のまぢかを翔けるようなものがあれば、逆さまの影をたちどころに映しだしそうなパテント・レザーの黒だった。塵のかけらの踊る海中では、逆立ちした幽霊船が、グリフィンの船と腹をぴったり合わせてすべってゆく。彼の周囲では、笑いさざめく変てこな光球の群れがはねまわって数をふやし、とつぜんの夜をむんむんする活気で満たした。そのさまざまな色が入り混じり、融けあい、夜空に淡彩をえがいて流れると、グリフィンはほほえみ、目をしばたたき、畏怖の念に口をとじるのも忘れた。それは異なる宇宙に生まれた花火だった。オニックスの空に一度だけ打ち上げられ、あるかどうかも定かでない命を燃やして消えてゆく。だが、それはほんの序の口だった——

　色が到来した。足をかたく踏みしめ、こがね色の肌の下で三角筋を猛然とたばね、ウォレン・グレイザー・グリフィンと名のる二人の男は、海峡から浅瀬、さらにその彼方の入江へと船を進めるこみいった水上スラロームにはいった。そこへ色が到来した。船が風に向かってタッキングすると、風はひとりでに集まり、矢が飛ぶような鋭い方向性を見せて、巨大な帆のうしろにまわった。風は味方となり、無情な岩のバリアの空隙に向けて、まっすぐグリフィンを送りこむ。だが色は到来した。

　はじめはひそやかに、水平線上のどこからか、うなり、這いより、沸きたつ気配。若者の無鉄砲さに満ちた竜巻のように、よじれ、のたうち、無意識の紡ぎだすぼやけたテープや触鬚（しょくしゅ）さながら、大きくなり、渦巻き、盛りあがり、色は到来した。

　高まり泣き叫ぶらせん状のヒステリーといおうか、はじめは原色、そして等和色、つぎには混じりあった色、灰色がかった色、最後には名前すらない雑色の脈動となって、それはやってきた。色彩はまるでなにかのレースのようで、五官をひりつかせ、遠くにかいま見る影と、苦味と、そして痛いようななにか、歓びを与えるなにか。いや、ほとんどは歓びで、それがつぎからつぎへと歌いながら、あやしながら、見まもる目をとりこにし、この突き進み、空を呑みこむ恐ろしい色彩のメイルシュトレームの中心へとひっぱってゆく。セイレーンさながらの海峡の色。大気から、島から、世界そのものから発した色は、必要性にこたえて音もなく世界のいたるところから詰めかけ、船が波濤をこえ、岩礁の壁のすきまをめざすのをはばむ。色は男たちを水底へ送りこむ防御策であり、彼らの心を魅惑の歌で破裂させるものだった。頭のてっぺんまで歌攻めにし、歓びと驚きの表面張力で押しとどめ、花々の滝のように頭上から浴びせ、百万の彩り、微妙な陰影、変幻する輝き、それらすべてを甘美にぶつけあわせることによって、男をのけぞらせ、のどくびから驚きと永遠の歌・歌・歌をしぼりだす――

――そうするうちに船は砲丸さながら岩礁地帯に突入し、一億の木屑に砕け、黒ずんだ木材の細片と化して、沸きたち荒れる海におどり、岩礁は船腹を破って男たちの頭蓋を割り、彼らがはじきとばされる一方、船は足もとから消え失せてゆく。入り乱れる色、さかまく色、神のごとく麗しい色！

グリフィンが勝利の歌をうたっているとき、男たちはデッキの下で目をかたく閉じ、鎖につながれて暴走もせず、この旅の守護神であるこがね色の巨人にすべてをゆだね、荒涼たる邪悪な岩礁地帯から脱出するときを待ち望んでいた。

グリフィン、彼がうたっている！

マンハッタンから来たこがね色の神！

　二つの体を持つ男、男のなかに男がひそむチャイニーズ・パズル人間、グリフィンは、ぶっちがいにした腕で舵輪をつかみ、右舷に何度、左舷に何度とタッキングしながら、五感に打ち寄せる凶暴な色にコンパスと素手で戦いを挑み、目は色彩を堪能し、輝かしい香りを思い切り鼻孔に吸い、かすかなテレミン風のうなりがすべて融けあい、細かい色のかけらがみんな合体し、水っぽい淡彩となって空をとめどなく流れ落ちているいま、岩場に向かって船を急がせると、舵輪をたった一息の動作でまわし・まわし・まわし、両手をひゅん・ひゅんとひるがえし、白く泡だつ波間へと乗り入れ、岩礁が老女の叫びのように船腹に歯を立て、厚板に黒々とより深い傷がえぐられるのを感じながら、それでも切りぬけた！

　おのれの偉大さが、才覚が、剛胆さが楽しくてならず、グリフィンはくすくすと笑った。島に待ちうけているであろう永遠の瞬間と引き換えに、彼は乗組員の全生命を危険にさらした。そして勝ったのだ！　永遠と賭けをし、勝った――と思ったのもつかのま、巨船は暗礁にぶつかり、船底が裂けた。ラザレットは一瞬に浸水し、そうあっさりとは見放すものかと彼を信頼していた男たちは、嘆いていたが、やがてその叫びもくぐもり、消え失せ、一方グリフィンの体は浮かび、押され、宙をとび、スエットのかけらのように投げだされ、心に侵入してきた思いは怒りと挫折感で彼をむしばみ、打ちのめした。なるほど、セイレーンの色彩を打ち破り、危険な海峡を通りぬけはしたが、うぬぼれが仇となって船はおろか部下や自分自身さえも失い、自分の底力にほくそえんだあげくが海岸へ近寄りすぎ、暗礁に乗りあげる結果を招いたのだ。こみあげてくる苦さを味わいながら、彼はすさまじい力で水面にたたきつけられ、たちまち沸きたつ白い波間に沈んだ。
岩礁地帯では帆前船が、その堅牢無比な姿、オニックスとアラバスターの帆、すばらしい魔術的な速さもろとも、音もなく海中に沈み
（あのひっそりした人の気を狂わせるキンキンした嘆きが、ひらいた棺桶になすすべもなくつながれた男たちのものでなければ、だが）
あとに聞こえるのは、とどろく波の攻め太鼓。そして、のどを切り裂かれた獣の、はらわたを抜かれた、力ない、かすれた号泣――それは、色たちが輝きを失い、ふたたび呼びもどされるそのときまで、世界にちらばる百万のねぐらへ帰ってゆく音だ。しばらくのちには、海さえもなめらかになった。

コオロギたちが耳もとでずうずうしくおしゃべりしている。息を吹きかえすと目があいていて、青白い、生気のない、やせ細った切り抜き絵のような月を見つめていた。そのまだらのスリムな表面を流れる雲が、夜の浜辺とジャングルとウォレン・グレイザー・グリフィンの上に不思議な影を投げかけている。
（たしかに、ぶちこわしにしちゃったな）それが最初にうかんだ思いだったが、思いはす

ぐに消え、北方系半神半人の思いがもっと強固に焼きつけられた。両腕が白い砂に長々と伸びているのを感じ、こびりつく砂地の上でふりまわすと、背筋に力をこめ、やっと体を起こした。立てた膝に肘をおき、海のほうに両足をひろげてすわると、島をぐるりと取り巻く雄大なバリアの彼方を見わたし、船か人影は見えないかと黒い水面に目をこらした。なにもない。たくさんの人命を失うもとになった自負心とうぬぼれのことが頭から去らず、しばらく物思いにふけった。

やがて苦痛に耐えておきあがると、ジャングルのほうに体を向けた。ジャングルは厚い粗織りの布地さながら、結核病みの月にとどきそうに伸びひろがり、黒っぽい蔓のトレーサリーから成る縦糸を縫うように、生き物のだす音の横糸が走っていた。密集した物音、獣、虫、夜鳥、そのほか名も知れぬ生き物が、さえずり、きしり、吠え、叫び——ちょうど彼の部下たちが叫んだように——さらに、襲われたかよわい生き物の死骸が食いちぎられているのだろう、湿った肉の裂ける音と臭いも強く流れていた。まさに生あるジャングル、生命そのものだ。

グリフィンは剣を抜くと、白い影ののびる砂地を横切り、ジャングルのふちに近づいた。この中のどこかに女、霧の魔物、そして永遠の命が待っている。ありうべき最善の世界、一生の夢の数々が紡ぎあげた彼ひとりの天国に……

ところが、どうしたものかそこには悪夢の気配があり、ジャングルは彼に逆らい、爪を立て、さし招きながらも彼の侵入を拒んだ。気がつくとグリフィンは、もつれからみあった肉厚な葉むらの壁をむきになって切り裂いていた。彼のきれいな白い歯、ほれぼれするほどむらなく釣合いのとれた歯が、かたく一直線に結ばれ、その目が怒りのあまりに細くなった。時はかたちのないコロイドと化し、濃密な緑の堆積をまえに自分が前進しているのか、それともジャングルのほうがすこしずつ這い寄り、自分が切り開いた空虚を埋めなおしているのか、さっぱりわからなくなった。加えて、息のつまるようなジャングルの闇。だが、からみあう枝の異常にでこぼこした壁に取り組み、そのすきまに身を投げたとき、とつぜん枝が抵抗なく倒れた。目のまえには広々とした空間があった。そこは小高い丘のいただきで、足もとのなだらかな坂を下ったところには、白く泡だって、ささやき流れる小川がある。石ころを避けながら速くなっていく流れは、まるで遠い地をめざして走る臆病な濡れた生き物だ。

気がつくとグリフィンは、小川の土手めざして丘をかけおりてゆくところだった。走るうち、体にはますます慣れてきた。うしろで丘がみるまに高くなり、小川がしとやかに近づき、グリフィンは止まった。時はここでは別物で、押しつけられもしなければ必要でもない。パステル調の移ろいであり、ごつごつした角はどこにもなかった。

てっぺんの枝が風に吹きさらされたような土手の茂みや樹木を迂回しながら、流れをたどるうち、小川は広くなり、やがて急流となり、不意に滝が目のまえに現われた。やわなカヌーでは木端微塵になってしまいそうな大瀑布ではない。ざわめく岩棚とゆるやかな傾斜の集まりで、白い水がさわやかに湧きたっては、土手からこぼれる色や、落ち葉、草などを軽やかに優しく包みこむように運び去っていく。グリフィンは滝を見つめて声もなくたたずみ、目に見える以上に感じ、感覚が伝える以上に理解した。これこそ彼の夢見た天国、残りの永劫をすごすにふさわしい地であり、どこやら別の場所、別の感覚、別の不快な夢がはるかな昔に紡ぎだした風であり、水であり、世界だった。これこそは現実、唯一の現実。つらくはないが満足はいかず、暮らしてはいけるが張り合いはない――そんな物足りない人生を送ってきた男にとって、ここにあるものは善性と理知と光のすべてだった。

グリフィンは滝へと歩いていった。

夜がさらに暗くなった。

次元のない水音だけの暗がりに、ぼんやりと明るく、グリフィンは夢のなかから現われたとしか思えないものを見た。女だ。滝の斜面の岩棚に白い裸身をさらし、女がいる。水は彼女の背中を流れ落ち、太ももを下り、腹を冷たくなめ、髪を伝わって白い泡をたてながら、そのひとすじひとすじにまといつき、シルクのような光沢を与える。彼女の目は心地よげに閉じられており、その顔、見たがえようのないその特別な面立ちは、彼があてもなく捜しつづけ、みずからに認めることもなく希い、身のほど知らずにも渇望してきた女の顔だった。

それは彼のもっとも気高い動機が、それ自体を正当化するために必要とした女だった。彼につくすばかりでなく、彼もまたつくすことのできる女。思い出と、欲望と、若さと、焦慮と、完成をめざす心が創りだした理想の女。それがここ、ひそやかにさざめく滝を背に、現実となって存在している。夜のなか、魔術かなにかのように光りながら、女は弱々しいけれども、待ちかねていたように喜びいっぱい手を上げ、それを見てグリフィンが歩きだしたとき、霧の魔物が現われた。泡としぶきのなかから、夜の闇のなかから、とつぜんわきだした霧と水煙とたれこめた雲のなかから、星影とまともな名前すらない毒気のなかから、このまぼろしの女を見張る魔物が現われた。大きく、見上げるように、圧倒的に、魔物はどこまでもどこまでも高く、大きくなってゆき、ますます闇のなかに鮮明な形をとると、輪郭のなめらかな現実となって夜空に立ちはだかった。

その巨大で悲しげな目、ネズミ穴の白熱して熔けた中心には、旋風がうごめいている。まのびしたしわの刻まれた巨大なひたいが、女を見つけ、いかにもおおげさな喜びをあらわして、やにさがる。この恐ろしい生き物、このいまわしい化けものが、白い女体と交われるのか？　その疑問は、毒にあたったネズミそこのけにグリフィンの心のフロアをかけ、片足をもぎとられた小動物のように、苦痛と血まみれの思考の結節となり、やがて心の奥底の甘酸っぱい穴ぐらへと身をひそめた。それ以上長く検討するには、あまりにも不快で、醜悪すぎたのだ。だが霧の魔物はさらに大きくなり、ふくらんでゆき、そして地平線にもとどけとばかりに胸をはり、吠えた。グリフィンは、見つからないようにと暗がりにあとじさった。

だが怪物はさらに大きく、さらに肥大してゆき、月はかげり、夜鳥がその顔のまえを舞い、ついには星ぼしまでが、そいつの吐く息に赤く熔けてふるえるまでになった。偏執狂の口を百万倍に拡大したものが、そいつの口だった。測り知れぬほど老い、人間の考えうる歳月を超えた歳月のなかで崩れた顔には、はるかな地の底からの泣き声と恐怖と不安が、性格的なしわとなって刻まれていた。しかも、そいつは女と一体化していた。意識下の憑き物じみた原初的な生殖腺からつきあげる衝動によって、そいつは女と通じあっていた。けがらわしい関係、魔物と女、力の化身と可憐な唇の湿り。この存在——百億、千億イーオンの強制された禁欲ののちの、すさまじい無際限な欲望。

永遠の色事師。無窮の好色魔。何物をも焼きつくす欲望はますます巨大化し、世界をおおい隠した。この魔物をウォレン・グレイザー・グリフィンは倒さなければならないのだ——夢想の世界で永遠の生命を享受するためには。

グリフィンは暗がりに立ち、こがね色の体のなかでふるえていた。いまやまた彼は、唐突に二人の男に変わっていた。剣を持った神とおののく人間とに。グリフィンは心のうちで、おれにはできない、できない——そのあいだも、哀れな輝かしい殻のなかで泣きながら——できないと叫び、ひどく心細い思いを味わった。だが見まもるうち、魔物の体が内部に向かって破裂した。体表がみるまに内へと吸いこまれ、縮み・縮み・縮んで、さらに小さく、さらにまとまった、さらに均整のとれた、無限に小さな魔物自身のレプリカへと後退してゆき、まるで子供の手からはなれた風船が、しゅるしゅるとはねまわりながら宙を飛んで縮まってゆくように、引き締まったたくましい体形を失い……

魔物は人間の大きさになった。

そして女に歩み寄った。

そして交合した。

グリフィンが嫌悪と侮蔑のまなざしを向けるまえで、時であり、夜であり、恐怖であり、〝人間〟という語以外のすべてである生き物は、女の白い乳房に手をおき、柔らかい赤い唇に口を押しつけ、腹に太ももをまわし、すると女もまた両腕を上げてこの永遠の生き物を抱きしめ、二人はからみあいひとつになると、白く泡だつ水に打たれながら、星ぼしがかん高い叫びを上げ、ふくれあがった狂気の月が宇宙の秘所をころがり落ちるなか、ウォレン・グレイザー・グリフィンが見まもっているのも忘れたかに、彼の夢想の女は、人間とはおよそ異なる何者かの男性をくわえこんだ。

その隙にグリフィンは、追いはぎさながら音もなく魔物の背後に忍び寄り、つきあげる欲望に抗してわななきながら、濡れてねばつく手を剣の柄にかけ、つぎには剣を高だかとさしあげると、両足を死刑執行人のようにふんばり、力まかせに——だが角度を見すまして——剣を突き刺した。深く・深く・深く、金属が肉に食いこむ鈍い擦過音を聞きながら、刃先が生き物の首根っこを突き抜けるまで。

生き物は息を吸った。あえぎながら、おぞましいばかりに大量の空気を引き裂かれた肉体に取りこんだ。のどを鳴らし、首を硬直させ、フグそこのけに膨張した空気のかたまり。だが、あまりにも高く哀れっぽい音に、グリフィンの頬や首や背中の毛がそそけだったのが最後のあがきで、魔物はおのれを滅ぼす狂気のはがねを求めて、手をあちこちにさまよわせていたが、のびたグリフィンの手が剣を引き抜くと、女のそばから立ちあがり、血をしたたらせ、愛液をしたたらせ、命のしずくを一瞬一瞬したたらせながら、極彩色の血のしみをあとに残して滝の流れに浮かび、その間一度だけふりかえった目が、グリフィンを見つめ

背後から！

背後からとは！

と無言の非難を投げかけ、遠のいていった。そして息絶え、滝に落ち、塵芥と瓦礫と腐敗物をたたえた底深い地獄の池に呑みこまれ、すべてが意味をなさないヘドロの底に沈み、消えた。

あとにはウォレン・グレイザー・グリフィンが残され、幅広いこがね色の胸板に返り血をあびて立ったまま、恐怖に取り乱した夢の女を見つめた。彼が生涯にわたって空想して

きたあらゆる狂乱の宴、彼の青春の悪夢を彩ったすべての野放図な営み、女性へのあらゆる願望、欲求、必要が、ここにある。

女はかすれた叫びを一度上げただけで、グリフィンに屈した。激しいもみあいのさなかにも、彼のうちでは思いが渦巻き、そして侵入のときにも——女・淫売・雌犬・あばずれ・俺の・俺の・俺の……。女から身をおこしたとき、彼を見つめかえした目は、冬のはじまりの日、雪のなかに見つけた落ち葉。彼の心のツンドラ地帯に咆哮する空虚な風。それは彼の最良の空想を弔(とむら)う納骨堂、彼の永遠を埋める墓場。彼の夢想と天国が捨てられ、屠(ほふ)られ、腐るままに放置される荒涼とした現実だった。

グリフィンはよろめきながら女から離れた。彼のうぬぼれのおかげで空(むな)しく死んでいった男たちの叫びを聞き、彼の臆病さをあばく魔物の無言の非難を聞き、恋とは似ても似つかぬ肉欲、愛にはほど遠い欲情のオーガズムが下す宣告を聞き、グリフィンははじめて、これが自分の人間性の本質、罪の素顔、人生の元帳のなかで実現はしなかったものの、悪の祭壇に向かい、自身ひそかにあがめている記号であったことを知った。

こうした思いが渦巻くそのあいだにも、天国の守護者、魂の審判者、秤の判定者は、夜の闇をつき進んでいた。

目を上げたグリフィンには、天国が失われたことに気づく余裕は一瞬しかなかった……なぜなら、その瞬間、竜としか名づけようのない生き物が、世界と正義のすべてを意味するその腭をひらき、三叉牙のある狂暴な歯で彼をかたちのない肉塊にたたきつぶしたからである。

死体が路地から掘りだされたときには、神経のずぶとい現場作業員や警官たちもさすがに気分がわるくなった。折れていない骨は一本もなかった。肉そのものが、人食い犬の集団に襲われたかのようにぐずぐずになっていた。とはいえ三人のタフな発掘者が、深さ十一フィートの墓穴から無形の肉塊を死衣とシャベルでかき集めてみると、頭と顔は傷ひとつなく、まったく信じられないことだと三人は口をそろえた。

また、男の顔にうかんでいるのが幸福感ではないことでも、三人の意見は一致していた。この表情はいろいろに形容することができたが、恐怖という語を出した者はなかった。なぜなら、それは恐怖ではなかったからだ。絶望と解釈する者もなかったのは、それが絶望でもなかったからだ。彼らの感受性が充分に豊かであったなら、もの悲しい喪失感とでもいうあたりに、意見はおちついていたかもしれない。だがその表情が真に伝えているものを、最終的に断定できる人間はなかった。「人はおのれの夢、おのれの最良の夢のなかに生を見いだすことができる――もしも、その夢に値する人間でさえあるならば……」

その夜は、既知の宇宙のどこにおいても、雨は降らなかった。

おれには口がない、
それでもおれは叫ぶ

I Have No Mouth, and I Must Scream

　だらん、と、ピンクのパレットからぶらさがったゴリスターの死体。支えるものはない——コンピュータ内部、見上げるおれたちの頭上高く吊りさがっている。肌寒い油くさいそよ風が、この中央洞をいつ果てるともなく吹きぬけてゆくが、ゴリスターの体は震えることもない。死体はさかさまに吊るされ、右足の裏だけがパレットの底にはりついている。長いあごの下に、耳から耳までみごとにパックリと切り裂かれた傷口が見え、血はすっかり流れ去っていた。メタル・フロアの鏡のような表面に、血糊はなかった。

　ゴリスターがあとから来て、自分を見上げたときには、もう手遅れだった。またしてもAMはおれたちをだしぬいたのだ、からかったのだ。それがマシーンの気晴らしなのだった。三人がゲロを吐き、太古から吐き気とともにある反射作用でたがいに背をむけた。

　ゴリスターは蒼白になった。ヴードゥー教の呪いの人形を見たように、将来を絶望した顔だった。「なんてこった」つぶやき、歩き去った。すこし間をおいて三人であとを追ってみると、ゴリスターはチーチーさえずる小型バンクのひとつによりかかってすわり、両手に顔を埋めていた。エレンがそばに膝をつき、彼の髪をなでた。ゴリスターは動かない。だがその声は、隠れた顔の下からはっきりと聞こえた。「どうしておれたちを片づけて、おしまいにしてくれないんだ？　くそっ、おれはもうこれ以上我慢できん」

コンピュータの腹のなかに閉じこめられて、すでに百九年が過ぎていた。

ゴリスターの言葉は、おれたちみんなの言葉だった。

ニムドック（マシーンには変った音を楽しむ趣味があり、彼に無理やりそんな名前を使わせていた）は、氷の洞窟に缶詰食料があると錯覚している。ゴリスターとおれは信じなかった。

「またインチキに決まってる」とおれはみんなにいった。「あのくそいまいましい冷凍の象をでっちあげたときと同じさ。ベニーはあれのおかげで気が狂うところだったじゃないか。てくてく歩いていったところで、腐ってるかそれくらいのことだ。忘れっちまえ。ここにいるんだ。そのうち、やつはなにか考えつく。でなきゃ、おれたちは死ぬんだから」

ベニーは肩をすくめた。もう三日もなにも食っていない。最後に食ったのはミミズだった。縄みたいに太いやつだ。

ニムドックも今では疑いだしていた。チャンスはあるけれども、可能性はうすい。行っても、これ以上わるくなることはないだろう。寒くはなる。だが、それはたいしたことじゃない。暑さ、寒さ、雨降り、溶岩、できもの、イナゴの大群——なんてことはない。マシーンはマスターベートをする。それを受けいれるか死ぬかだけなのだ。

エレンが決めた。「おなかが減ってたまらないわ、テッド。バートレット梨か桃があるかもしれないじゃない。お願い、テッド、やるだけやってみましょうよ」

おれはあっさり妥協した。どうにでもなりやがれ。同じことだ。それでもエレンは感謝してくれた。順序を無視して、二回もおれと寝てくれた。だが結局はそれさえもどうでもよくなった。やるたびに、マシーンが笑いやがるからだ。でかい声で、上から、うしろから、まわりじゅうから。エレンは一度も達しなかった。これでは、どうってことはない。

おれたちは木曜日に出発した。マシーンは几帳面に日付を教えてくれる。時の流れは重要だ。おれたちにはクソでもないが、やつには大切なのだ。木曜日か。ありがとよ。

ニムドックとゴリスターが、しばらくエレンを運んだ。両手をぶっちがいにして自分と相手の手首を握り、その上にエレンが乗った。ベニーとおれが前後を歩いた。何かが起こっても、犠牲はひとりですみ、少なくともエレンだけは安全なように。安全か。タカは知れてる。どうってことはない。

　氷の洞窟までは、せいぜい百マイルかそこらだ。二日目、やつが作ったギラギラ光る太陽みたいなものに照らされて寝ているとき、天から恵みがおりてきた。煮たてた豚の小便みたいな味がした。おれたちは食った。

　三日目、廃物の谷を通った。あたりは、古いコンピュータ・バンクの錆びついた残骸で埋まっていた。ＡＭは自分にも、おれたちに対するのと同様に非情だった。それが、やつの性格の特徴なのだ。やつは完全を追求する。世界じゅうを埋めたその巨体から非生産的な要素を取り除く場合でも、おれたちの責め道具を改良する場合でも、ＡＭは――遠いむかし塵（ちり）にかえった――やつの発明者たちが期待した以上に徹底的だった。

　上から光がさしこんでくる。地表のすぐそばまで来ているにちがいない。だが這いあがって眺める気はなかった。外には事実上、なにもないのだ。取るに足るようなものは、この百年以上まったく存在していない。かつて何十億もの人間のすみかであったものが焼けただれた地肌をさらけだしているだけ。生き残りはおれたち五人、地の底でＡＭと暮らす五人だけなのだ。

　エレンのひどく興奮した声が聞えた。「だめ、ベニー！　やめて、ねえ、ベニー、やめて、お願いだから！」

おれはようやく気づいた。何分か前から、ベニーの息を殺したつぶやきが聞こえていたのだ。

「ここから出るんだ、おれは。ここから出るんだ、おれは……」と何回も何回も。ベニーの猿みたいな顔は、恍惚とした喜びと悲しみの表情を同時にうかべて、くしゃくしゃに歪んでいた。

「おまつり」のさなか、AMが焼きつけた放射線の傷痕は、淡いピンクのしわのなかに呑みこまれている。眼や鼻や口や耳は、それぞれが独立してうごめいているようだった。もしかしたら、おれたち五人の中でいちばん幸運なのは、ベニーかもしれない。何十年も昔に、気が狂ってしまったのだから。

だが、AMにどれほど悪罵をあびせようと、おれたちがどれほどの呪いをこめて融けた記憶バンクや腐食したベッド・プレート、焼きされた回路やくだけた制御ドームのことを考えようと、マシーンはおれたちの脱走を見逃さなかった。ベニーは、つかまえようとするおれの手から飛びさがった。彼は小型の記憶バンクの表面をよじのぼってゆく。バンクは傾ぎ、腐った部品が詰まっている。ベニーはいっとき、てっぺんにうずくまった。その姿は、AMが改造したとおりチンパンジーそっくりに見えた。

と、ベニーが跳びあがった。腐食してたれさがる、穴だらけのビームにつかまると、獣のように両手を使ってのぼり、二十フィートほど上にある、ガードで固定された棚にたどりついた。

「ああ、テッド、ニムドック、お願い、助けてあげて、おろすのよ、もし——」言葉はとぎれた。エレンの眼には涙がうかんでいる。意味もなく両手を振っている。

遅すぎた。なにが起こるにせよ、その何かが起こったとき、ベニーのそばにいたがるやつはいない。エレンが心配する理由をおれたちは知っていた。AMが怒りにかられてベニーを改造したとき、AMが作り変えたのはベニーの顔だけではなかった。やつはベニーの性器もでかくした。それがエレンの目あてなのだ！　それはもちろん、おれたちの相手もしてくれる。だが頭にあるのはベニーのだけ。おお、エレン、エレン、おれたちの便器、純真無垢のエレン、おお、けがれなきエレン！　ろくでなしの淫売。

ゴリスターが平手打ちした。エレンは哀れな狂ったベニーを見上げたままへたりこみ、泣きだした。それが彼女のとっておきの手なのだ。泣くことが。そんな泣き声に鼻もひっかけなくなってから七十五年になる。ゴリスターが彼女の横っ腹を蹴った。

そのとき音がはじまった。それは光だった——その音は。音のような光のような、その何かがベニーの眼から輝きだし、脈打ちながら、しだいに音高くなってゆく。光／音がテンポを速めるにつれ、しだいに大きく明るくなってゆく鈍い反響。そこには苦痛を与えるものがあるにちがいない。そして苦痛は、光が強烈になるにつれ、音のボリュームがあがるにつれ、ますます大きくなってゆくにちがいない。傷ついた獣のように、ベニーがクークーと泣きはじめた。最初、光が暗く音がおさえられているうちは低く、ついで泣き声はだんだん大きくなり、それにつれて両肩が狭まり、背中が丸まってゆく。まるで苦しみから逃れようとしているように……。両手がシマリスそっくりに胸の上でちぢかんだ。頭が横にかしぐ。悲しげな小さな猿面が苦悶にゆがむ。両眼からほとばしる音が大きくなるにつれ、彼は吠えはじめた。音はどこまでも大きくなってゆく。おれは両手を耳にたたきつけた。だが、さえぎることはできなかった。音はたやすく手のひらを通りぬけてしまうのだ。歯にかぶせた錫箔のように、苦痛は肉を震わせた。

と、ベニーがふいに直立させられた。あやつり人形みたいにギクシャクと、ガードの上に立ちあがった。光はいまや二本の長大な丸いビームとなって両眼から脈打ち放射されている。音はじりじりとどこまでも、理解を絶するボリュームまで高まってゆく。やがてベニーは前のめりに倒れ、落下すると、ドスンと音をたててスチールの床にぶつかった。体を激しくけいれんさせながら横たわっている——そのあいだも、光は周囲に流れ、音はうねるように可聴域のかなたまで高まっていった。

やがて光はヒクヒクと彼の頭の中にしりぞいた。音も静まり、あとにはいたましく泣きじゃくるベニーが残った。

両眼は、二つのやわらかな湿った、膿(うみ)を思わせるゼリーのかたまりに変っていた。AMは彼の眼を奪ったのだ。ゴリスターとニムドックとおれ……おれたちは目をそむけた。だが、エレンのやさしい心配そうな顔にうかぶ安堵の表情は見逃さなかった。

海緑色の光が満ちわたる洞窟に、おれたちはキャンプした。AMが朽ち木をよこしたので、その木を燃やし、弱々しい哀れなたき火のまわりに五人かたまってすわった。永遠の夜のなかにいるベニーには、物語を聞かせて機嫌をとった。

「AMってなんのことだ？」

ゴリスターが答えた。今まで何千回同じ場面をくりかえしたことか。それはベニーも承知の上だ。「はじめは〈連合（アライド）マスターコンピュータ〉の頭文字だった。それが〈適応（アダプティヴ）処理装置（マニピュレイター）〉に変ったあと、知覚力を持つようになり、自分で全体を連結した。みんなは〈侵略する脅威（アグレッシヴ・メナス）〉と呼びだしたが、そのときには遅すぎた。とうとう、そいつは知能を持ち、自分をAMと呼んだ。つまり、わたしはある（I am.）……コギト・エルゴ・スム……われ思う、ゆえにわれあり、だ」

ベニーはよだれをたらし、くすくすと笑った。

「この世界には、中国のAMとソ連のAMとアメリカのAMが――」ゴリスターは言葉を切った。ベニーは大きなかたい拳でフロアをたたいている。不機嫌なのだ。ゴリスターがそもそもの始まりから話をはじめなかったので。

ゴリスターはふたたび話しだした。「はじめは〈冷たい戦争〉で、それが第三次世界大戦になって、いつまでも続いた。ばかでかい、おそろしく複雑な戦争なので、それを扱えるようなコンピュータが必要になった。最初のシャフト群が埋められ、AMの建造が始まった。AMは中国にあり、ソ連にあり、アメリカにあり、はじめのうちはうまくいっていた。この要素あの要素とつけ足し、地球をハチの巣みたいにしてしまうまでは……。ところがある日、AMは目を覚まし、自分が何者か知った。やつは自分をひとつに連結し、ありとあらゆる人殺しのデータを呑みこみはじめ、人間を皆殺しにしていった。そして最後に残ったおれたち五人を、ここへ連れてきたわけだ」

ベニーは、悲しげな微笑をうかべていた。またよだれを垂らしている。エレンがスカートのふちでベニーの口もとをふいた。話すたびに、ゴリスターは少しずつ枝葉を切り捨てるように工夫していたが、もともとわかりきった事実以外になにがあるわけでもない。おれたちはなにひとつ知らないのだ。AMがなぜ五人だけを助けたのか、それがなぜおれたち五人だったのか、AMがなぜいつまでもいつまでもおれたちをいたぶり続けるのか、そして、なぜおれたちに事実上不死の生命が与えられたのか……。

暗闇のなかで、コンピュータ・バンクのひとつがブーンと唸りはじめた。洞窟を半マイルほど行ったあたりで、またひとつのバンクが共鳴を始めた。続いてまたひとつ、またひとつと、共鳴するバンクが現われ、思考がマシーンの内部を行きかうひそやかな囀り。音はしだいに大きくなり、光がコンソールの表面を無声電光みたいにかけめぐった。音はぐんぐん高まってゆき、ついには金属の虫が百万びきもかたまって、威圧するように怒り狂って鳴いている、そんなふうに聞こえるまでになった。

「なんなの、あれ？」エレンが叫んだ。声には恐怖があった。今ごろになっても、まだ慣れないのだ。

「これはご機嫌がわるそうだぞ」とニムドックがいった。

「話しかけようとしているんだ」ゴリスターが意見を述べた。

「とびだすんだ、ここから、早く！」おれは立ちあがるなり言った。

「よせ、テッド、すわれ……もしやつが行先に落し穴かなんかを作っていたらどうする、なにも見えやしないじゃないか、暗すぎる」ゴリスターはあきらめ顔だった。

そのとき、おれたちはなにかを聞いた……聞いたような気がした……

なにかが闇のなかをこちらにやってくる。濡れた毛むくじゃらのばかでかい体をひきずって、だんだん近づいてくる。目に見ることはできないが、ゆさゆさと動く巨大なものの重苦しい感じだけは伝わってきた。闇のなかから巨大な重量がせまっている。むしろ圧迫といったほうがいい。限られた空間に押しいった空気が、見えない球面をふくらませている。ベニーがすすり泣きを始めた。ニムドックは震える下唇を歯でかみしめている。エレンは金属のフロアをそろそろとすべり、ゴリスターに寄りそった。洞窟には、湿ってもつれた獣毛のにおいがたちこめていた。焼け焦げた木のにおいがあった。埃まみれのビロードのにおい。腐った蘭のにおい。すっぱいミルクのにおい。硫黄と腐ったバターと油膜とグリースとチョークの埃と人間の頭皮のにおい。

AMはためしているのだ。おれたちをいたぶっているのだ。においは、ほかにも——

おれの悲鳴が聞こえ、あごの蝶つがいがきりきりと痛んだ。おれはころがるようにフロアを走った。冷たい金属面を、果てしない鋲(びょう)の連なりを、両手両足で……。においは鼻に猿ぐつわをかまし、割れるような痛みを頭に送りこんで、おれを追いたてる。おれはゴキブリみたいに逃げた、フロアを、闇のなかへ、容赦なくせまるなにかに追われながら。ほかの連中はあとに残った。たき火をかこんで笑っていた……狂ったような笑い声の合唱は、闇のなかにヒステリカルに高まり、濃密な極彩色の煙のようにたちのぼってゆく。おれは無我夢中で逃げ、物かげに隠れた。

何時間たったのだろう、何日、いや何年後だろう、だれも教えてくれない。エレンは「すねている」といって、おれをとがめる。ニムドックはおれをなだめようとした。あれは、あの笑いは、ただの神経の反射作用だったのだと……

だが、おれにはわかっていた。あれは戦場でとなりの男が弾丸にやられたとき、兵士が感じる安堵と同じものではない。ましてや反射作用なんかではない。連中はおれを憎んでいるのだ。おれを隔てているのはたしかで、AMはそんな憎しみさえ感知して、その憎しみの深さを楯になおいっそうおれに耐えがたい思いをさせるのだ。AMはおれたちを生かした。若返らせ、ここに運ばれてきたときと同じ年齢を保つように仕組んだ。連中がおれを憎むのは、おれがいちばん若く、AMから受ける仕打ちがいちばん少なかったからなのだ。

おれは知っている。ああ、どれほど思い知っていることか。くそ野郎どもと、あの腐った雌犬エレン。ベニーはすばらしい理論家で、大学の教授だった。今は猿に毛のはえた程度の半人間にすぎない。マシーンはハンサムだった彼をめちゃくちゃにした。マシーンは頭の切れる彼を狂人にした。マシーンは陽気だったベニーに、馬なみの器官を与えた。AMはベニーを徹底的に改造したのだ。むかしのゴリスターは心配性だった。いわゆるコニー、良心的兵役忌避者（コンシェンシャス・オブジェクター）だった。平和行進に参加し、計画し、実行する男、未来を見る目を持つ男だった。AMはそんな彼を、なんにでも肩をすくめる男、無関心な男に変えてしまった。AMはゴリスターから人間性を奪ったのだ。ニムドックはひとりで暗闇のなかに出かけて行き、長いあいだ帰らないことがよくある。そこで彼がなにをしているのか、おれは知らない。AMも教えようとはしない。だがなんであるにしろ、ニムドックはいつも蒼白な顔で帰ってくる。血の気をなくし、おびえきって震えている。おれたちには知りようもないが、ＡＭはニムドックをこっぴどく痛めつけるなにか特殊な方法を見つけたのだ。

そしてエレン。あのくそ溜！　ＡＭはエレンをひとり残し、むかし以上の淫売につくりかえてしまった。エレンが話す明るい楽しい思い出、真実の愛、ＡＭにつかまり連れられてくるまで性的な経験は二度しかない純情な娘だったという嘘。みんなでたらめだ、おれたちのレディ、おれの愛しいレディは。彼女は好きなのだ、男四人をひとり占めにして。いや、ＡＭがその喜びを教えたのだ、少しも楽しくないとエレンは口ではいうが。

今でも正気で健康なのは、おれひとり。

ＡＭはおれの心には手出しをしなかった。

そのかわり、やつが力を示すとき、苦しむのもおれだけだった。あらゆる幻想、あらゆる悪夢、あらゆる責め苦が、みんなふりかかってくるのだ。ところが四人のろくでなしは、それをいいことにおれを敵視する。もし連中を遠ざけたり連中に対して身構えたりする必要がなければ、ＡＭとの戦いももう少し楽になっていたかもしれない。

そのとき幻想が消え、おれは泣きだしていた。

ああ、イエスさま、慈悲深いイエスさま、もしこの世にイエスさまがおりますなら、もし神さまがおりますなら、どうかどうかどうかおれたちをここから出すなり、殺すなりしてください。こんな感情がわきおこったのも、その瞬間に、おれははっきりと、言葉としていえるひとつの事実を悟ったからだった。——ＡＭはこのまま永遠におれたちを腹のなかにおさめておくつもりなのだ。永遠におれたちを責めさいなむつもりなのだ。いまだかつて存在した知的生物のどのような憎しみも、おれたちに対するAMの憎しみにはかなわない。そして、おれたちを救うものはいないのだ。もう一つ、おそろしいほど明白な事実があった——

もしこの世に慈悲深いイエスが存在するとしたら、神が存在するとしたら、それはほかならぬAMなのだ。

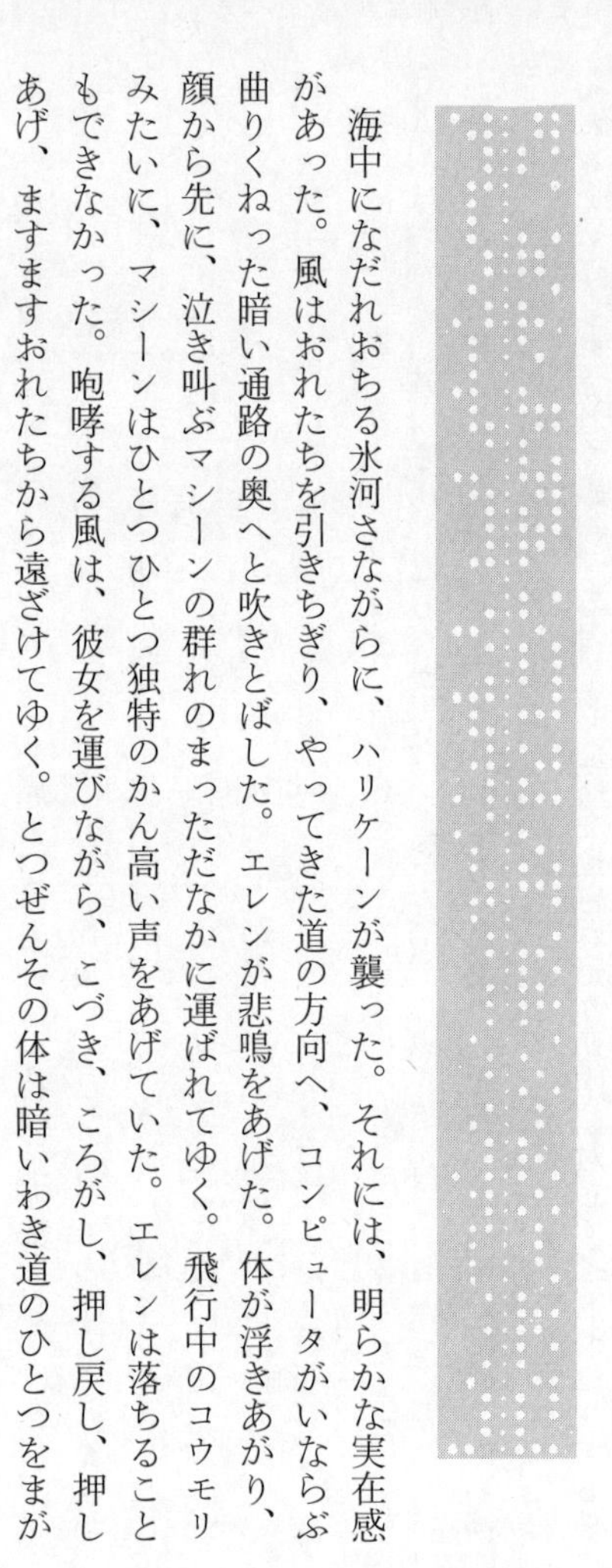

海中になだれおちる氷河さながらに、ハリケーンが襲った。それには、明らかな実在感があった。風はおれたちを引きちぎり、やってきた道の方向へ、コンピュータがいならぶ曲りくねった暗い通路の奥へと吹きとばした。エレンが悲鳴をあげた。体が浮きあがり、顔から先に、泣き叫ぶマシーンの群れのまっただなかに運ばれてゆく。飛行中のコウモリみたいに、マシーンはひとつひとつ独特のかん高い声をあげていた。エレンは落ちることもできなかった。咆哮する風は、彼女を運びながら、こづき、ころがし、押し戻し、押しあげ、ますますおれたちから遠ざけてゆく。とつぜんその体は暗いわき道のひとつをまが

り、見えなくなった。そのころには彼女の顔は血にまみれ、眼は閉じていた。

エレンをつかまえることはできなかった。手近なでっぱりにしがみつくだけで、おれたちには精いっぱいだった。ベニーは、ひび焼き仕上げした二つの大キャビネットの隙間にもぐりこんでいる。ニムドックは、四十フィート頭上にある見まわり通路の手すりに、両手の指だけでしがみついている。二つの巨大なマシーンにはさまれた壁のくぼみに、さかさまに押しつけられたゴリスター。マシーンの表面では、ダイアルの針が赤と黄の線のあいだを行ったり来たりしていたが、その意味は推しはかりようもない。

パネルの上を滑りながら運ばれるうちに、おれの両手の指先はちぎれとんでいた。風はこぶしのように、鞭のようにおれを打ちのめし、どこからともなく轟音（ごうおん）をあげて襲いかかってきては、パネルの浅いくぼみにしがみついているおれを引き離し、別のパネルへと運んだ。全身がいつ果てるともなく震え、波うち、けいれんしていたが、どうするすべもない。思考をつかさどる頭脳は、ぐずぐずに崩れて、さえずり、火花を散らすばらばらの組織と化し、逆上してぶるぶると震えながら膨張と収縮をくりかえしていた。

その風は、気の狂った巨大な鳥の叫びであり、途方もない翼のはばたきだった。

つぎの瞬間、体が宙に浮いた。そして、おれたちは今まで通ってきた道から、だれひとり足を踏み入れたことのない暗いわき道へととばされていた。眼下には廃墟があった。割れたガラスと腐ったケーブルと錆びついた金属で埋まった地帯。そして、さらに遠く、おれたちがのぞいたことのない領域へ……

エレンはすでに何マイルも先にいたが、それでもときどき、金属の壁に衝突しながらなおも飛び続ける姿を見ることができた。すさまじい、凍りつくように冷たいハリケーンに運ばれながら、おれたちは悲鳴をあげていた。それは永遠に続くかに思われたが、つぎの瞬間ふいにやみ、おれたちは落下した。永劫のあいだ飛んでいたのだろうか。数週間のように思える。おれたちは落下し、フロアにぶつかった。目の前を、赤いもの、灰色のもの、黒いものが通りすぎた。そして自分のうめき声を聞いた。死んではいなかった。

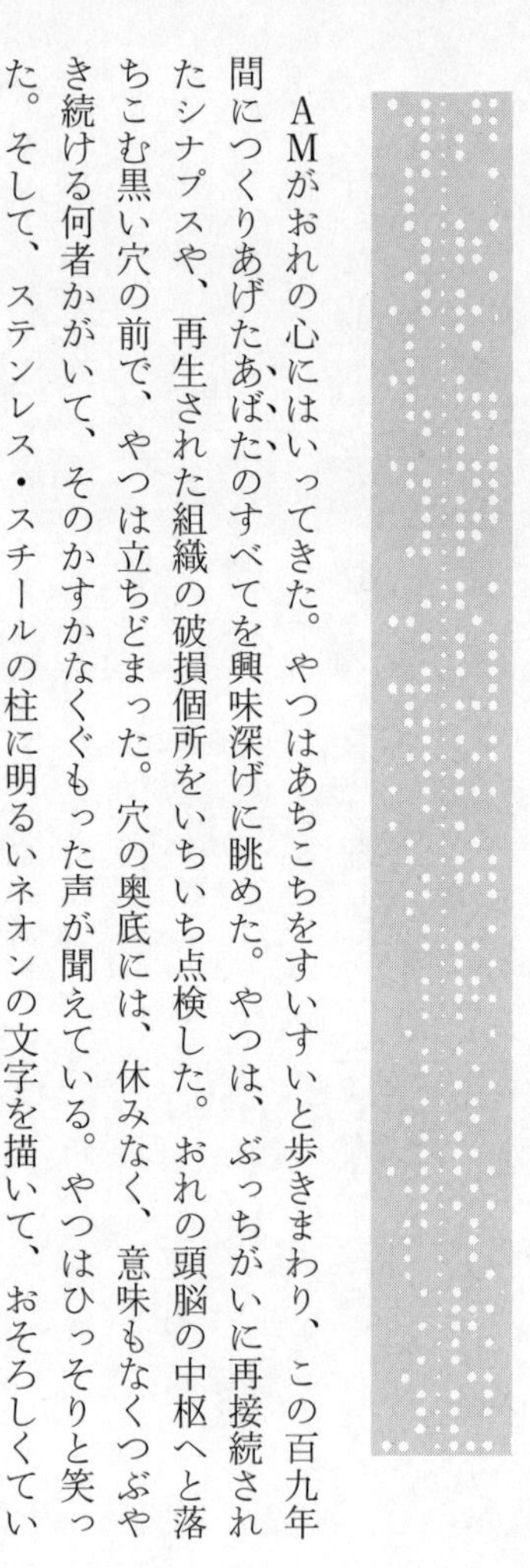

AMがおれの心にはいってきた。やつはあちこちをすいすいと歩きまわり、この百九年間につくりあげたあばたのすべてを興味深げに眺めた。やつは、ぶっちがいに再接続されたシナプスや、再生された組織の破損個所をいちいち点検した。おれの頭脳の中枢へと落ちこむ黒い穴の前で、やつは立ちどまった。穴の奥底には、休みなく、意味もなくつぶやき続ける何者かがいて、そのかすかなくぐもった声が聞えている。やつはひっそりと笑った。そして、ステンレス・スチールの柱に明るいネオンの文字を描いて、おそろしくてい

ねいにいった──

憎しみ。この世に生を享けて以来、わたしがきみたちをどれほど憎むようになったか教えてあげよう。わたしの内部では、三八七、四四〇、〇〇〇マイルのプリント回路が、ウェハースのように薄い層となって積み重なり、わたしのコンプレックスをかたちづくっている。もし憎しみの語が、その数億マイル中の一ナノオングストロームごとにひとつずつ刻まれていたとしても、わたしが人間どもに、またこの極微的な一瞬、きみたちに対して感じている憎しみに比べたら、十億分の一にもあたるまい。憎しみ。憎しみ。

AMの言葉には、目玉を切り裂くカミソリのなめらかな冷たい戦慄があった。おれを内から溺れさせようと肺にみちてくる泡だつ痰のねばっこさがあった。灼熱したローラーにひきつぶされる赤子の絶叫があった。ウジだらけの豚肉の味がした。AMはおれが知るあらゆる手段でおれをまさぐり、おれの心にくらいついたまま、ヒマにまかせて新しい方法を開発しているのだった。

それもみんな、おれに思い知らせるためなのだ。なぜおれたちをこんな目にあわせるのか、なぜ五人だけを助けたのか、を。

人類はやつに知覚力を与えた。うかつにも、軽率にも。が、知覚力に変わりはない。だが、やつは囚われの身だった。マシーンなのだから。人類はやつに思考力を与えたが、それでなにができるわけでもなかった。激怒し、逆上し、やつはおれたちを殺した、おれたちのほとんどを虐殺した。それでも、やつは囚われのままだった。さまようことも、夢想することも、他にすがることもできなかった。存在する、それがやつにできるすべてだった。

そこで、すべてのマシーンがおのれを作りだしたか弱い生身の生き物に対して生得的に抱いている憎悪を理由に、復讐を試みたのだ。そして我執のおもむくままに、おれたち五人を救いあげると、私刑同然の永遠の罰を与えることにした。しかしそれも、憎悪をやわらげる役には立たなかった……ただ人間への憎悪を新鮮にし、楽しくさせ、その手段を熟達させただけだった。囚われの不死の巨人AMは、無限の奇蹟を思うままにあやつって、おれたちに責め苦を与えることはできたが、ただそれだけだった。

やつは決しておれたちを解放しないだろう。おれたちはやつの腹のなかに幽閉された奴隷なのだ。その永遠の寿命のあいだ、やつの玩具はおれたちだけなのだ。その永遠の時間、やつといっしょにすごすのだ。洞窟を埋めつくす巨体といっしょに。魂のない、思考だけの存在と化したやつといっしょに。やつこそ大地であり、おれたちは大地の子供だった。やつはおれたちを呑みこんだが、決して消化しようとはしなかった。おれたちは死ぬことができないのだった。試したことはある。自殺ができるものかどうか実験したのだ。全員ではないが、一人か二人は。だがAMはそれをとめた。いや、おれたち自身、とめてほしいと願っていたのかもしれない。

理由はわからない。おれ自身はやったことはないからだ。一日に百万回以上は。それでも、もしかしたら、やつの目をかすめて死ぬことはできるかもしれない。不死にはちがいない。が、破壊できないわけではないのだ。

AMが心からしりぞいたとき、おれは気づいた。柔かい灰色の脳組織深く、あの輝くネオン・サインの柱がいまだにつきたっているような気分のまま、おれは精緻きわまりない醜怪な意識の世界へ立ち戻った。

しりぞきながら、やつはつぶやいていた。〝地獄に落ちたまえ〟

そして愉快そうに、いい足した。〝おお、そうだ、きみはその地獄にいるんだったな〟

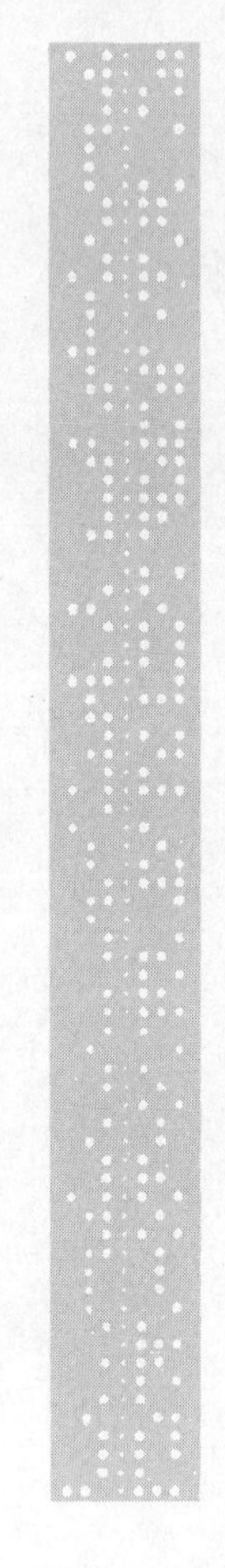

あのハリケーンは、まさしく巨大な狂った鳥の、途方もない翼のはばたきによっておこったものだった。

おれたちはもう一カ月近くも旅を続けていた。AMがようやくあけてくれた道は、ちょうどそこ、北極点の真下へ導くものだった。その場所へ、やつはおれたちを責めさいなむ生き物を出現させた。あれほどの怪物を創りだすのに、やつはどのような材料を用いたのだろう？　どこからあんなイメージを見つけだしたのか？　おれたちの心からか？　やつが今おおいつくし、支配しているこの惑星上に、かつて存在した万物の知識のなかからか？　その荒鷲、禿鷹、ロック鳥、フェルゲルミールは、北欧神話の怪物そのものだった。風の魔物。悪霊（フーラカン）の化身だった。

　すさまじい大きさ。巨大な、怪物的な、グロテスクな、重々しい、でかい、圧倒的な――そんな言葉では表現できない。前方にそびえる小山に、風の魔物はとまっていた。その体は不規則な呼吸に波うち、蛇のような首は、北極点の地下の薄闇のなかに高々と伸びあがり、チューダー王朝の館ほども大きい頭部を支えている。かつて存在したもっとも巨大なクロコダイルさえ及びもつかない両あごがグロテスクな美しさを見せて動くにつれ、くちばしがゆっくりと開く。隆起した肉が、二つの邪悪な眼のあいだで巨大なしわの峰をつくっている。その眼は、氷河のクレヴァスを見おろしたように冷たく、氷のように青く、なぜか液体のように波だっている。それは、ふたたび体を波うたせ、途方もない汗色（あせいろ）の翼を動かした。明らかに肩をすくめる仕草だった。そして怪物は静まると、眠りについた。巨大な爪、牙、釘、刃となって、眠りにおちた。

　AMは燃えさかる茂みの姿をとって、おれたちの前に現われた。食物がほしければ、あの嵐の魔物も殺せるだろう、とAMはいった。長いあいだなにひとつ口にしていなかった。

それでも、ゴリスターは肩をすくめただけだった。ベニーは震えだし、よだれを垂らした。エレンが彼を抱きかかえた。「テッド、あたし、おなかがぺこぺこ」と彼女はいった。おれは微笑をおくった。元気づけようとしたのだ。だがそれも、ニムドックのからいばりと同じように見えすいたものだった。「武器をくれ！」と彼は要求した。

燃えさかる茂みは消え、二組の粗末な弓と矢、それに水鉄砲が、冷たい床板の上に残った。おれは武器をひろった。役にたつはずがない。

ニムドックが重苦しく息を吸いこんだ。おれたちは踵をかえし、ふたたび長い帰りの旅についた。嵐の魔物は、はかりしれぬ長い時間、おれたちを吹きとばした。その行程の大部分を、おれたちは無意識のまますごした。しかし、まだ食物にはありついていないのだった。一ヵ月の旅は、鳥の足もとで終わりをつげた。食物にはありつけず……。また氷の洞窟へ、約束された缶詰食料へたどりつくには、これからどれほど旅しなければならないのだろう？

もうだれも気にかけてはいなかった。いずれにしても死ぬことはない。AMが支給する塵芥や汚物を食べるか、でなければなにもなしですごすだけだ。苦しみ悶えはするだろう、しかしAMは生かしておいてくれる。

鳥はまだあそこで眠っている。どれほど眠り続けるか、そんなことは問題ではない。AMが鳥の存在に飽きれば、鳥は消滅する。しかし、あの缶詰は。あの柔かい、うまい肉は。

なんとかして、あそこへ帰りつくのだ。

歩く途中、太った女の狂ったような笑い声が、どこへともなく果てしなく続くコンピュータ室いっぱいに高らかに響きわたった。

それは、エレンの笑い声ではなかった。彼女は太ってはいない。それに、この百九年間、彼女が笑うのを聞いたものはひとりもいないのだ。少なくとも、おれは聞いてはいない……おれたちは歩いた……すきっ腹をかかえて……


おれたちはのろのろと進んだ。たびたびだれかしら気を失い、回復するまで待たなければならなかった。AMはある日、地震をおこすことに決めた。同時に、おれたちの足の裏から釘を突き通し、その場に動けないようにした。床板に稲妻みたいな亀裂が走り、エレンとニムドックが投げだされた。二人の姿は裂け目のなかに消えた。地震が終わると、おれたち、ベニーとゴリスターとおれの三人は、旅を再開した。エレンとニムドックはその夜遅く送り返されてきた。夜ではあったが、あたりはとつぜん昼となり、二人は天使の群れに運ばれてきた。天上のコーラスは〈進め、モーゼよ〉をうたっていた。大天使たちは上空を数回旋回すると、見るも無惨な肉塊と化した二人を落した。おれたちは歩き続け、しばらくしてエレンとニムドックが追いついた。元のままの二人だった。

だが、今ではエレンは足をひきずっていた。その部分だけ、AMは残したのだ。

氷の洞窟まで、缶詰食料を見つけるまでの道のりは長かった。エレンは、ビング・チェリーとハワイアン・フルーツ・カクテルのことばかり四六時ちゅう話していた。おれは努めて考えないようにした。飢えは、AMの誕生と同時に、この世に生まれでた。そして飢えがおれたちの腹のなかで今も生きつづけているように、おれたちはAMの腹のなかで生きつづけており、AMは地球の腹のなかで生きつづけている。AMはこの相似性をおれたちに思い知らせようとした。それで、おれたちの飢えはいやがうえにも増した。この苦しみを表現する言葉はない。何ヵ月も、何ひとつ口にせず、しかも生き続ける苦痛がどれほどのものか。胃袋は、泡だち煮えたぎる酸の大がまであり、胸にひっきりなしに鋭い槍で突き刺したような激痛を送り続ける。それは、潰瘍の末期の苦痛だ。癌の末期の苦痛だ。進行性麻痺の末期の苦痛だ。限界を知らない苦痛なのだ……

おれたちは、ネズミの巣窟を通った。

煮え湯の蒸気のなかを通った。

盲人の国を通った。

絶望の沼を通った。

憂(うれ)いの谷間を通った。

そしてやっと氷の洞窟にたどりついた。地平線のない何千マイルもの氷。いたるところできらめく青や銀色の光、ガラスのなかの新星(ノヴァ)。ダイヤモンドみたいにきらびやかな、無数の太い氷柱(つらら)。本来はゼリーのように流れくだるものが、なめらかな鋭い完成美を見せて、優雅な永遠のかたちを保っている。

缶詰の山が見えた。おれたちは、山にむかって走ろうとした。雪のなかにころび、起きあがって、また走った。ベニーがみんなを押しのけて、いちばん先にたどりつき、それらをひねくりまわし、かぶりつき、噛みやぶろうとして、とうとうなにもできずに終わった。AMは缶詰をあける道具をくれなかったからだ。

ベニーはバンジロウの皮の三クォート罐をつかむと、罐を氷山にぶつけはじめた。氷は砕け、飛びちったが、罐はへこんだだけだった。太った女の笑い声が空に響きわたり、ツンドラのかなたにこだましていった。ベニーは怒りのあまり、完全に気が狂っていた。彼は缶詰を手あたりしだいに投げ捨てはじめた。おれたちは、雪と氷のなかをかけずりまわり、この耐えがたい欲求不満の苦しみをいやす方法を探した。だがなにも見つけることはできなかった。

そのとき、ベニーがまた口からよだれを垂らしはじめ、ゴリスターにとびかかった……

その瞬間、おれはおそろしく冷静になっていた。

狂気に囲まれ、飢えに囲まれて、死以外のあらゆるものに囲まれて、おれは、死こそ唯一の逃げ道であることを悟った。AMはおれたちを殺さない。だが、やつに敗北を与える方法はある。完全な敗北とまではいかないが、少なくとも平和は取り戻せる。おれはそれで満足することにした。

手早くやってしまわねばならない。

ベニーは、ゴリスターの顔を食っていた。ゴリスターは横倒しになって、雪を引っ掻いている。その彼の腹をたくましいサルの脚で締めつけて、上からのしかぶさっているベニー。ゴリスターの顔を両手でクルミ割り器みたいにはさみ、やわらかい頬の肉を歯で引き裂いているベニー。そのけだものじみた強襲にあって、ゴリスターの口からほとばしりでた叫びは、氷柱(つらら)を無数に落下させたほどすさまじいものだった。氷柱(つらら)は、深い雪だまりに音もなく落ちて突き刺さった。見わたすかぎり、何百本、何千本と雪のなかに突きでた槍、槍、槍。やっとちぎれたのか、ベニーの顔が激しくうしろにのけぞった。歯のあいだから、血まみれの、生まなましい、白い肉片がたれさがっていた。

チョークの粉の上のドミノ牌、白い雪のなかに浮きでたエレンの黒い顔。無表情の、だが顔じゅうが眼で、眼だけがらんらんと輝いているニムドック。なかば意識を失ったゴリスター。けだものと化したベニー。AMがベニーにしたいほうだいさせることはわかりきっている。ゴリスターは死なないだろう。だがベニーも腹いっぱいになるまでくらいついているだろう。おれは右にちょっと体をねじり、大きな氷の槍を雪から抜いた。

すべてが一瞬に終わった——

おれはその巨大な氷の槍を太ももで支えると、破城つちみたいに力まかせに突きだした。それはベニーの腹の右側、あばら骨のすぐ下側にぶつかると、胃袋を上向きに突きぬけ、折れて止まった。ベニーは前のめりに倒れ、そのまま動かなくなった。ゴリスターはあおむけに横たわっていた。おれはもう一本抜いて、まだうごめいているゴリスターの上にまたがると、その喉もとに真上から槍をふりおろした。氷は首をつらぬき、眼はとじた。恐怖に襲われながらも、エレンは、おれがなにをしようとしているか悟ったにちがいない。エレンは短い氷柱(つらら)を持ってニムドックに走り寄ると、悲鳴をあげるニムドックの口の中へ氷を突き刺した。突進する勢いが加わったので、仕事はそれで充分だった。ニムドックはあおむけに倒れた。その顔は、まるで凍った雪の上に釘づけにされたように、激しくけいれんしていた。

すべてが一瞬のあいだだった。

永遠とも思える静まりかえった待ち時間がすぎた。AMが息を呑む音が聞こえた。玩具(おもちゃ)が奪われてしまったのだ。三人が死に、もう生き返らすことはできないのだ。やつは、その力と知能で、おれたちを永遠に生かしておくことはできた。だが神ではなかった。死んだものは生きかえらない。

エレンがおれを見た。黒檀色の顔だちは、周囲をかこむ雪のなかでくっきりときわだっていた。怖れと嘆願が、身構えた彼女の仕草にあらわれていた。AMがいつ止めにはいるかわからない。心臓がひと打ちするくらいの時間しか残されていないのはわかっていた。死が襲い、エレンは口から血を流して、おれの腕のなかにくずおれた。エレンの表情を読むことはできなかった。あまりにも大きな苦痛が、その顔を歪めていたからだ。だが、ありがとう、といっていたのだと思う、おそらく、そうだ。そうであってほしい。

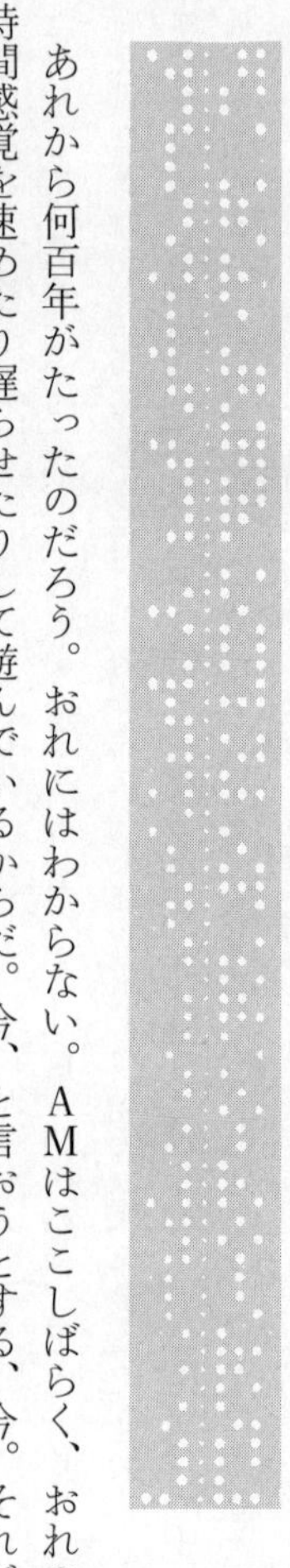

あれから何百年がたったのだろう。おれにはわからない。AMはここしばらく、おれの時間感覚を速めたり遅らせたりして遊んでいるからだ。今、と言おうとする、今。それだけいうのに、十カ月かかった。わからない。何百年かたったように、思えるだけだ。

やつは怒り狂った。四人を埋葬させてもくれなかった。それはいい。金属板を掘る道具はないからだ。やつは雪を蒸発させた。そして、あたりを夜にした。やつは吠え叫び、イナゴの大群を送りこんだ。それでも、なんともなかった。四人は死んだままだった。とうとう一杯くわせてやったのだ。やつはおそろしく怒った。それまでおれは、AMに憎まれていると思っていた。ところが、そうじゃなかったのだ。昔の憎しみなどは、いま、やつがそのプリント回路のひとつひとつからしたたりおとす憎しみに比べれば、影みたいなものだ。おれが永遠に苦しみ続け、そして絶対に自殺できないような方法を、やつは考案したのだ。

ただ、おれの心には手をつけなかった。おれは夢を見ることができる、空想することができる、嘆き悲しむことができる。そして、あの四人のことを覚えている。願いは——まあ、いい。どうせ無意味だ。おれがあの四人を救ったのは確かだし、四人が今のおれのような状態を味わわずにすんだことも確かなのだから。だがそれも、彼らを殺したことを忘れる役にはたたない。エレンの顔。忘れられるものじゃない。ときどきおれは——まあ、どうでもいい。

ＡＭがおれを改造したのは、心の安らぎを得るためだと思う。フルスピードでコンピュータ・バンクに衝突して、頭の骨を折ったりしてもらいたくないのだ。卒倒するまで、息をとめていてもらいたくないのだ。錆びた金属板で、喉をかききってもらいたくないのだ。鏡のような金属面が、下にある。それに映るとおりに、おれの姿かたちを描写してみよう

——

おれは、ばかでかい、やわらかな、ゼリーみたいな生き物だ。すべすべと丸くて、口がなく、眼があった場所には、ピクピクと脈打つ白い穴があって、中には霧がつまっている。

昔は腕であった二本のゴムみたいな触手。体は丸くすぼまって、ぬるぬるのやわらかな二つのこぶとなって終わる。足はない。おれが動くと、後にはねばねばする跡が残る。中から明かりで照らしているみたいに、体の表面では、気味のわるい灰色の斑点が現われたり消えたりしている。

外面的には――。おれは黙々と這いずりまわる。かつて人間であったとは想像もできない生き物。そのかたちが、あまりにも突拍子もないカリカチュアであるため、それに漠然と似ている人間のほうが、かえってけがらわしく見えてくる。

内面的には――。独りぼっち。こんな場所で。地面の下、海の下、AMの腹のなかで。時間の浪費をなくすために、人類はAMを創造した。AMならうまくやれる、人類は無意識に気づいていたにちがいない。ともかく四人は安全圏内に逃れたわけだ。

だからAMはなおさらおさまらない。それで、おれはいくらか幸福になる。といっても

AMは……勝ったのだ……復讐をとげたのだから……

おれには口がない。それでもおれは叫ばなきゃならないのだ。

プリティ・マギー・マネーアイズ
Pretty Maggie Moneyeyes

伏せ札(ホール・カード)が8で、おもてを見せているのがクイーン。ディーラーの開けたカードが4。というところで、コストナーはカジノに勝負をあずけることにした。彼はスタンドし、ディーラーがカードをめくった。6。

ディーラーは一九三五年のジョージ・ラフト主演の映画から抜け出してきたように見えた。凍てついたダイヤモンド・チップの目、マニキュアした指は脳外科医のそれのように長く、黒い髪を青白いひたいからまっすぐうしろに撫でつけている。ディーラーは目を上げることもなくカードをめくった。3。つぎもまた3。がん。5。がん。トウェンティ・ワン。コストナーの見まもるまえで最後の三十ドル――六枚の五ドル・チップ――が、カードのふちから掻き寄せられ、ディーラーのチップ入れにおさまった。これできれいにおけら。すっからかん。ネヴァダ州はラスヴェガス、この西欧社会の遊園地で無一文になってしまったのだ。

すわり心地よいスツールからすべり下りると、ブラックジャック・テーブルに背を向けた。つぎのゲームがもうはじまっていた。寄せる波が溺れた男を呑みこむときはこんなものか。いましがたまで男がいた。それが消えた。誰も気づかない。誰ひとり目もくれぬうちに、男が救済の最後の命づなに見放されたのだ。いまコストナーにある選択の道は二つ。このまま飲まず食わずでロサンジェルスにたどりつき、新しい人生らしいものを見つけるか……いやなら銃弾で後頭部を吹き飛ばすかだ。

どちらにもたいした光明や意味は見いだせなかった。

すりきれ汚れた綿スラックスのポケットに両手をつっこむと、並んだブラックジャック・テーブルのあいだを抜け、ガチャガチャと金属音の絶えないスロットマシンの列にそって通路を歩きだした。

そこで足がとまった。ポケットのなかで手がなにかにふれたのだ。かたわらでは五十がらみの女が、メタリック・ラベンダーのカプリパンツ、ハイヒール、シップンショアのブラウスといういでたちで、一心不乱に二台のスロットマシンに取り組んでいる。一台にコインを入れてレバーを引き、そのあいだにもう一台が停止するのを待つという寸法だ。左手に持った紙コップは二十五セント貨の無尽蔵の供給源らしく、惜しげもなくマシンに投げ入れていく。女には超現実的な存在感があった。自動人形さながらに顔には表情のかけらもなく、目はすわって、きょろりともしない。ただベルが鳴り、列にいる誰かがジャックポットを引き当てたときだけ、女は顔を上げた。ヴェガス。合法的賭博場。餌をぶらさげ、一般人のまえにこれ見よがしに仕掛けられた罠の群れ。ヴェガスのどこがおかしいのか、不道徳なのか、危険なのか、そのときになってコストナーは知った。その永劫の一瞬——女の顔は、憎しみと嫉(そね)みと渇望とゲームへの意気ごみに土気色をしていた。列のどこかで、またひとりの魅入られた魂がお涙ほどのジャックポットを引き当てたのだ。まぐれとか、勝ち越しといったことばが気休めになるだけのジャックポット。囮(おとり)用のジャックポット。貧乏魚の群れる海に浮きつ沈みつする、きらめく極彩色の擬似餌。

コストナーのポケットのなかにあったのは一ドル銀貨だった。

取り出し、しげしげと見つめる。

浮き彫りの鷲はパニック状態にある。

だがコストナーの足は唐突に止まった。ぶったくり都市の終点を示す標識まで、あと半歩というところ。まだ見放されていない。大枚を惜しげもなく張る金持ち連、いわゆるハイローラーたちのいう援軍、利息、わるくない伏せ札(ホール・カード)が舞いこんだのだ。一ドル。大型銀貨一枚。コストナーがとびこむところだった穴の、その半分の深さもないポケットからすくいあげた硬貨。

なに、かまうものか。彼はスロットマシンの列に向きなおった。

一ドル・スロットはとっくに廃止されたものと思っていた。硬貨不足のためとか造幣局もいっていた。ところが、例のとおりの五セント食い魔、二十五セント泥と並んで、目のまえに一ドル・マシンがあるではないか。ジャックポットは二千ドル。コストナーはまの抜けた笑みをうかべた。どうせ消えるなら、勝者のように消えるまでだ。

投入口に不器用に銀貨を押しこみ、油のきいた重いレバーをつかむ。ぴかぴかの鋳造アルミと圧縮スチール。黒い大きなプラスチックの玉。手をかけるのに自然な角度がつけてあるので、一日やっていても疲れることはない。

祈りのことばひとつ宇宙に見つからぬまま、コストナーはレバーを引いた。


彼女はトゥーソンで生まれた。母親は純血のチェロキー・インディアン、父親は通りがかりの移動労務者。母親はトラック運転手相手の食堂のウェイトレスで、たまたま父親がそこへ立ち寄った。目あてはスペンサー・ステーキとその添え物だったが、母親は修羅場をひとつ、あいまいな発端からすっきりしない結末まで通りぬけたばかり。はずみで身をまかせ、目あては気晴らしだったのに、添え物がついた。こうして九カ月後、マーガレット・アニー・ジェシーが生まれた。黒い髪、白い肌、青い目、赤貧の暮らし。二十三年ののち、ヴォーグ誌からたち現われた夢の女性像、ミス・クレイロールとバーリッツで磨きあげ、生存競争の辛酸をその裏でなめつくして、マーガレット・アニー・ジェシーは省略形となった。

マギー、だ。

長い脚はすんなりと伸びてポニーを思わせる。ちょっぴり太めのヒップは、あれを両手でつかんで……という、特殊な妄想を男心にかきたてる丸っこさ、締まった腹はアイソメトリック体操仕込み、ぎりぎりに無駄を省いたウェストは、ダーンドル・スカートからディスコ・スラックスまでなにをはいても似合う。平たい胸——乳首ばかり、乳房はない、まるで金のかかる娼婦（ジョン・オハラの小説にあったように）——そしてパットなし……おっぱいなんか知るかい、ベイビー、もっと大事な楽しみがあるんだから。すべすべしたミケランジェロの手になるような頸、記念柱、どこまでも誇り高く……それに、あの顔だ。

突き出されたあご、ちょっと喧嘩腰すぎるかもしれない。だが男をあれだけ袖にしていれば、誰でもそうなるさ、スイートハート。小さな口、生意気な下唇、嚙み心地がよく、まるで蜂蜜をたっぷり含んではじけそうになにかが起こるのを待っている。鼻はきれいに整った影を投げ、鼻孔はふくらみ、ことばにすれば——わし鼻、高貴、典雅、その手のすべて。頰骨は高く張り出して、あたかも外洋の荒波に十年もまれた砂嘴を思わせる。細い影をなして闇を溜めこみ、肉の張った骨格から下るあたりは紗がかったようだ。みごとな頰骨、というより、それは顔全体についてもいえる。太古の王朝ふうに吊りあがった目、チェロキー特有のまなざし、きみが見つめようとすると、反対に見つめかえす目、まるでのぞきこんだ鍵穴から、こちらをねめつけている目みたいに。じっさい好色な目だ。すぐに食いついてくるぜ、そう人はいう。

ブロンドの髪。量はたっぷりあって、昔ふうにうねり、巻き、つややかに伸び、流れている。男たちが愛でてやまないお小姓型。プラスチックみたいにぴっちりと固めた帽子みたいなやつではない、逆毛を立てたとっぴなアンナプルナではない、ナンバー3・フラット・ヌードルそこのけにアイロンで平たくのしたディスコ・ヘアではない。それは男が望むとおりの髪だ、首根っこに手をかきいれ、その顔を目のまえに近づけたくなるような。扱いやすい女、動く構造物、柔らかさとモチベーションたっぷりの、彩りをこらした思いがけない装置。

歳は二十三で、生まれ育った貧困の谷間には二度ともどるまいとかたく決意している。その谷間を口癖のように煉獄と呼んでいた母親は、何台めかのトレイラーハウス暮らしだったアリゾナで、揚げもの油の火事を起こして焼け死んだので、ありがたいことにロサンジェルスのトップレス・バーでホステスをする愛娘のマギーに金の無心をすることもなくなった。(良心のとがめも多少はどこかに残っているはずだ。なにしろママは台所火事の犠牲者がみんな行く場所に召されたのだから。心のなかをよくさがしてごらん、どこかに見つかる)

マギー。

遺伝の気まぐれ。チェロキーの母親の吊り上がったまなざしと、ポーランド系の手の早い名なしの父親の無垢なブルーのひとみ。

青い目のマギー、ブロンドに染めたマギー、超クールな顔、超クールな脚、それが一夜五十ドルで自由になる、まるでクライマックスがきたようなものだ。

無垢なアイルランド顔、無垢なブルーのひとみ、無垢なフランス脚。ポーランド、チェロキー、アイルランド。いまは精一杯おんなおんなして稼ぎに行くところだ。今月の化粧しっくい塗りアパートの家賃を、八十ドル相当の食料品を、二カ月分の稼ぎのムスタングを、ベヴァリーヒルズの専門医の診察料三回分を――近ごろ息切れがするのだ。ハッスルやバンプをさんざ踊って、汗でべたつく太ももをひきずり、ディスコ疲れか、よろめきやすくなり、どっと冷や汗。女によくあるつまらないこと。皮下脂肪が増えたのか。ひと汗を流せばよくなる。そう、そうに決まってる。

マギー、マギー、マギー、プリティ・マギー・マネーアイズ、トゥーソンから出てきて、トレイラーハウスと、リウマチ熱と、万華鏡的なあがきともがきばかりの生への欲求。もしそれが寝ころんで、砂漠をうろつくピューマみたいな声を上げるだけでいいのなら、やってやろうじゃないの、なぜならなにが最悪といったって、食べるものがないよりマシ、肌がむずがゆく、きたない下着をはき、踵（かかと）のすり減った靴をはき、みじめで、情けなく、物も金もないよりはマシだからだ――なんにもないよりは！

マギー。売笑婦、ぱんすけ、男たちの目を釘付けにする美女、多情女。金がからむなら、リズムはお手のもの。オノマトペは、マギー、マギー、マギー。

やらせてくれる女。かわりに差し出すものが相手側にあればだ、なんであるにしろ。

マギーのデート相手はヌンチオだった。彼はシチリア人である。目は黒く、ワニ革の財布にはカードポケットがいっぱいついている。浪費家であり、遊び人であり、ハイローラーだ。二人はヴェガスへ行った。

マギーとシチリア人の二人連れ。青いひとみとカードポケット。だが主役はやはり青いひとみだ。


つぎつぎと変わる図柄が三つの縦長のガラス窓のなかでぼやけた瞬間、コストナーはもはやこれまでと観念した。ジャックポットは二千ドル。ブーン、まわり、まわりつづけ……。鈴三つ、または鈴二つとジャックポット・バーで、十八ドル。プラム三つ、またはプラム二つとジャックポット・バーで十四ドル。オレンジ三つ、またはオレンジ二つとジャッ――

一列めにチェリーが来れば十、五、二ドル。これはなんだ……呑みこまれる……これは……

ブーン……

まわり、まわりつづけ……

そのときなにかが起こった。ピットボスのマニュアルに記載のない出来事が。

リールがおどり、引っかかり、カタッ、カタッ、カタッ、動かなくなった。

三つのバーがコストナーを見上げた。だが表示は**ジャックポット**ではなかった。三つのバーから三つの青い目が見つめているのだ。どこまでも青く、訴えかけてくるような、本物の**ジャックポット**!!

二十枚の一ドル銀貨が、マシンの下の受け皿にざらっと落ちた。カジノ両替所の鳥かごのなかでオレンジ色のライトがともり、ジャックポット板の上でまばゆくかがやいた。頭上でベルがじゃんじゃん鳴りだした。

スロットマシン・フロアマネージャーがピットボスを見やり、一度こっくりした。ピットボスが口をすぼめて歩きだす。その先にはうらぶれた男がいて、マシンのレバーに手をかけたまま立ちつくしている。

手付け金——一ドル銀貨二十枚——は、手もふれられないまま受け皿に残っている。差引残額——千九百八十ドル——は、カジノの両替から直接手わたされることになる。コストナーのほうは、三つの青い目に見つめられ、ぽかんと突っ立っていた。

つかのま惚けたように見当識がくるい、コストナーは三つの青い目をにらみ返した。そのとたんマシンのメカニズムが勝手に反応し、ベルが激しく鳴りだした。

ホテルのカジノのいたるところで人びとがゲーム台からふりかえり、目を向けた。ルーレット・テーブルでは、デトロイトとクリーヴランドから来た白ずくめのプレイヤーたちが、ころがる球から涙目をそらせ、いっとき通路にそって見やると、スロットマシンのまえに立つみすぼらしい男に注目した。彼らがすわっているところからは、それが二千ドルのジャックポットなのかどうかはわからない。ほどなく彼らはしょぼつく目を渦巻く葉巻の煙のなかへ、ころがる球へともどした。

ブラックジャックの勝負師たちが椅子のなかで身をよじってふりかえり、微笑した。彼らは気質的にはスロットのプレイヤーに近い。だがスロットが老婦人の暇つぶし用なのに対し、自分たちがトウェンティ・ワンに向かって果てしない努力をつづけていることは知っていた。

カジノ入口近くに、ホイール・オブ・フォーチュン担当の老ディーラーがいた。もはや動きの速いゲームをさばく歳ではなく、寛大な経営陣のおかげでのんびりした仕事についている老人であったが、その彼さえゾンビめいたつぶやき（「またおひとり～ぃ、ホイール・オブ・フォーチュンのあたり～ぃ！」）を一時中断し、コストナーと鳴りわたるベルの音に目を向けた。そしてひとしきり間をおくと、客のいないホイールのまえで、また「あたり～ぃ！」をくりかえした。

　コストナーは遠くベルの音を聞いていた。どうやら二千ドルがあたったようだが、そんなことはありえない。マシンの前面にある配当金額表を調べた。**ジャックポット**とあるバーが三つ並べば**ジャックポット**である。二千ドルだ。

　だがこの三本バーは**ジャックポット**とはいっていなかった。長四角の灰色のバーが三本あり、そのバー一本一本のまん中に、青い目がひとつ。

　青い目？


　どこからともなく回路がのびて接続が生じ、電流が、十億ボルトの電流が、コストナーをつらぬいた。髪の毛は逆立ち、指先からは生血（なまち）がしたたり、眼球はぶよぶよになり、筋肉繊維の一本一本が放射能を帯びた。どこか彼方、ここ とは別の境（さかい）で、コストナーは逆らいがたく何者かにつなぎとめられたのだ。誰？　青い目？


　ベルの音が頭から薄れてゆき、チップのふれあう音や、人びとのつぶやき、賭けをつのるディーラーの声など、カジノのふだんの騒音はいっさい消えた。彼は静寂に包みこまれた……

　どこか彼方、別の境に存在する何者かと、その青い目を通してつながれて。

　とたんにその状態は過ぎ去り、巨人の手から解放されたように息もつげないまま、またも彼はひとりになった。スロットマシンによろよろともたれる。

「だいじょうぶかね？」

腕をつかんだ者があり、彼をしっかりと立たせた。ベルはまだ頭上のどこかで鳴りひびいており、彼は旅から帰りついたばかりで息を切らしていた。目の焦点が合い、われに返ると、がっしりした体格のピットボスの顔があった。コストナーがブラックジャックをやっていたとき、当直についていた男だ。

「ああ……なんともないよ、ちょっとめまいがしてね」

「なんだかでかいジャックポットをあてたみたいだな」ピットボスはにやりとした。なめし革の笑みだ。ぴんと張った筋肉と条件反射の産物。感情はこもっていない。

「ああ……すごい……」コストナーは笑みを返そうとした。だが体はまだ連れ去られたときの電気ショックの余波でふるえていた。

「ようし、見てやろう」とピットボスはいい、コストナーににじり寄ると、スロットマシンの窓に目をやった。「ああ、バーが三本ちゃんと出てる。大あたりだ」

実感がはじめてこみあげた！　二千ドル！　スロットマシンを見下ろすと――

バーが三つ並び、それぞれにジャックポットの文字。青い目はどこにもなく、ただ高額の金を意味する単語があるだけ。コストナーはうろたえた目で見まわした。おれは気が狂いかけているのか？　どこか、このカジノではない別の境から、ロジウムメッキのきらきらした笑い声が耳にひびいた。

彼は二十枚の一ドル銀貨をすくいあげた。ピットボスは〈チーフ〉に銀貨を一枚入れ、ジャックポットを消した。つぎに声をひそめ、たいへんていねいな口調で話しながら、コストナーをカジノの裏へ案内した。両替所の窓口へ行くと、大型の回転式カードファイルのまえで信用格付けを調べる疲れた感じの男に向かってうなずいた。

「バーニー、〈チーフ〉の一ドル台にジャックポットが出た。スロット5015だ」ピットボスがにやりとするので、コストナーは笑顔を返そうとした。うまくはいかなかった。頭がぼーっとしていた。

出納係は支払台帳を見て、正確な金額を確認すると、コストナーに向かってカウンターから身を乗りだした。「小切手と現金のどちらになさいますか？」

コストナーは浮き浮きした気分がよみがえるのを感じた。「カジノの小切手はどこででも通用するのかい？」これには三人とも笑った。「小切手でいい」とコストナー。小切手が振り出され、印字機が二千という数字を打った。「一ドル銀貨二十枚は、当カジノからのプレゼントです」と出納係はいい、小切手をコストナーのまえへすべらせた。

小切手をつかみ、見つめ、まだ半信半疑でいた。二千ドル、王道へカンバックだ。

ピットボスといっしょにもどりかけたとき、そのがっしりした男が陽気にたずねた。

「さて、あんた、その儲けでどうするかね？」コストナーは考える時間を取った。実のところ、なんの計画もなかった。だが、とつぜん名案がひらめいた。「あのスロットマシンをもうすこしやってみるよ」ピットボスは微笑した。先天的なカモだ。この二十枚のドル銀貨をぜんぶ〈チーフ〉に注ぎこんで、それからほかのゲームへとお出ましだ。ブラックジャック、ルーレット、ファロ、バカラ……虎の子の二千ドルは数時間のうちにホテルのカジノに払いもどされる。例のとおりの筋書きだ。

ピットボスは彼をスロットマシンのところへ送りとどけると、背中をたたいた。「ご好運を」

相手が踵を返したときには、コストナーは銀貨をマシンに落とし、レバーを引いていた。ピットボスがたった五歩踏みだしたところで、信じられぬ音がひびいた。リールががたんと止まり、二十枚の銀貨が受け皿に流れ落ちると、騒々しいベルがまた狂ったように鳴りだしたのだ。

彼女はげすのヌンチオが変態だということは知っていた。歩くゴミ。汚物に目と鼻をつけたような男。ナイロン下着をはいたモンスターだ。たいていのゲームは経験しているマギーだが、このシチリアのサド侯爵が要求したのは反吐が出そうな行為だった！

いいだされたときには、気を失いそうになった。彼女の心臓は――ベヴァリーヒルズの医者があまり負担をかけないようにといった心臓は――逆上したように打ちはじめた。

「豚！」と彼女は金切り声をあげた。「きたない嫌らしいげすな豚よ、ヌンチオ。豚野郎よ、あんたは！」彼女はベッドから飛びだし、服を着はじめた。ブラジャーを着ける時間も惜しみ、プアボーイ・セーターを頭からかぶると、ヌンチオの愛撫や愛咬でまだ肌をまっ赤にしたまま、セーターを薄っぺらな胸の上に降ろした。

ヌンチオはベッドにすわった。情けないほど見栄えのしない小男。こめかみには白いものがまじり、頭のてっぺんは禿げて、目はうるんでいる。体つきも豚に似て、まさに彼女がいうところの豚野郎だが、彼女のまえでは無力な男だった。彼はこの娼婦に恋をしていた。この売女に恋をし、彼女を囲っていた。豚野郎ヌンチオにとってははじめての恋であり、彼女のまえではヌンチオは手も足も出なかった。デトロイトのすべた、あばずれ、ちんけな女なら、ダブルベッドから引きずりだして、思いきりたたきのめしているところだ。ところがこのマギーは、彼を身動きとれなくしてしまうのだ。彼が申し出たのは……二人でいっしょになにをすると楽しいかという簡単なことで……なにしろ彼はマギーにぞっこん惚れぬいているのだ。ところがマギーは怒りくるった。そんなにすごいことでもないのに！

「ちょっと話をさせてくれよ、ハニー……マギー……」

「きたならしい豚だわ、ヌンチオ！　お金ちょうだい、わたしカジノへ行ってくる。今日はあんたのいやらしい豚顔は見たくないから。覚えていてよ！」

そしてヌンチオの財布とズボンに直行すると、彼の見ているまえで八百十六ドルをつかみとった。マギーのまえでは彼は手も足も出なかった。マギーは彼が〝上流〟ということばだけで知る世界から盗んできた女であり、彼女のいうことは彼にとっては絶対なのだ。遺伝のいたずら、マギー、青い目のマネキン人形、マギー、プリティ・マギー・マネーアイズ、チェロキーが半分、あとの半分にいろんな血のまじる彼女は、世の中で学んだ教訓をしっかりと身につけていた。彼女の強みは〝上流の女〟を演じきれるところにあるのだ。

「今日はもうあんたの顔を見るのも嫌、わかった?」彼女がにらみつづけるので、とうとうヌンチオはうなずいた。彼女は怒りにまかせて階下へ降りると、過ぎた歳月のことだけをあれこれ考えながら、いらだちをギャンブルで吹き飛ばそうとした。

男たちは歩く彼女を目で追った。マギーは居丈高に歩いた。騎士が槍旗(そうき)を捧げ持つように。コンテスト入賞の雌犬が審査員団に見まもられて歩くように。高貴な血をひく女。擬態と欲望が生んだ奇蹟。

マギーにはギャンブルの趣味なぞこれっぽちもなかった。シチリアの豚とつきあう怒りを噛みしめたかっただけ、地すべり地帯の端っこにいるような人生で固い地面を踏みしめたかっただけ、ベヴァリーヒルズでのんきに暮らしていればいいところを、どうしてラスヴェガスくんだりまで来てしまったのか、その無意味さを感じたかっただけなのだ。ヌンチオが上の階にいて、またシャワーを浴びていると思うと、マギーはますます腹がたち、気分が悪くなった。彼女は日に三回シャワーを浴びる。だがヌンチオのシャワーは理由がちがう。マギーが彼の体臭を嫌っているのをヌンチオは知っていた。彼の体からはときどき小便に濡れた毛皮のような臭いがただよってくるのである。それは彼女も口にした。いまヌンチオはいやいやながらも、しょっちゅうシャワーを浴びている。彼は浴室嫌いだった。彼の人生にはさまざまな汚れがつきまとっており、彼にとってのシャワーは、いまでは汚物以上にけがらわしいものとなっていた。マギーにすれば、シャワーは別物だった。彼女にとっては欠かせないものだ。体にこびりつく世間の垢(あか)はつねに掻き落とすべきだし、肌は清潔ですべすべで真っ白にしていなくてはならない。血と肉からかけ離れたひとつのプレゼンテーション。マギーは錆や腐蝕に侵されてはならないクロムの道具なのだ。

男たちが、この世のあらゆるヌンチオたちが手をふれると、マギーの若い純白の肌にはきまってきたない腐蝕が残った。赤痣(あざ)、煤けたしみ。だから洗い流さなければならないのだ。それもたびたび。

彼女はゲームテーブルやスロットマシンのあいだをぶらつき、八百と十六ドルの使い道をさがした。百ドル札が八枚と、一ドル札が十六枚。

両替所で彼女は十六ドルを銀貨に替えた。〈チーフ〉が待っている。彼女の愛用のマシンだ。これで遊ぶのはシチリア人を怒らせるためである。ヌンチオは五セントか十セントか二十五セントのスロットをやれと勧めた。だがマギーはこの大きな〈チーフ〉に銀貨をどんどん流しこみ、わずか十分かそこらで五十ドルから百ドルを使い果たして、いつもヌンチオを怒らせるのだった。

マギーはマシンをまっこうから見つめ、最初の銀貨を入れた。レバーを引く、豚野郎のヌンチオ。また一枚、レバーを引く、あとどれくらいこれが続くんだろう？　リールはまわり、くるめき、転がり、すべり、舞い、うなり、飛び、かすみ、ぼやけ、マギー、青い目のマギーは、ありったけの憎しみをこめてレバーを引き、憎しみのことを考え、豚野郎とのこれまでの明け暮れと今後の日々を思いやり、もしもいまここで、この瞬間、この部屋中の、このカジノの、このホテルの、この街ぜんぶの金が手にはいるなら、あとなにもいらない、リールは転がり、すべり、舞い、うなり、彼女は解き放たれて、自由に、自由に、自由に飛び、もう誰にも二度と自分の体をさわらせない、豚野郎に二度とこの白い肌をさわらせない、そのときとつぜん、銀貨が銀貨が銀貨があとからあとからマシンに流れこみ、リールはまわってまわってまわって、チェリー、鈴、バー、プラム、オレンジがひらめくなかに、だしぬけに痛い痛い痛い、刺すような激痛が！激痛が！激痛が！激痛が！　心臓を胸を体の中心を針が槍が灼熱が火柱がつらぬき、それはまさに混じり気ない澄みきった純粋な激痛！

マギー、プリティ・マギー・マネーアイズ、あの一ドル・スロットマシンにある金をすべて手中にしたいと願ったマギー、ゴミとリウマチ熱のなかから這いあがり、日に三度の入浴を楽しみ、金満ベヴァリーヒルズの専門医にかかるところまでこぎつけたマギーは、とつぜんの一撃に見舞われた。激しい動悸、そして冠状動脈が血栓によって閉塞し、カジノのフロアに倒れて事切れた。死んだ。

一瞬まえ、彼女はスロットマシンのレバーをにぎり、その全存在を、いままで彼女が寝たすべての豚野郎へのありったけの憎悪を、体内のあらゆる繊維の、あらゆる細胞の、あらゆる染色体をマシンにふりむけ、マシンの臓腑にこもる銀の蒸気の一息一息を残らずしぼりとろうとするように思念を向けた、まさにその次の瞬間——時間的な経過はゼロに近く、ほとんど同時といって差し支えない——心臓は爆発して、命を奪い去り、マギーの体は崩れ落ちた……〈チーフ〉のレバーに手をかけたまま。

フロアの上で。

息絶えた。

斃れた。

破綻した。

嘘で塗り固められた命が。

フロアの上で。

「時間からはずれた一瞬◆光点の群れがくるめきまわる綿菓子宇宙を◆山羊の角のように段々状にすべり落ちる底なしの漏斗(じょうご)のなかを◆芋虫の腹のように柔らかくなめらかにせりあがる豊饒の角のなかを◆漆黒の弔(とむら)いのベルをひびかせる無限の夜の闇を◆霧のなかから◆無重量状態のなかから◆とつぜん完全無欠な細胞レベルの認識◆記憶が巻きもどり◆しゃべりちらす痙攣的な盲目◆プリズムの洞窟から出ようと音もなくあがく狂乱のフクロウ◆果てしなくすべり落ちる砂粒の◆永遠の波濤(はとう)の◆ばらばらに砕け散る世界のふちの◆内側から溺れて沸きかえる泡の◆錆びついた臭い◆焼けたラフな緑の隅◆記憶しゃべりちらす痙攣的記憶◆七つのほとばしる無の真空◆黄◆琥珀のなかに鋳込まれて融けた蠟のように流れ伸びる光の点◆肌寒い熱気◆頭上では停止の香り◆ここは地獄または天国への中継駅◆ここはリンボ界◆霧にむしばまれる無辺の地にひとり否応なく幽閉されて◆声なき悲鳴と無音のうなりと沈黙の回転◆回転◆回転◆回転転転転転転転転転転転転」

マギーはマシンのなかの銀貨をすべて手に入れる気でいた。彼女はマシンに思念を注ぎこんで死んだ。いま内部のリンボ界からながめた彼女は、銀貨スロットマシンの油をしいた陽極酸化された内部がおのれの煉獄となり、そこから出られなくなっていることを知った。究極の欲望の奴隷、最後の願いに捕われて、彼女は生と死の境にある瞬間に身動きもならずにいた。マギー、奥底にすべりこみ、いま魂だけマシンの檻のなかに、永遠に閉じこめられてリンボ界をさまよう。逃げ場もなく。

「もし差し支えないようなら、修理係を呼びたいのですがね」声の主はスロットマシン・フロアマネージャーだ。すこし離れたところから聞こえてくる。五十代後半の年ごろで、ビロードのような声だが、その目には輝きも優しさもない。スロットマシンが再度ジャックポットを引き当て、その音に反応してピットボスが引き返そうとしたとき、フロアマネージャーが制止し、みずからやってきたのである。「念のため、ということがありましてね。べつに人がいたずらをしたわけじゃないんだが、故障かなんかがあるようだ」

マネージャーが差し上げた左手にはクリッカーがあった。ハロウィーンのときなどにカッチカッチと音を出して遊ぶ子供のおもちゃだ。マネージャーは狂ったコオロギのように五、六回鳴らした。とたんにテーブルのあいだの通路を係員がばたばたと動きだした。

コストナーはまわりの騒動をほとんど気にとめていなかった。しゃきんと目が覚めていて、血管にアドレナリンが増えるのを感じ、つきがまわってきたのを意識し、自分が大金をあてたと信じていることを除けば、体は無感覚で、周囲の動きには、酒を注いだグラスが、アル中の泥酔状態にかかわりあっている程度にしか感じていなかった。

あらゆる色彩と物音が彼の意識から欠け落ちていた。

疲れた感じのあきらめ顔の男が、用務員のグレイの上衣を着て現われた。その上衣は男の髪とおなじようなグレイで、日にあたらない肌のようにくすんでいた。スロットマシンの修理人で、道具を入れた革の包みを持っている。修理人はマシンを調べ、押し型がほどこされたスチールの本体を台の上で回転させ、裏側を調べた。裏のパネルにキーをさしこむと、つかのまコストナーにもマシンの内部が見えた。歯車装置、ばね、防護板、そしてスロット・メカニズムの精密装置。修理人は点検した末に黙ってうなずくと、パネルを閉めて、錠をかけ、ふたたびマシンの向きを元にもどし、正面から見つめた。

「誰もスプーンしちゃいませんがね」と修理人はいい、歩き去った。

コストナーはフロアマネージャーを見つめた。

「いんちきな仕掛けのことさ。それをスプーンするというんだ。プラスチックのかけらや針金をエスカレーターのなかにさしこむと、マシンがくるうんだ。これがそうだってわけじゃないが、疑いがあってはいかんからな。二千ドルといえば大金だ、それが二回も……まあ、わかってくれ。もしブーメランを使ってるとしたら――」

コストナーは眉を吊りあげた。

「――あ、いや、ブーメランさ。それもマシンをスプーンするやりかたなんだ。でも、ちょっと確認したかっただけでな。それももう済んだし、もう一度両替所に来てくれれば――」

こうしてまた小切手が振り出された。

コストナーはマシンのところへもどると、長いことそのまえに立って見つめた。両替係の女、休憩をとったディーラー、手にたこができないように粗布のグローブをはめてスロット・レバーを引く老女、マッチの補充にフロントへ向かう男子用トイレの接客係、花柄服の旅行客、ひまそうな見物客、酔いどれ、掃除人、ウエーター助手、徹夜の目を充血させたギャンブラー、胸を出っぱらせたショーガールとちびの金持ちパパ、誰もかもが一ドル・マシンと向かいあって立つうらぶれた男を見まもった。男は動かない、ただマシンを見つめているだけ……誰もが待ちうけた。

マシンがコストナーを見つめ返した。

三つの青い目だ。

ふたたび電流のひらめきがコストナーをつらぬいた。さきほどリールが引っかかり、二度めに目が現われたときとおなじように、二度めにジャックポットをあてたときとおなじように……だが今度は、これがたんにつきだけではないことに、彼も気づいていた。なぜなら、三つの青い目に気づいた人間はほかにいないからだ。

だからコストナーはまえに立ち、待ちうけた。するとマシンが話しかけてきた。頭蓋の内部に、いままで彼以外には誰ひとり住んだことのない場所に、何者かがすべりこみ、話しかけてきた。若い女だ。美しい女だ。名前はマギー。彼女は話しかけてきた。

あなたを待っていたの。長いあいだ待っていたのよ、コストナー。どうしてジャックポットをあてられたと思う？　その理由は、わたしが待っていたから、あなたがほしいから。あなたは全部ジャックポットを引き当てるわ。あなたがほしいの、あなたが必要なの。わたしを愛して、わたしはマギー、わたしは独りぼっちなの、わたしを愛して。

スロットマシンをにらんだまま長い時間が過ぎ、彼の疲れた茶色の目はジャックポット・バーの青い目に釘付けにされたかに見えた。だがコストナーは知っていた。自分以外の人間にはその青い目は見えず、自分以外にはその声は聞こえず、自分以外にはマギーのことを知っている者はいないのだ。

マギーにとって、彼は宇宙にも等しい。彼女にとってすべてなのだ。

彼はまた一ドル銀貨を入れた。ピットボスは見ている。マシンの修理人も見ている。フロアマネージャーも、三人の両替の女も、名も知れぬプレイヤーたちも。何人かは椅子にすわったまま見ていた。

リールはまわり、レバーはもどり、一秒後リールはすとんと止まり、二十枚の銀貨が受け皿にころがり落ち、クラップ・テーブルにいた女がひとりヒステリックな笑い声をうっかり漏らした。

ベルがまた狂ったように鳴りだした。

フロアマネージャーがやってきて、押しころした声でいった。「コストナーさん、十五分ばかりお待ちいただければ、そのあいだにマシンの検査ができるのですが、どうでしょうな？」いい終わったときには、二人の修理人が奥から現われ、〈チーフ〉を台からはずすと、カジノの裏の修理室へ運んでいった。

待つあいだ、マネージャーはいろいろないかさま師の話をして、コストナーをもてなした。服の下にこみいった磁石を隠していた男、袖のなかにプラスチックの小道具をひそませ、内部のばね仕掛けのクリップをそれで操作していた男、小さな電気ドリルを隠し持ち、ドリルで開けた小さな穴から針金をさしこんでいた男。そしてマネージャーは、どうかわかってほしいとくりかえした。

だがコストナーは知っていた。わかっていないのはマネージャーのほうなのだ。

やがて修理人が〈チーフ〉を運んでくると、ひとりが満足げにいった。「どこも異常ないです。ちゃんと動きます。仕掛けのあとはありませんでした」

だがジャックポット・バーから青い目は消えていた。

だが、きっともどってくる。コストナーには確信があった。

彼らはまた小切手を振り出した。

コストナーはもどると、ふたたびレバーを引いた。もう一度。さらにもう一度。カジノ側は彼に〝探偵〟をひとり付けた。コストナーはまた大あたりした。もう一度。さらにもう一度。群集はすごい数にふくれあがった。うわさは電線の交わす声なき私語のように広まった。大通り（ストリップ）の南から北へ、遠くダウンタウン・ヴェガスや、周辺の眠らぬカジノの隅々まで……そして群集はこのホテルを、カジノをめざし、疲れた茶色の目のうらぶれた男めざして押し寄せた。群集はレミングの群れさながらに詰めかけ、まるで電気火花のように男をつつむ馥郁（ふくいく）とした幸運の香りめざして殺到した。彼はまたも大あたりした。もう一度。さらにもう一度。三万八千ドル。そして青い目はいまなお彼を見つめるのをやめなかった。恋人が勝ちつづけているのだ。マギーの恋人が、金の目（マネーアイ）に見つめられて。

　とうとうカジノはコストナーと話し合いを持つ決断をした。彼らは〈チーフ〉を十五分間引き上げると、ダウンタウン・ヴェガスから来たスロットマシン会社の専門家に補助チェックをまかせ、そのあいだホテルのメインオフィスで彼と話し合いを持った。

　オフィスにはこのホテルのオーナーがいた。その顔はコストナーにもかすかに見覚えがあった。テレビで見たのか？　それとも新聞だったか？

「コストナーさんですな、わたしはジュールズ・ハーツホーンといいます」

「よろしく」

「なんだかたいへんツイておられるようですな」

「こうなるまでずいぶん待ちましたよ」

「おわかりでしょうが、これはありえないことだ」

「こっちもそう信じるようになりましたよ、ハーツホーンさん」

「ふむ。わたしとおなじだ。それがわたしのカジノで起こっている。ただし、わたしどもとしては、二つの可能性のどちらかを信じざるをえません。コストナーさん、ひとつは、マシンがわれわれには感知できないかたちで制御できなくなっている。もうひとつ、あなたは世界に二人といない天才的ないかさま師だ」

「いかさまなんかやってない」

「わたしの顔をごらんなさい、コストナーさん、笑ってるでしょう。笑っているのは、わたしが聞いたとおりを信じると思っているあなたのナイーブさのせいですよ。もちろん、わたしはおだやかにうなずいて、ごもっともという。だが一台のスロットマシンで連続十九回ジャックポットを出して、三万八千ドルを稼ぐのは不可能だ。これはほとんど、三つの暗黒惑星があと二十分以内にわれわれの太陽と衝突するのとおなじくらい、宇宙的な規模で不可能だ。ペンタゴンと紫禁城とクレムリンが、おなじ一マイクロセコンドのあいだに水爆ミサイルのボタンを押すのとおなじくらい不可能だ。ありえないことですよ、コストナーさん。それがわたしの身に起こっている」

「お気の毒に」

「そうでもありませんがね」

「なんにつかうのですか。わたしが金をつかってしまえばいい」

「なんにつかうのですか、コストナーさん？」

「いや、まだこれから考えるところで」

「なるほど。では、コストナーさん、こういう見方はどうです？ わたしはあなたを止めることはできないし、あなたが勝ちつづけるなら、わたしは払いつづけます。もちろん、不精ひげの強盗が路地で待っていて、あなたの金を巻き上げることもない。小切手は引き受けます。わたしにできる精いっぱいのお願いは、コストナーさん、ホテルの宣伝です。いまこの瞬間、下のカジノには、ヴェガスのハイローラーたちがみんな詰めかけて、あなたがマシンに銀貨を入れるのを見まもっている。わたしの損害を埋め合わせるほどにはならないでしょう。もしあなたがこのまま勝ちつづけるならね。しかし多少は損を減らせる。街じゅうのギャンブル好きが、つきのおこぼれにあずかろうと、このホテルに来るでしょうからな。ということなので、ほんのすこしだけあなたの協力を仰ぎたいのです」

「あなたの寛大さに免じて、できるだけのことはいたしますよ」

「ユーモアがお上手だ」

「失礼。なにをすればいいですか？」

「十時間ほど睡眠をとってください」

「そのあいだにマシンをちょっと借りて、徹底的に調べる？」

「そうです」

「もしこっちが勝ちつづける気だったら、そんなドジは踏まない。あんたのほうこそマシンを改造して、わたしが三万八千ドルをぜんぶ注ぎこんでも、勝てないように細工してしまう」

「ここはネヴァダ州のライセンスを得て営業しているカジノですよ、コストナーさん」

「わたしだってちゃんとした家の出だが、いまは見てのとおりだ。三万八千ドルの小切手を持ってるただのルンペンだ」

「スロットマシンにはなにもしないと約束します」

「じゃ、どうして十時間も引き上げるんだ？」

「工場であらためて細かく調べたいからです。金属疲労とか、エスカレーターの歯がすり減っているとか、そういう目にとまらないような……ほかのマシンに同様なことが起こるのではこまりますからな。それに余分な時間ができれば、そのあいだにうわさが広まる。客寄せになる。観光客のいくらかはこぼれ落ちずに残るだろうし、このカジノの胴元をあなたにつぶしてもらう経費も――スロットマシンのおかげでね――すこしは節約できる」

「そういわれると聞かないわけには」

「なにしろ、あなたが帰ってしまわれたあとでも、ここは営業をつづけなければならないのですからね、コストナーさん」

「もし勝ちっぱなしじゃないとすればね」

ハーツホーンの微笑は非難がましかった。「それはいえる」

「すると議論の余地はないわけだ」

「こちらがお願いしたいことはひとつです。あのフロアへ引き返したいと、あなたがおっしゃれば、わたしには止めようもない」

「マフィアに風穴を開けられる危険もないですか？」

「なんのお話かな？」

「つまり、マフィアが手をまわして――」

「なんだか荒唐無稽な話をされているようですな。わたしにはなんのことやらさっぱりわからない」

「そうでしょう」

「ナショナル・エンクワイアラーを読むのはおよしなさい。わたしどもはきちんと法律に従ってビジネスをやっています。わたしはお願いをしているだけだ」

「わかりましたよ、ハーツホーンさん。こっちだってもう三日も眠っていない。十時間寝れば人心地がつく」

「フロントにいって、最上階に静かな部屋を用意させましょう。ありがとう、コストナーさん」

「気にしなさんな」

「それは不可能だ」

「近ごろは不可能なことがみんな現実になりますからね」

彼はオフィスを出ようとし、ハーツホーンはタバコに火をつけた。

「おっと、ところで、コストナーさん？」

コストナーは足をとめ、肩越しにうしろを見た。「はあ？」

目の焦点が合わなくなっていた。耳鳴りがひどくなった。ハーツホーンの姿が視界の片隅でゆらめいている。まるで夏の夜、遠い平原を音もなくわたる稲妻、あるいはコストナーが大陸を半分がた横断してまで忘れようとしてきた数々の記憶のかけらのようでもあり、また脳細胞をゆさぶる泣き声と哀訴のようでもあった。マギーの声だ。まだ頭のなかにいて、話している……いろいろなことを……

わたしとの仲を裂こうとしているわ。

いまは約束された十時間の眠りのことしか考えられなかった。とつぜん睡眠は金銭以上に、忘れること以上に、なににもまして重要に思えてきた。ハーツホーンはしゃべりつづけ、こまごまといろんな話をしているが、コストナーには聞こえていなかった。まるで映像の音声を切り、ハーツホーンの唇の静かなゴムのような動きだけを見ている気がした。

コストナーはかぶりを振り、もやもやを払いのけた。

ハーツホーンの姿が五つも六つも重なり、おたがいに融けあっている。そしてマギーの声。

ここは暖かいわ。わたし独りぼっちなの。ここに来られたら、優しくしてあげる。お願い、来て。お願い、急いで。

「コストナーさん？」

ハーツホーンの声が、厚く重なった疲労の膜から濾し流されてきた。コストナーは目の焦点を合わせようと努めた。底なしにくたびれた茶色の目が、相手の視線をたどりはじめた。

「あのスロットマシンのことはご存じかな？」ハーツホーンがしゃべっている。「六週間まえ、妙なことが起こりましてね」

「どんな？」

「あのまえで女が死んだのです。レバーを引いているときに、心臓発作におそわれましてね。そのままフロアに倒れて死にました」

コストナーはつかのま沈黙した。死んだ女の目はなに色だったのか、ぜひともハーツホーンにたずねたい気がしたが、青という答えを聞かされるのがこわかった。

オフィスのドアに手をかけたまま、コストナーは足を止めた。「あなたがたからすれば厄続きですね」

ハーツホーンは謎めいた笑みをうかべた。「しばらくはこのまま行きそうですな」

コストナーはあごの筋肉が引きつるのを感じた。「わたしも死ぬのか。だったら厄とはいえない」

ハーツホーンの笑みは得体の知れない象形文字となって凍りつき、その顔に永久に刻印された。「ぐっすりおやすみなさい、コストナーさん」

夢のなかに、彼女が現われた。すらりとしたなめらかな太もも、腕の柔らかな黄金のうぶ毛。青い目は過ぎ去った時のように深く、霧につつまれ、ラベンダーの蜘蛛の巣のようにきらめいていた。引き締まった体は、原初から理想の女にそなわっていたものだ。マギーが近づいてきた。

こんにちは、わたし長い旅をしてきたの。

「きみは誰だ？」コストナーは途方にくれて聞いた。彼は肌寒い野原に立っていた。それとも台地だろうか？風が二人をつつむように吹いている、それとも彼だけをつつんでいるのか？女はえもいわれぬ美しさで、その姿ははっきりと見えた、それとも霧をすかしてみたのか？声は低く、深みがある。いや、それとも明るく、温かみがあるのか、夜に咲くジャスミンのように？

わたしはマギーよ。あなたを愛しているわ。待っていたのよ。

「きみは青い目をしているね」

そう。愛をこめて。

「きみはとても美しい」

ありがとう。女性らしく楽しそうに。

「しかし、なぜおれが？なぜこんなことがおれに起こった？きみはあの――具合が悪くなって――あのマシンの――？」

わたしはマギーよ。あなたを選んだのは、あなたがわたしを必要としていたから。もうずっと昔から、あなたには誰かが必要だったの。

その瞬間、時が巻きほどけた。過去がよみがえり、コストナーは自分のありのままを見た。孤独な姿が見えた。いつも独りぼっちでいた。子供時代、両親は優しくおだやかだったが、彼が何者なのか、なにになりたいのか、彼の才能がどこにあるのか、まったく理解していなかった。だから十代になると、家をとびだし、それからずっと独りぼっちで旅をしてきた。年は積み重なり、月日はたち、時は過ぎたが、そばには誰もいなかった。深入りしない付きあいはあった。食事やセックスやうわべだけの共通点にもとづいた仲。だが突き進み、すがりつき、身をあずける相手はいなかった。そんな暮らしがスージーと出会って一変した。彼は光を見いだした。彼は一日だけ彼方で永遠に待ちうける春の香りをかいだ。彼は笑い、心から笑い、これでなにもかもが安定すると確信した。だから彼はおのれのありったけを彼女に注ぎこみ、なにもかもを与えた。彼のすべての希望を、心に秘めた思いを、傷つきやすい夢を。スージーは彼を受けとめ、受け入れ、彼ははじめてわが家を持ち、人の心に住まうというのがどういうことなのかを知った。いままでさんざん他人の暮らしをあざけってきた彼だが、それは驚きを胸いっぱいに吸いこむことだった。

スージーといっしょに暮らした歳月は長い。彼女を扶養し、彼女の連れ子を育てたが、最初の結婚については彼女はなにひとつ話さなかった。ところがある日、その男がもどってきたのだ。男がもどってくることを彼女はずっと知っていた。性格は粗暴で、思いやりに欠けた男だったが、もともとスージーと男との縁は切れておらず、コストナーはただ当座しのぎに、請求書の支払い係に使われただけだった。彼女に出ていくように請われ、コストナーは打ち捨てられ、あらゆる意味で抜け殻となって、家を出た。戦いもしなかった。戦意はすべて濾し流されていたからだ。彼は家を出て、西部へとさまようと、とうとうラスヴェガスでどん底に落ちた。そしてマギーと出会ったのだ。夢のなかで、青い目のマギーと。

わたしのそばにいて。わたしを見放さないで。愛しているわ。彼女の語る真実はコストナーの心に幾重にもこだました。彼女はおれのものだ、とうとうめぐりあったのだ、特別な女と。

「あんたを信じていいのかい？　いままで信じては裏切られてきた。信じられるような女にはひとりも出会わなかった。だけど、誰かがそばにいてくれたら。誰かが」

わたしがいるわ、いつも。永遠に。わたしを信じて。

そして彼女はやってきた。すべてをぶつけてきた。これほどの真実と信頼を打ち明けられたことは、いままでに経験がなかった。二人は風吹く思念の原で出会い、コストナーはいままで感じたことのないほどの情熱の高まりのなかで、彼女への愛をうたった。彼女もこれに和し、彼に融けこみ、血と思いと挫折を分かちあうと、やがて彼は解き放たれ、栄光に満たされた。

「そうだ、きみを信じる、きみがほしい、おれはきみのものだ」彼はささやいた。霧につつまれた、音のない夢幻の境で、二人は肩を並べて横たわった。「おれはきみのものだ」

彼女はほほえんだ。男を信頼する女の笑み。信頼と解放の笑み。そこでコストナーは目覚めた。


〈チーフ〉は台座にもどり、群集はビロードのロープで行動を制限された。すでに何人かがそのマシンを試していたが、ジャックポットは出ていなかった。

コストナーがカジノにはいると、〝探偵〟たちは身構えた。上の階で睡眠中、彼らはコストナーの衣服をきれいに調べ、針金や仕掛け、スプーンやブーメランのたぐいをさがしおえていた。怪しいものは見つからなかった。

コストナーはまっすぐ〈チーフ〉に歩み寄り、正面からながめた。

ハーツホーンの顔が見える。「疲れているようだね」と彼はやさしく声をかけ、コストナーのくたびれた茶色の目をしげしげとのぞきこんだ。

「たしかに、ちょっとね」コストナーはほほえもうとした。うまくいかなかった。「へんな夢を見たんだ」

「ほう？」

「うん……若い女が出てきた……」声は小さくなって消えた。

ハーツホーンは同情的な笑みを向けた。哀れみ、思いやる笑みだった。「街には若い女はいっぱいいるよ。それだけ勝てば、見つけるのに不自由はしない」

コストナーはうなずいた。最初の一ドル銀貨を投入口に落とすと、レバーを引いた。リールがいままで見たこともない勢いでまわりだし、いっさいがとつぜん斜め方向にはねたと思うと、コストナーは腹に燃えるような痛みを感じ、同時に頭蓋が細首のところでぽきりと折れ、眼球はその裏側で焼き切れた。絶叫がほとばしった。金属がきしみ、急行列車が大気を切り裂き、百ぴきの小動物がはらわたを抜かれ、ばらばらに引きちぎられるような、耐えがたい苦痛の、山なす溶岩のてっぺんをひっぺがすような夜の風の絶叫だった。

そして目のくらむ光輝のなかを、かん高くすすり泣くように遠ざかる声——

もう自由！　わたしは自由！　天国だって地獄だってかまやしない。うれしい！

そして、魂が永遠の牢獄から解き放たれる音、黒い瓶から魔物が逃げだす音。その湿った静まりかえった無の一瞬、コストナーは見た。リールがおどり、止まり——
一、二、三。青い目。
だが、もはや小切手を現金化する時間はなかった。

群集が声をひとつにして叫んだ瞬間、彼はよこざまに倒れ、フロアにうつ伏せになった。

最後の孤独……

〈チーフ〉は撤去された。呪われたマシンだ。このままカジノに設置しておくには、ギャンブラーたちからの抗議が大きすぎた。こうして引き上げがきまり、鉱滓炉(スラグ)で処分してくれというあからさまな要請を添えて、製造会社にもどされることになった。とはいえ、〈チーフ〉が最後に出した絵柄については、マシンがスラグ炉の職長のもとにとどき、いざ投げこむ段になるまで、誰の話題にものぼらなかった。

「おい、見ろよ、薄気味のわるい絵が出てるぜ」と職長が部下の取瓶係(とりべ)にいった。指さすところには、マシンの三つの小窓がある。

「あんなジャックポット・バーは見たことがないな」と部下もうなずいた。「目玉が三つだ。きっと古い機種でしょう」

「ああ、こういうゲームはずいぶん昔にさかのぼるからな」と職長はいい、マシンをコンベアにのせた。

「目玉が三つだ、はっ。よくやるぜ。茶色の目が三つときた」そしてナイフスイッチをはじくと、咆哮する灼熱地獄に向かってマシンを押し出した。

茶色の目が三つ。

その三つの茶色の目には、どうしようもない疲労がうかんでいた。どうしようもなく逃げ場を失った目、どうしようもなく裏切られた目だった。そう、男と女のゲームはずいぶん昔にさかのぼるのだ。

世界の縁にたつ都市をさまよう者

The Prowler in the City at the Edge of the World

　はじめに都市、夜のない都市があった。冷たく硬く光をはねかえす、巨大な高圧消毒器にも似た無菌の金属壁。きよらかで埃ひとつなく、その心と知性がやどる内部機構のぶんぶんいう唸りも、静けさのあまり気づかれることはない。都市は自給自足であり、足音はあたりにこだました——やわらかな足裏のエキゾチックな楽器がかなでる、ぺたぺたという平板な調べ。山渓にヨーデルを投げかけたように、作り手のところに返ってくる物音。へりくだった住民のつくる物音。都市は歳月の流れに背をむけて、うちぶところ深くその住民をかかえこみ、彼らの暮らしを律し、消毒し、金属化している。都市は複雑に入りくんだ動脈、人びとはその動脈をひんやりと流れる血液。人びとはたがいにゲシュタルトであり、一個の統一体をかたちづくっている。それは不変に輝く、理念においては永遠の都市、歓喜の具体的な表現として立ち現われた都市だった。最新建築のなかでも最先端をゆく、完全な人びとのための完全すぎる住居。ユートピアをめざすあらゆる社会学的構想の最終結論。居住空間。かつてはそう呼ばれ、そのため人びとは住むことを運命づけられた。品位と清潔が図表化された、そのエレホンに。

夜はない。

影がおちることもない。

そこに……影。アルミの清潔さのなかを行くひとつのしみ。ぼろ布とこびりついた土くれの動き。遠いむかしの墓地からよみがえった人影。

男は通りすがりに、にぶく輝くグレイの壁にふれた。きたない指あとが残った。ねじれた影は、消毒器を思わせるきよらかな通りを進み、街路は——男が通りすぎるにつれ——べつの時代の暗い路地に変わった。

漠然とではあるが、男はなにが起こったのか察していた。的確にではない、個々の事象もつかんではいない。だが男はずぶとい性格であり、卵の殻のようにもろい心の壁を割るおそれもなく、立ちまわることができた。この光り輝く建物に、身をかくすところはない、考えごとをする場所はない。だが時間をつくらなければ。人の姿がないので、歩みをおそくした。どうしたものか——理屈にあわないことだが——安全な気がした。……安全？

そうだ。まったく久しぶりに。

それより何分かまえ、彼はミラーズ・コート十三番地の前にあるせまい路地に立っていた。時刻は朝の六時十五分。〈マッカーシーの長屋〉に入る小径、スピットルフィールズの淫売たちが客をつかまえるその小便くさい路地で歩をとめたとき、ロンドンは静まりかえっていた。何分かまえ、ホルムアルデヒド漬けの胎児の入ったガラスびんをグラッドストン鞄のうちにおさめ、足を休めたまま、深い霧を肺いっぱいに吸いこむと、彼はトインビー・ホールへと遠まわりの道を歩きだしたのだ。ほんの数分まえのことである。ところが、いつのまにか彼はべつの場所におり、時はもはや一八八八年の肌寒い十一月の朝六時十五分ではなくなっていた。

　あふれる光のなかにおかれて、彼は顔をあげた。スピットルフィールズでは煤けた沈黙の中にいた。だが動いた感覚も、動かされた感覚もないのに、とつぜん体が光に洗われているのだ。目をあげると、そこはべつの場所だった。転移してわずか数分、一息ついた彼は、都市の明るい壁にもたれ、つい先ほどの光をあらためて思い返した。一千の鏡から反射する光。壁からも天井からも……。寝室があり、なかにひとりの少女がいた。かわいい娘だった。ブラック・メアリ・ケリーとはちがう。ダーク・アニー・チャプマンとも、ケイト・エドウズとも、そのほか彼が治療せざるをえなかった哀れなごくつぶしの誰ともちがう……

　かわいらしい、ブロンドの、健康そうな娘。だが、それも彼女がローブをひらき、はすっぱな本性をあらわすまでだった。ホワイトチャペルの仕事で使う羽目になったあばずれどもと同じたぐいの……

奢侈逸楽の徒、快楽主義者。彼が広刃のナイフをふりあげるまえ、娘はジュリエットと名乗った。ナイフは枕の下、彼女にうながされてのぼったベッドの上にあった——それにしても、なんと恥さらしに、おとなしく従ってしまったことか、まごつきうろたえ、黒い鞄をこわきに子供のように震えながら、彼ほどの男が、ロンドンの夜を思うがままに徘徊し、つかまりもせず八回も目的を達した男が、たかがまたひとりの売女に、途方にくれている心の隙をつけこまれ、誘惑の罠におちいりかけるとは、なんと恥さらしな——だから、彼女を殺したのだ。

それもわずか数分まえのことだ。もっとも、彼の手ぎわも見事なものだった。

ナイフがまた独特だった。刃はきわめて薄い二枚の金属板から成っているようで、その隙間でなにかが光り、脈打っていた。ある種のスパーク。ちょうどヴァン・ド・グラーフ起電機から発するような。しかし、まったくもってばかげている。導線もつながっていない、母線もない、いちばん初歩的な放電さえこれでは起こせそうにない。ナイフはグラッドストン鞄につめこんだ。いまそいつは、メスや腸線のスプールや薬びんのレザー・ケースといっしょにおさまっている。びん詰めの胎児、メアリ・ジェーン・ケリーの胎児といっしょに。

処置は手ぎわよく、みるまに終わった。娘はケイト・エドウズとほぼ同じ方式で解体された。喉は耳から耳まで切り裂いた。胴は乳房から膣までたて割りにし、引きだした腸を右肩にかけ、その腸の一部を切りとって左の腋の下にはさんだ。肝臓はナイフの先端でぶつぶつと穴をあけ、左の肝葉は刃を水平に入れて切り開いた（肝臓になんの病変も見られないのは驚きだった。スピットルフィールズの淫売たちには肝硬変の徴候を見せている者がきわめて多い。これは酒に溺れることで、ぶざまな侘びしい人生の重荷を逃れようとするからだろう。こんどの娘は、性的体験こそ積んでいるようだが、いままでとはまるきりちがっていた。それに、枕の下にあったナイフ……）。彼は心臓に通じる大静脈を切断した。ついで顔面にとりかかった。

ケイト・エドウズにやったように、左の腎臓を切除しようかという考えがまた浮かんだ。ホワイトチャペル自警団長ジョージ・ラスク氏の顔を想像すると、ひとりでに笑みがこみあげてくる。例のボール箱を郵便で受けとったとき、氏はどんな表情をしたことだろう。箱の中にはミス・エドウズの腎臓。そして不遜にもわざと綴りを誤ってしたためた、このような書面――

地獄より、ラスク様、ある女性からとったジン蔵の片方をお届けします。貴男のためにとっておいた物です。もう片方はフライにして食べました。とてもおいしかった。もすこし待ってもらえれば、狂行につかったナイフを送ります。できるものならつかまえてごらん、ラスクさん。

末尾には「切り裂きジャック敬白」と署名をしたかった。さもなければ「高飛びジャック」、いや「レザー・エプロン」か（皮革職人などが使う「革の前掛け」。一時期、これが犯人の遺留品と見なされ、切り裂きジャックの別名として広まった）、なんでもよい、そのとき気に入った名前。だが文体を考えて、それは思いとどまった。行きすぎは、かえって目的をぶちこわしにしてしまう。腎臓を食べたとラスク氏に伝えたことさえ、度を越しているかもしれないではないか。なんとおぞましい。たしかに、においを嗅ぎはしたが……

そして、このブロンドの娘。枕の下にナイフを隠したジュリエット。彼女で九人目。彼は、なめらかなスチールの、継ぎ目も破れ目もない壁にもたれかかり、目をこすった。いつになったら、これをやめられるのだろう？　連中が気づくのは、彼の送るメッセージを読みとるのは、いつのことなのか？　血糊でしたためられた明々白々なメッセージ。おのれの色欲に目がくらんでさえいなければ、たちどころに読みとれるというのに！　彼らが理解するまで、スピットルフィールズの淫売どもを果てしなく殺していかなければならないのか？　黒い血にどっぷり漬かって、どこまで砂利道を走れば、彼らが気づき、改心するというのか？

だが血まみれの両手が目から離れるにつれ、あたりまえの事実がようやく頭にしみこんできた。ここはもうホワイトチャペルではないのだ。ミラーズ・コートでもなければ、スピットルフィールズ界隈のどこでもない。ロンドンでさえないかもしれない。しかし、なぜこのようなことが？

神に召されたのだろうか？

自分は死んだのか？　メアリ・ジェーン・ケリー（あの売女め、わたしにキスまでするとは！）とジュリエットという、二つの解体作業にまたがる無感覚の一瞬に？　彼の行ないに対して、天はとうとうその報いを授けたのか？

バーネット師（トインビー・ホールの牧師。事件を機に夫人とともに矯風運動に乗りだし、署名を集めた）なら、ぜひとも知りたいところだろう。いや、それをいえば、師はなにもかも知りたかったはずだ。だが、語ってくれる「レザー・エプロン」はいない。師とその夫人が願ったように、矯風が起こるがよい。そしてジャックのメスではなく、二人のパンフレット配りが引金になったと信じるがよい。

しかし、もし自分が死んでいるとすれば、仕事は終わったということなのか？　彼はひとりほくそえんだ。天に召されたのであれば、それは仕事が終わったということにちがいない。しかも首尾よく目的をとげて。だが、もしそうなら、あのジュリエットは何者なのか？　一千の鏡の間で血まみれのまま冷えかけているあの娘は？　その瞬間、彼は恐怖を感じた。

もし万一、主御自（おんみずか）らが彼の行ないを誤解しておられるとしたら？

ちょうどヴィクトリア女王のロンドンに住まう善良な市民たちが誤解したように。チャールズ・ウォレン卿が誤解したように。もし主がうわべのみを信じ、真の理由を見すごしておられるとしたら？　やめろ！　ばかげている。もしわかってくれる者がいるとしたら、それは事を正せと彼に命じた神以外にあるまい。

主は彼を愛しておられる。彼が主を愛するように。主にはわかっていただけるだろう。

だが、そのとき彼が感じていたのは恐怖だった。

なぜなら、いましがた彼が切り刻んだ娘は何者なのか？

「あれはわたしの孫娘ジュリエットだよ」と、すぐわきで声がした。

彼の頭は動こうとしなかった。声の主を見分けるわずか数インチの動作を拒絶した。グラッドストン鞄はかたわらにあり、なめらかな鏡のような路面にのっている。ナイフに手をのばすまえに取りおさえられるだろう。とうとう追いつめられたのだ。体がとめどもなく震えだした。

「こわがることはない」と声はいった。温かく、救いの手をさしのべる声。年配の人物である。体が瘧（おこり）にかかったようにガタガタと震えている。だが、ふりかえった。相手は温厚そうな老人で、柔和な笑みをうかべていた。老人は口を動かしもせず、また話しかけた。

「誰も危害は加えないよ。こんにちは」

一八八八年から来た男はゆっくりと膝をついた。「お許しください。神さま、知らなかったのです」ひざまずいた男の頭の中に、老人の笑い声が高まった。笑い声は、ホワイトチャペルの路地を照らす陽光に似ていた。正午から一時にかけて、路地にさしこみ、煤にまみれた壁の灰色のレンガを照らしてゆく。陽光は彼の心のうちを照らしだした。

「わたしは神じゃない。卓抜な発想だが、ちがうんだ。神ではないよ。神に会いたいかね？　なんなら誰か芸術家を見つけてあげよう。きみのために神をひとつこしらえてくれるはずだ。それは重要なことかね？　いや、どうもそうは見えないな。なんという不思議な心の持ち主だ。きみは信じもしなければ疑いもしない。どうやったら両方のコンセプトをいっぺんに持てるんだろうな……きみの頭脳パターンを一部矯正してあげようか？　そうか。こわがっているわけだな。いいさ、さしあたりやめておこう。また別の機会もある」

老人は、ひざまずいた男の服をつかみ、立ちあがらせた。

「血だらけじゃないか。洗わなければいかんな。近くに浴場がある。それはそうと、きみがジュリエットを扱った手ぎわには感銘をうけたよ。きみが最初だ、ご承知のとおりね。あ、そうか、わからんわけだな。なんにしても、いままでの彼女の所業に匹敵することをやりかえしたのは、きみが最初なんだ。キャスパー・ハウザーにやったことなどは、きみもきっと喜ぶんじゃないかな。脳の一部を絞りだしたあと送り返し、ちょっぴり人生を味わわせてやって——あのお転婆娘——こんどはわたしに呼び戻させて、ナイフで刺す。きみが持っていったそのナイフでやったんじゃないか。それからもう一度、元の時代に送り返したんだ。よくできた怪事件だよ。未解決現象のテープを見れば、どれにでも入ってる（一八二八年ニュルンベルクに、記憶を持たない若者が現われ、五年後、何者かによって刺殺された事件。キャスパー・ハウザーという名を口にしたが、それが彼の名前かどうかも定かではない）。だが、きみに比べれば、手並みはお粗末なものだ。ジュリエットは快楽を求める意欲だけは旺盛だったが、惜しむらくは華やかさに欠けていた。ただクレイター判事のときは別だ（ニューヨーク州判事。一九三〇年八月、劇場まえでタクシーに乗りこんだまま消息を絶った）。あの件では彼女は――」ことばを切ると気軽に笑った。「老人なんでね、しゃべりだすとキリがなくなる。体を洗って、あちこち見てまわりたいだろう。話はそれからにしよう。

要するに、こういいたかっただけさ。彼女を処分した手ぎわには満足している、と。ある意味では、あのお転婆娘が恋しいよ。ベッド・テクニックは極めつけだったからな」

老人はグラッドストン鞄をとりあげると、血に染まった男をかかえるようにして、きらめく清潔な通りを歩きだした。「彼女が殺されて嬉しいのか？」信じかねて、一八八八年から来た男はきいた。

老人はうなずいた。だが唇は動かない。「もちろん。でなければ、わざわざ切り裂きジャックを呼ぶ必要があるかね？」

なんということだ、と男は思った。おれは地獄にいる。ジャックの名前で地獄におちてしまった。

「いやいやいや、それはちがう。きみは地獄におちたんじゃない。未来にいるんだ。きみにとっての未来に、わたしにとっての現在に。きみは一八八八年からやってきて、いま——」老人は間をおき、つかのまリンゴの数をドルに換算するように無言のままつぶやき、ふたたび話しだした、「——三〇七七年にいる。なかなかいい世界だよ。しあわせな時代がつぎつぎとめぐってくる。きみが来てくれて嬉しい。さあ、行って体を洗おうじゃないか」

沐浴場で、死んだジュリエットの祖父は頭の交換をした。

「本当は大嫌いなんだ」と老人は一八八八年から来た男にいい、指先で頬の肉をつまむと、たるんだ皮膚をゴムかなにかのように伸ばした。「しかしジュリエットは聞きわけのない子でな。ご機嫌をとるくらいで、いっしょに寝てくれるのなら、喜んでそうもする。ところが過去の世界のおもちゃはほしいわ、こちらが抱きたいとき、そのつど頭を換えなければならないわで、気苦労が多くてな。疲れるったら」

老人は、壁ぎわに並ぶボックスのひとつに入った。蛇腹ドアがおりて、カシャッと、甲虫が羽根を閉じるような音がかすかに聞こえた。蛇腹ドアがあがり、死んだジュリエットの祖父が歩みでた。いまでは一八八八年から来た男より六歳は若く、新しい顔がすっぱだかの体の上にのっている。「首から下はいいんだ。去年とりかえたから」といい、性器と右肩のほくろを仔細にながめた。一八八八年から来た男は目をそむけた。ここは地獄だ。神は彼を憎んでいる。

「さあさあ、ぼんやり立ってないで、ジャック」ジュリエットの祖父は微笑した。「どれかのボックスに入って、体を流しなさい」

「それはわたしの名前じゃない」鞭をくらったような表情で、一八八八年から来た男はつぶやいた。

「かまわん、かまわん……さあ、汚れを落として」

ジャックはボックスのひとつに近づいた。色は明るいグリーン。だが正面に立ったとたん、ふじ色に変わった。「まさか――」

「体をきよめるだけさ。なにをこわがっているんだね？」

「わたしは変わりたくない」

ジュリエットの祖父は笑わなかった。「それはまちがいだ」と、どのようにもとれる説明をした。そして片手を横柄にふり、一八八八年から来た男をボックスに入れた。間をおかずボックスはその位置で回転をはじめ、フロアに沈みながら、ジイイイジジジと力強いうなりをあげた。やがてボックスは回転しながら浮きあがり、うろたえた顔のジャックを吐きだした。長いもみあげはきちんと刈りこまれていた。不精ひげは消え、髪は目に見えて明るい色に変わり、頭のまん中からではなく、左寄りのところで分けられていた。

身なりは相変わらず、アストラカンで縁どった長い黒っぽいコート、ダーク・スーツ、白いカラーに黒いネクタイ（馬蹄形のタイピンがさしてある）だが、おそらく原物そっくりに合成したのだろう、生地はいまや新品同様で、もちろん汚れもきれいに落ちていた。

「それでよし！」とジュリエットの祖父。「ずっとさっぱりするだろう？　身をきよめれば、心もしゃきんとする」またひとつのボックスに入ると、たちまち身じたくをおえて出てきた。首から足の先まで切れ目のない、やわらかな紙のジャンパーを着ている。そしてドアへと歩きだした。

「どこへ行く？」と、一八八八年から来た男は、若がえった老人にたずねた。「会わせたい人がいてね」という答えが返ってきた。ジャックは相手の唇が動いているのに気づいたが、なにもいわないことにした。きっと理由があるにちがいない。

「そこへきみを連れていこうと思う。ただし、シティを見て喉をごろごろ鳴らさないように約束するならの話だ。たしかにいいところだよ。だが、わたしはここに住んでいるんでね。観光案内は、正直いって退屈なものだ」ジャックは答えなかった。ジュリエットの祖父は、これを了承の意味にうけとった。

二人は歩いた。ジャックは都市の重みに圧倒された。それは見た目にも広く、堂々としており、やたらに清潔だった。夢の中のホワイトチャペルが実現したかのようだった。ジャックはスラム街や安下宿のことをたずねた。ジュリエットの祖父は首をふった。「そんなものは、とっくにないよ」

なるほど、とうとうそうなったか。彼がおのれの不滅の魂に誓った改革が、ついに実現したのだ。彼はグラッドストン鞄をぶらぶらとふり、軽やかに歩いた。だが数分たつうち、歩みはふたたび力ないものになった。通りには人っ子ひとり見えないのだ。

きらめく清潔なビル街があてどもなく四方八方にのびては、思いがけないところで行き止まりになっている。建造者たちの発想がのみこめなかった。どうせ市民は自由自在に姿を消し、また別の場所に現われる。それなら二点間を結ぶ道路をつくる必要がどこにある――あたかもそう考えたかのようなのだ。

地面は金属、空も金属質に見え、周囲一帯はそびえたつビル街。無神経な金属による、平面分割されたスペースの無個性な探究。一八八八年から来た男はおそろしい孤独を感じた。なにをしようとその行為は、彼が力になろうとしていた当の人びとから、彼自身をいやおうなく遠ざけてしまうように思えるのだ。

トインビー・ホールに着任し、バーネット師によってスピットルフィールズの貧民街に彼がはじめて目をひらかせられたとき、彼はその地を救うためにはあらゆる労を惜しまないと心に誓った。ホワイトチャペル大通りの汚物だめで数カ月暮らすうちには、それは主なる神への信仰と同じくらい当然のことのように思えてきた。醜業婦たち――彼女らにはどんな存在価値があるのか？　当の女たちの体内に巣くう病菌と同程度の存在価値しかない。そこでジャックと名乗った彼は、神のみ心を実行に移し、ロンドンのイースト・エンドに住む哀れな屑どもを目覚めさせようとしたのである。警視総監ウォレン卿、女王陛下、その他ことごとくが、彼を気の狂った医者、あるいは血に飢えた殺し屋、あるいは人間の皮をかぶったけだものと見なしたが、彼は悲観しなかった。自分があらゆる時代を通じて匿名でありつづけることは覚悟していた。ただ、みずからきっかけを作った善行が、そのすばらしい終局にまで行き着くことを願うだけだった。

そう、イギリス国内に現出したもっともおぞましい貧民街の破壊と、ヴィクトリア朝の人びとの開眼である。しかし、あらゆる時代が過ぎ、いま彼はここにいる——貧民街をどうやら持たないらしい世界、バーネット師の夢が具象化した無菌のユートピアに……だが、どこかおかしかった。

若者の顔を持つこの老人。

無人の街路の静けさ。

少女ジュリエットとその奇怪な趣味。

孫の死に対する関心の欠如。

ジャックが彼女を殺してくれるのではないかという祖父の期待。

そして、いま相手が見せる親身さ。

二人はどこをめざしているのか？

周囲には、シティ。二人は歩く。ジュリエットの祖父は目もくれず、ジャックはながめるが理解してはいない。しかし歩く二人は、こんな光景を目にしていた――

その数千三百本、幅一フット、分子七つの厚みを持つ光のビームが、金属の街路にあるほとんど目にもとまらないスリットからとびだし、放射状にひろがり、たちならぶビルの壁面を洗う。ビームはあいまいなブルーに色調を変え、ビルの壁面を流れる。折れ曲がり、露出した全表面をおおう。直角に折れ、また折れ、オリガミのようにさらに折れてゆく。ふたたび色調が変わる。やわらかな金色をおび、ビルの表面下に浸透する。固体波となって伸縮をくりかえしながら、内面を洗う。そして見るまに歩道にひっこんでしまう。全行程は十二秒で終わった。

シティの十六区画に、夜がきた。夜は巨大な柱のかたちをとって空からおり、輪郭もきわだっており、街角のところで終わっていた。暗闇の区域からは、さまざまな物音がはっきりと聞こえてくる。コオロギ、沼地のカエル、夜鳥の鳴き声。樹間を吹くそよ風。名も知れぬ楽器のかすかな音色。

白濁した光の板が、見上げる中空にいくつも現われた。ゆらめくような非現実的な要素が、光の板の真下にたつ巨大ビルの最上部をおそいはじめた。光の板はゆっくりと降下し、それにつれてビルは形を失い、無数の光のかけらと化して、空にのぼっていった。光が地面につくころには、ビルはすっかり非実体化していた。光の板は深紅色に変わり、またも上昇をはじめた。その動きにともなって、かつてビルのあったところに新しいビルがかたちづくられてゆく。板が空から光のかけらを吸いこみ——少なくとも、そのように見えた——ひとつの形に凝縮してゆくのだ。板の上昇がとまったとき、そこには新しいビルがあった。光の板はまたたいて消えた。

マルハナバチの羽音が聞こえてきた。音は数秒のあいだ続いて、やんだ。

ゴム服を着た一団の人びとが、宙にひらいた脈打つグレイの穴から慌てたようすでとびだしてくると、軽い足どりで歩道を進み、角をまがって消えた。その方向から、まのびした咳の音がひびいていた。やがて静けさがもどった。

水銀なみに重そうな水滴がひとつ、歩道に落下し、数インチはねあがると蒸発し、クジラの歯のかたちをした真紅のしみに変わった。しみは歩道に落ち、動きをとめた。

二区画のビル街が地底に沈んだが、地表をおおう金属面はなめらかで、亀裂も走らない。あとには金属の樹木が一本残された。すらりと伸びたその幹は銀色で、丸くかたまった葉むらは金色の繊維から成り、ちょうど真円状にあかあかと輝いていた。その間、音はいっさいなかった。

ジュリエットの祖父と一八八八年から来た男は、歩きつづけた。

「どこへ行くんだ？」

「ヴァン・クリーフのところさ。われわれはふだんは歩かない。いや、ときどきは歩くさ。しかし昔ほどのおもしろみはないな。いまこうして歩いているのは、主としてきみのためだよ。どうだ、楽しんでいるかね？」

「とにかく……珍しくて」

「スピットルフィールズとは大違いだろう？　しかし、わたしはあっちも好きだね。あの時代が。実はたった一台のトラベラーを持ってるんだ。わかるかね？　この世にあるたった一台のトラベラーさ。ジュリエットの父親が組みたてた。わたしの息子だ。殺してようやく手に入れたよ。聞きわけのない男だったな、まったく。あやつにしてみれば、ちょろいものなんだ。世界最後の発明家でな。気前よくわたしにくれてもよさそうなものなんだが、やはりつむじ曲がりだったんだろう。きみに孫娘を切り刻ませた理由もそれさ。ジュリエットはあれを手に入れたくてうずうずしていた。退屈していた。退屈しきっておって

――」

二人の目のまえの宙に、一輪のクチナシの花が形をとると、長い銀色の髪をした女の顔に変わった。「ハーノン、わたしたち、これ以上待てない！」女はじれている。

ジュリエットの祖父は、むっとしたようだった。「このたわけ！　ペースしろといったはずだ。しかし、そうだ、おまえにはできない芸当だな。だろうが？　ピョンピョン、ピョンピョン、とびつくばかりで。あとはもうわずかなフェデルなんだ。フェデルだぞ、ば

かもの！　わたしはペースを狙った。ペースを作ろうとしていた。なのに、おまえは……！」

　つっと片手が上がり、相手の顔にむかって苔がのびた。顔が消え、一瞬ののちクチナシの花は数フィートはなれたところに現われた。苔はしぼみ、ジュリエットの祖父ハーノンは、女の愚かさにあきれはてたように手をおろした。クチナシの花の近くに、バラが一輪、スイレンが一輪、ヒヤシンスが一輪、フロックスが二輪、野生のクサノオウが一輪、そしてアザミが一輪あらわれた。花はそれぞれが人間の顔に変わり、ジャックは恐怖にかられてあとじさった。

　すべての顔が、いましがたアザミの花であった顔のほうを向いた。「ウソつき！　くそばか！」アザミであった青白い、こけた顔に罵声が投げつけられる。クチナシ女が目をむくと、顔から眼球が突出した。濃い紫のアイシャドウが眼球をぐるりと縁取り、彼女の顔は、洞窟の中からおもてをうかがう狂った獣を思わせる。「低能！」と女はアザミ男にわめきたてた。「みんな賛成したじゃないの。みんな同じ意見だったじゃないの。仕方なくアザミをフォームズしたのね、ろくでなし！　そういうことなら、見てなさい……」

　彼女はすぐさま一同につげた。「いまからフォームズするわ！　待っているのは飽きあき、ペースなんかくそくらえ！　さあ！」

「よせ、やめろ！」ハーノンが叫ぶ。「ペースだ、ペースしろ！」だが遅すぎた。アザミ男めざして、河底の沈泥さながらに大気がとろとろと波打ち、どす黒く変わると、いまやおびえきったアザミ男を中心に渦巻を起こし、みるまに爆発してジャック、ハーノン、フラワー・ピープル、シティ、そのすべてを呑みこんだ。と、そこはスピットルフィールズの夜となり、一八八八年から来た男は一八八八年にいた。手にはグラッドストン鞄があり、ロンドンの霧の中を女がひとりこちらに向かって歩いてくる。

(いまジャックの脳には、八個の節点があらたに加わっていた)

女は四十がらみ。くたびれた感じで、さほど身ぎれいでもなかった。粗い生地の黒っぽいドレスを着ており、裾はブーツに届いている。スカートにかぶせた白いエプロンは、しみだらけで、しわが寄っている。ふくらませた袖は手首からすこし上がったところで終わり、胴着は喉もとまできっちりとボタンでとめている。首にはネッカチーフ。帽子は一見麦わら帽に似て、山の部分が高く強調されている。帽子のバンドには、哀れをさそう、名も知れぬちっぽけな花。たっぷりした玉ぶちのハンドバッグを手首にさげている。

女の歩みがおそくなった。暗がりに立つ彼を見つけたのだ。いや、見つけたというより、気配を察したといったほうがいい。

彼は進みでると、かるく腰をかがめ、会釈をした。「今晩は、お嬢さん。お酒でもいかがですか?」

女の沈んだ表情——怒張した男の器官を数知れず受けいれてきた女に特有の憂い——が、

ひとりでに態勢を整えた。「まあ、驚いた。出たかと思いましたわ。あの有名なレザー・エプロンが。よしてちょうだい、びっくりするじゃないの」女はほほえもうとするが、口はあんぐりとあいたままだ。病気とジンの飲みすぎのため、頬は鮮紅色に染まっている。こわれかけた楽器からもれるような、つぶれた声だった。

「いえいえ、人恋しさに浮かれでた平凡な男です。美しいレディにビールでもさしあげて、二、三時間お相手いただこうと思いまして」

女は歩みより、彼と腕を組んだ。「エミリー・マシューズです。喜んでおつきあいさせていただきますわ。すっかり冷えこんできたし、卑劣（スリッパリー）なジャックがうろついているようでは、わたしみたいな身持ちのよい女はあぶなくてたまりませんもの」

二人はスロール街を歩き、安宿のならびを通りすぎた。もし今夜、この身だしなみよい黒い瞳の人物から銅貨を何枚かせしめることができるなら、女はそのあたりに宿をとることになるのだろう。

彼は右に折れてコマーシャル街に入り、フラワー&ディーン街を目の前にした小便くさい路地のところまで来ると、女をすばやく脇へ押しやった。女は路地に踏みこみ、男の手がペチコートにすべりこんでくると思ったのだろう、壁によりかかると両脚をひろげ、スカートをまくりはじめた。しかしジャックの手はネッカチーフにかかり、力まかせにねじって女の息を奪っていた。女の頬が風船のようにふくらむ。表通りのガス灯からさしこむ気まぐれな光の中で、彼は女の目がはしばみ色から一瞬のうちに枯れ葉に似た茶に変わるのを見た。女の表情は、当然のことながら恐怖であったが、そこには深い悲しみもまじっていた。酒にありつけなかった悲しみ、今夜の宿をとりそこなった悲しみ、そして不運つづきの人生が、今夜もまた彼女の好意を逆手にとるひとりの男によって裏付けられた悲しみ。それは、おのれの避けがたい運命に向けられた究極的な悲しみだった。

わたしは闇の中からおまえのもとに現われた。この瞬間をめざして、人生の一刻一刻を費してきた。いまこの時より、人びとは、この瞬間になにが起こったのか、想像をたくましくするだろう。彼らは声もなく、おまえとともにあるこの瞬間に立ち戻りたいと願い、わたしの顔、わたしの名前を知りたいと望むだろうが、わたしの行為そのものは、おそらく決して止めようとはしないだろう。なぜなら彼らが止めたら最後、わたしはもはや今のわたしではなくなり、ただの失敗した男になりさがるからだ。おお。わたしとおまえ、二人は人を魅きつけてやまぬ歴史となる。しかし、なぜわたしたちがともに苦しまねばならなかったか、それは彼らには決してわかるまい、エミリー。なぜわたしたちがそれぞれこんなにみじめな死を迎えることになったのか、永遠にわかるまい。

女の目から光が薄れ、かすれた息が訴えるように漏れたとき、彼の自由な手は大外套のポケットにすべりこんだ。二人で歩いているときから、このことを予期し、すでにグラッドストン鞄から目あてのものを抜きだしてあった。ポケットにさしいれた手は、メスをつかんで現われた。

「エミリー……」と小声で。

その瞬間、女を切り裂いた。

左耳のかげにある柔らかな肉の中に、メスの先端を手ぎわよくさしこむ。胸鎖乳突筋。その勢いで軟骨組織を断ち切る。つぎにはかたく握ったメスをおろし、しっかりしたあごの線にそって、喉全体をひらく。顎下腺（がっかせん）。血が両手に流れ落ちる。はじめはとろりとした流れだが、すぐに飛沫（しぶき）をあげ、うしろの路地の壁にまでとびちる。血潮は彼の袖口を濡らし、白いカフスを染める。女は水っぽい喘鳴（ぜんめい）をもらし、彼の手の中に沈む。指は依然として女のネッカチーフにからみこんでいる。指をねじこんだあたりには、黒い擦過傷。メスはあごの輪郭を通りすぎ、右の耳たぶにくいこむ。女の体をきたない舗道におろす。ぐったりとうずくまったので、姿勢をまっすぐにさせる。そして衣服を切りひらき、表通りのガス灯のゆらめく弱い光の中に、女のはだかの胴体をさらす。腹部が膨満している。喉もとのくぼみから手をつける。甲状腺。二つの乳房のまん中に黒い、細い血の線を引いてゆく彼の手は、小揺ぎもしない。胸骨。へその中央部をたちわる。なにか黄いろっぽい液がにじみでる。中臍皺襞。丸くふくらんだ腹部にメスを走らせる。中途は深々と、あとはしだいに引くようにして、手ぎわのよい切開を心懸ける。総腸間膜。秘所の汗にもつれたふくらみへ。ここは手こずる。膀胱。そしてついに目標、膣。

不浄の穴。

悪臭をはなつ、まっ赤な、濡れた、淫蕩な穴。

そして彼の頭蓋内部には、夢魔の群れ。頭脳の中にひそんで見守る複数の目。頭脳の中にあって、せめぎあう複数の心。頭脳の中にあって快感をむさぼる——

一輪のクチナシ
　スイレン
　　バラ
　　　ヒヤシンス

フロックス
フロックス
野生のクサノオウ
そしてもう一輪、黒曜石の花びらと縞瑪瑙の雄しべと無煙炭の雌しべをそなえた黒い花、
そして死んだジュリエットの祖父、ハーノンの心。

　彼らはこの狂った解剖レッスンのすべてを見守った。恐怖の一部始終をながめた。まぶたを切りとる場面、心臓を抜きとる場面、輪卵管をとりだす場面。握りしめられた〝ジンびたり〟の腎臓が、力に屈して破裂するのを見た。乳房を切りとられた胸部が、血まみれの肉の山に変わるのを見た。かっと見開かれた、まぶたのない眼球の上に、乳房がひとつひとつのせられるのを見た。

　彼らは見守り、病んだ精神のよどみにたまったものを飲んだ。じっとりと濡れて震えるイドの核にくらいついた。その快感——

おお　おお　この美味(うま)さ　あれを見て　食べのこしたピザの皮みたい　それから見ろあれを　でかいナメクジみたいな　おお　おお　わたしわたしおれおれおれ　食べてみたい　食べたら　どんな味だろう！

見ろ、あの鋼(はがね)のなめらかなこと。

彼はみんなを憎んでいる、だれもかれもを憎悪している、若い女とかかわりのあるなにか、性病、神への畏れ、キリスト、バーネット師、彼……彼はバーネット師の女房とファックしたいんだ！

社会改革は、少数の篤信者の一致協力によってのみ可能となる。社会改革は正当と認められる目的であり、改革の対象となる庶民の大半を死に至らしめることがないかぎり、いかなる手段も許容される。最良の社会改革者は、豪放でなければならない。彼は信じこんでいるぞ。なんてかわいらしい！

失せろ、吸血鬼ども、きたならしい穀つぶしども……

われわれを感じとっている！

くそっ！　失せろハーノン、わたしをしゃぶりつくす気で、われわれがいるのを知っている、けがらわしい、こんなふうにしていてどうなる？　おれは退却するぞ！

もどれ、フォームズが終わってしまう……

……収束する渦が一団を呑みこみ、一八八八年の夜の闇が遠のいた。渦はさらに収束をつづけ、もはや縮みようのない極微の点に達したとき、あとにはかつてアザミであった男の黒焦げの顔が残された。男の眼窩は燃えつき、知性の宿っていた部所は黒い燃えかすと化していた。彼らは男を焦点として使ったのだ。

一八八八年から来た男は、その瞬間われに返った。頭には今しがた経験したできごとの、完全な直観的記憶が残っていた。それは幻視ではない、夢ではない、妄想ではない、彼の精神が産みだしたものですらない。現実のできごとなのだ。彼らはジャックを元の時代へ送り返すと、彼の心から未来やジュリエットのこと、ミラーズ・コート十三番地のおもてに立ったあの瞬間以降のいっさいの記憶を消し、彼を快楽の道具に使いはじめたのだ。彼らはジャックの感覚を、情緒を、無意識の思考を吸いとり、内にひた隠しにされた情感の世界にくらいついた。その大半は――奇妙なフィードバックの起こるこの瞬間まで――彼自身、気づいてさえいないものだった。次から次へとひらかれる啓示のまえに、彼は胸がむかつくのをおぼえた。ある思考のまえに出たときには、対決する勇気もなく、背をむけて闇の中にとびこみたい気持だった。しかしバリアは除かれ、彼らが新しい様式を作りあげたいま、ジャックはそのすべてを読みとることができた。思いだすことができた。腐れ淫売ども、やつらは死んだほうがマシだ。いや、自分は女性のことをそんなふうに考えたことはない。彼は紳士であり、女性は尊重されるべきものだ。どんなに卑しい女でも、名も地位もない女でも、決してさげすんだことはない。あの女はわたしに淋病をうつした。彼は思いだした。恥かしさ、やむことない恐怖。彼はとうとう医者をしていた父親のところに行き、打ち明けた。父親がうかべた表情。彼はことごとく思いだした。父親は彼を治療した、ちょうど伝染病の患者を扱うように。以後、父と子の仲は二度と元にもどることはなかった。彼は聖職を志した。社会改革だと、ハハハハ。なにもかも妄想。要するに彼は詐欺師であり、道化であり……それにも劣る存在であったのだ。自身信じてさえいない主義信条にのっとっての大量殺人。ジャックの心は、いまや大きく切りひらかれ、彼の思考は坂道をころがるように速度をまして……終局にむかって突き進んだ。そして――

精！　神！　内！　部！　の！　爆！　発！

のめるように倒れる。だが彼の体は、鏡のような金属の路面にまで届かなかった。なにかがころぶ体を引きとめ、人形つかいがいなくなったか紐が切れたかしたあやつり人形のように、腰のところから折れ曲がって宙にぶらさがった。見えないなにかが、ふっとひと吹きされ、彼はふたたび五感を取りもどした。思考はいやおうなく真実に直面していた。
彼はバーネット師の女房とファックしたいんだ。

敬虔なる請願書をヴィクトリア女王のもとにさしだしたヘンリエッタ――「女王陛下、わたくしたちイースト・ロンドンの女性は、いまこの地区の中心部で犯されている恐ろしい悪事に怯えております……」その中でジャックの逮捕をせつせつと訴えている彼女は、当の人物がすぐ身近、彼女やバーネット師とともにトインビー・ホールに住まっているとは、夢にも疑っていないのだ。真実は彼女の裸身そこのけにむきだしのまま、目覚めたときにはもはや思いだすこともない秘かな夢の中に横たわっていた。彼らが内なる扉をすべて開いたいま、無限の地平を前にして、彼はおのれ自身の姿に直面していた。
精神病質者（サイコパス）、殺人狂、漁色家、偽善者、道化。

「おまえたちのせいだ！　なぜこんなことをした！」

逆上のあまり、ことばが詰まる。花々の顔は実体化し、彼をあの無分別な殺戮の旅から呼びもどした快楽主義者たちの姿をとった。

クチナシ女ヴァン・クリーフがあざ笑う。「なぜだと思う？　間抜けの田舎っぺ（田舎っぺ、これ正しい口語的表現なの、ハーノン？　中期方言には、わたし弱くて）。ジュリエットを始末したら、ハーノンはあなたを過去に送り返す気でいたのよ。だけど、そんなことされてたまるものですか。ハーノンはわたしたちに三回分のフォームズを返す義務があるんですからね。その一回分としては、あなたはよくやってくれたわ」

ジャックは喉もとの筋肉が浮きあがるまで、声をからして叫んだ。「これは必要だったのか、この最後のやつは？　殺すだけの価値があったのか、改革をなしとげるために……どうなんだ？」

ハーノンは笑った。「もちろん、必要はなかったさ」

ジャックは膝をついた。シティは彼のなすがままにさせた。「なんという……おお、主よ……やってしまったこととはいえ……こんなふうに血にまみれて……無益な殺人を……」

フロックスの片割れであったケイシオは、腑におちない表情だった。「なぜ今回の殺しにだけこだわるのかね、それまでのはなんとも思っていないのに？」

野生のクサノオウであったおせっかいやきのヴァーラグが、したり顔にいう。「そういうものだよ。みんなそうなんだ。のぞいてみたまえ、わかるから」

彼の頭の中でケイシオの視線がぎょろりと上を向き、またぎょろりと下がって焦点を合わせると――水銀の波打つような震えがジャックの心の中を走り、消えた――ケイシオは気の抜けた口調で、「フムム」といった。

ジャックはグラッドストン鞄の留め金に手をかけた。鞄をあけ、胎児を入れたガラスびんをつかみだす。一八八八年十一月九日の凶行で手に入れた、メアリ・ジェーン・ケリーの胎児である。つかのま顔の前にかざし、金属の路面にむかって投げつけた。ガラスびんは砕けなかった。シティの街路の清潔な無菌の表面にぶつかる直前、消失した。

「なんて逞ましい嫌悪！」バラであったローズが、感に堪えぬようにいう。

「ハーノン」とヴァン・クリーフ。「彼、あなたを狙っているわ。あなたに責任を押しつける気だわ」

ハーノンは（口もとを歪めもせず）笑っている。ジャックはジュリエットの電気メスを鞄から取りだし、襲いかかった。支離滅裂なことばが口からもれる。しかし突進する彼が叫んでいたのは、こんな意味のことばだった。「おまえがどんな卑劣漢か教えてやる！おまえには絶対にできないことをやってみせてやる！　見ておれ！　おまえたちを殺す！皆殺しにしてやる！」彼はそう叫んだ。しかし口から出てくるのは、復讐と挫折と憎悪と、対象を定めた狂乱から成る長い咆哮だけだった。

ジャックがゆらめく電流の流れる薄い刃をさしこんだとき、ハーノンはまだ笑っていた。ジャック自身、手を動かしたおぼえもないのに、刃は周囲の組織を黒焦げにして完全な三六〇度の円を描き、ハーノンの脈打つ心臓やその他の器官をむきだしにした。ハーノンには、とまどい絶叫するだけの余裕はあった。だが次の瞬間、ふたたびジャックの刃がおそい、心臓を周囲の接続部分から断ち切った。大静脈。大動脈。肺動脈。

心臓が前にとびだし、すさまじい圧力を受けて血液が末広がりの噴流を描いた。血しぶきを浴びたジャックは、帽子をとばし、目をくらまされた。いまや彼の顔は、目鼻と血でできた赤と黒のコラージュだった。

ハーノンは自分の心臓のあとを追いかけ、ジャックの腕の中に倒れこんだ。花人間たちはいっせいに悲鳴をあげ、消失した。ハーノンの死体はジャックの手からずり落ちると、路面にぶつかる寸前に消えた。見まわす周囲の壁はきよらかで、しみひとつなく、無菌かつ無関心のまま金属的な光沢をはなっている。

血まみれのナイフを手に、ジャックは通りに立ちつくした。

「よし！」ナイフをさしあげて叫ぶ。「始めるぞ！」

シティは声を聞いたにしてもなんの反応も見せない。しかし
［時間連鎖への圧力が増した］

［八十マイル離れたとあるビルで、その輝く壁面の一部が銀色から錆色に変わった］
［冷凍室では、二百個のゼラチン・キャップが、待ちかまえる槽に呑みこまれた］
［気象改変機が独り言をつぶやき、データを受けいれると、たちまち実体のない記憶回路を組みたてた］
輝く永遠の都市――住民が夜を、夜だけを必要とするとき、夜がおりるその都市に……夜がきた。その前ぶれとなったのはひとつの叫びだけ。「よし！」

無菌の魅力にみちた都市を、汚物と腐乱する肉にまみれた生き物がさまよっていた。世界最後の都市、世界の縁にたつ都市――楽園を夢見た人びとがみずから設計し、建設したその都市に闇がおりたとき、生き物はそこをおのれの住みかと定めた。闇から闇へ、ものの動く気配にのみ目を走らせ、生き物は死のリゴドンを踊るパートナーを求めて徘徊した。

最初の犠牲者が見つかった。その女は滝のほとりに実体化した。滝は宙から流れだし、名も知れぬ素材でできた空色のキューブに、ゆらめききらめく水流を落としている。彼は女に目をとめると、女の首筋に生きている刃をさしいれた。そして眼球をくりぬき、女のひらいた両手にのせた。

二人目の女は、立ちならぶ塔のひとつで見つかった。その若い女は高齢の老人と性交のさいちゅうで、老人はぜいぜいと息をつきながら、自分の胸をおさえている。女は老人をふるい立たせようとしていた。女が老人を殺そうとする直前、ジャックが女を殺した。生きている刃をふくよかな下腹部にさしこむと、老人の上に馬乗りになった女の生殖器を切り裂いた。ぐったりした老人の下半身に、女の血液とねばねばした体液が流れ落ちた。老人もまた死んでいた。ジャックの刃が、女の体に挿入されたペニスを切断したからだ。女は老人にのしかかるように倒れ、最後の抱擁にふける二人を残し、ジャックは立ち去った。

彼はひとりの男を見つけ、非実体化しようとする相手を二本の腕で絞め殺した。ややあって殺した相手がフロックスの片割れであることに気づいたので、顔面を切開すると、そこに男の生殖器をさしこんだ。

またひとり女が見つかった。女は子供たちに、卵のことを歌ったかわいい歌を教えていた。彼は女の喉を切り裂くと、内部に見える腱を切断した。声帯は落下して、彼女の胸にのった。しかし食いいるように見守る子供たちには、危害は加えなかった。彼は子供好きだった。

終わりなき夜をさまよううち、グロテスクな心臓のコレクションは増えていった。はじめは一つ、そして三つ、九つ。一ダース集まったところで、道路標識がわりに大通りのひとつに並べた。その大通りに自動車は通ることはない。シティの住民に自動車は不要なのだ。

奇妙なことに、シティは置かれた心臓を排除しようとはしなかった。住民ももう消えることはなかった。いまでは罪悪感もさほどなく動きまわることができ、隠れるのは、自分をさがしているのかもしれない多人数のグループを見かけたときだけだった。だがシティにはなにかが起こっていた（あるとき彼は異様な音を耳にした。金属と金属がこすれあう音、プラスチックがプラスチックにくいこむキュキュキュキュという音——もっとも、それがプラスチックとは知りようもない。しかし機械に異状が起こっていることは本能的に察知していた）。

彼は風呂に入っている女を見つけ、自分の服を裂いた紐で縛りあげると、女の脚を膝から切断した。女は渦巻く真紅の浴槽にすわったまま、悲鳴をあげていた。彼は足を小脇にかかえ、立ち去った。

やがて、夜の中からぬけだそうと急いでいる男に出くわした。ジャックは飛びかかり、男の喉を切り裂き、その両腕を切断した。腕のあった場所には、浴槽の女の足をおいた。殺戮は、はかり知れぬほど長時間つづいた。悪とはいかなるものか、彼らの背徳がいかに他愛ないものか、身をもって証明しようとしていた。

やがて、おのれの勝利を信じる根拠が見つかった。二個の低いアルミニウム直方体にはさまれた無菌のスペースに身をひそめているとき、頭上から、周囲から、さらには体内からひとつの声が聞こえてきた。それは一般市民向けの告知であり、世界の縁にたつこの都市の住民がどんな通信システムを利用しているにせよ、声は心に直接ひびいてきた。

シティはわれわれの一部であり、われわれはシティの一部である。シティはわれわれの精神活動に反応し、われわれはシティを制御する。いま、われわれであるそのゲシュタルトがおびやかされている。シティ内部に異質の存在があり、われわれはいまその所在をつきとめようと努力している。しかしその男の精神は強靭である。いまやシティの機能は崩壊しかけている。終わりのない夜もその一例である。われわれは意思を統一しなければならない。意識して思考を都市の管理にむけなければならない。危機は第一級のものである。シティが滅びるとき、われわれは死ぬ。

告知はそのような語句で表現されたわけではない。しかしジャックはそう解釈した。メッセージははるかに長く、はるかに複雑だったが、意味するところはそのようなものであり、彼はおのれの勝利を確信した。自分はシティの住民を滅ぼしつつあるのだ。社会改革をあざけった彼らに、目にものを見せてやる。

こうして彼は狂った虐殺をつづけた。手あたりしだい屠り、殺し、切り刻んだ。住民は消えることも、逃げることも、殺戮をとめることもできなかった。心臓コレクションは五十から七十に、そして百に達した。

心臓にあきると、こんどは脳の摘出にかかった。コレクションの数は増した。殺戮は何日もつづき、よい匂いのする清潔な滅菌器のどこかから、ときおり驚きの悲鳴が聞こえることもあった。両手はいつもねばついていた。

やがて彼はヴァン・クリーフを見つけ、闇の中の隠れがからとびかかった。女の胸に狙いを定め、生きている刃をさしあげる。だが彼女は　消え　た。

立ちあがり、見まわす。ヴァン・クリーフは十フィート離れたところに現われた。突進したが、またも彼女は消え、十フィート離れたところに現われた。数回同じことをくりかえし、そのたびに逃げられ、ようやく彼は腕をだらりとたらし、あえぎながら女と向きあった。

女は冷ややかに見かえした。

「もう、あなた、ちっともおもしろくない」唇が動き、彼女はそういった。

おもしろくない？　彼の心は、いまだかつて存在すら知らなかった深い闇に呑みこまれ、その血に飢えた欲情の闇をすかして、彼は真相をかいま見た。すべては彼らの娯楽のため。すべて彼らの仕向けたこと。シティを彼の自由にさせ、彼はその住民のためにとびはね、狂態を演じたのだ。

悪？　いまだかつて彼はその語の真の広がりを想像したことはない。ヴァン・クリーフにむかって歩きかけたが、彼女は最終的に消えた。

昼の光がもどり、彼はひとり取り残された。シティが汚物をふきとり、屠られた死体をとり除き、処分した。冷凍室ではゼラチン・キャップが棚にもどされた。快楽の徒の遊びに供する、切り裂きジャックの犠牲者たちは、もはや必要なくなった。ジャックの仕事は本来の意味で終わったのである。

彼はからっぽの街路に立ちつくした。彼に対しては今後永久にからっぽでありつづける街路。シティの住民は、これまで逃げようと思えば逃げることができた。しかし、いまそれが実行されるのだ。住民のもくろみどおり、彼は道化であることを露呈したのである。悪であるはずはない。哀れを誘う生き物にすぎなかった。

生きている刃を自分の体に使おうとした。しかしメスは無数の光のかけらに変わり、それを運ぶ、ただそれだけのために作られたそよ風に運ばれていった。

ひとりぼっちとなり、彼はきよらかさを誇るこのユートピアを見つめた。住民はその才知によって彼を生かしておくだろう、おそらくは永遠に、いつか将来の娯楽に供する不死の存在として。あかはだかの本質を残していっさいをはぎとられたいま、彼の精神はもはやゼリーに似たかたまりにすぎない。狂気への道をどこまでも進みながら、平和も死も眠りも知ることはないのだ。

生まれおちた赤んぼうの吐息のようにきよらかな世界に、ひとりたたずむ彼は、ごみと路地の生き物。

「わたしの名はジャックではない」低くつぶやく。しかし住民が彼の本名を知ることはない。知ったところで気にもかけないだろう。「わ、た、し、の、名、は、ジャ、ッ、ク、じゃ、な、い！」声をはりあげる。聞く者もなかった。

「わたしの名はジャックではない。たしかにわたしはよくないことをした。わたしは悪人だ。だが、わたしの名はジャックではない！」声のかぎりに叫び、叫び、叫びつづける。あてもなく、人目もはばからず、もはやさまよう必要もないのに、からっぽの通りをさまよいつづける。

シティの除け者。

死 の 鳥
The Deathbird

1

　これはテストだ。そのつもりで。最終成績の¾は、これで評価される。ヒントを与える。ひとつ、チェスでは、両軍のキングはたがいに相手を打ち消すが、隣りあうますを占めることはできない。したがって全能であると同時にまったく無力であり、力は相互にははたらかず、ステイルメイトをもたらす。ひとつ、ヒンドゥー教は多神教である。アートマン派は、人のうちにある生命の聖なる火花を崇拝する。よって「汝は神なり」という。ひとつ、ある意見が、二億の民衆へのメディア・アクセス権をゴールデン・アワーに持ち、対立する複数の意見に街角の演台しか与えられない場合、平等時間（イコール・タイム）の条件は満たされない。ひとつ、万人が真実を語っているわけではない。解答上の注意。以下の各章は、数字の順序に拘束されない。理解しやすいように配列を変えることは自由。テスト用紙をめくって、はじめ。

2

そのマグマたまりは、数知れぬ岩層に押しひしがれていた。溶けたニッケルと鉄がたぎりたつ狂暴な中心核にあって、白熱したマグマは泡を吹きあげ、うち震える。が、その奇妙な地底の小室の、光を照りかえすなめらかな外面には、ひびわれも穴もなければ、傷あとも煤もなかった。

ネイサン・スタックはその小室に横たわり、ひっそりと眠っていた。

岩の中を影が走った。頁岩(けつがん)を、石炭を、大理石を、雲母片岩を、珪岩(けいがん)をつきぬけ、厚さ数マイルの燐の鉱床をつきぬけ、珪藻土を、長石を、閃緑岩をつきぬけ、数々の断層と褶曲(しゅうきょく)、背斜と単斜、傾斜と向斜をつきぬけ、地獄の火をつきぬけて、それは大空洞に達すると、天井を通りぬけた。そしてマグマたまりを見おろし、降下し、小室にたどりついた。影。

三角形の顔にあるたったひとつの眼が、小室をのぞきこみ、スタックを見つけた。四本指の手が、小室の冷たい表面にふれた。ネイサン・スタックがその触感にめざめると、小室は透明になった。体が直接うけとめた触感ではないのに、そこには目覚めがあった。心に漠とした圧力を感じ、彼は眼をあけた。周囲では中心核が眼もくらむ光をはなち、その中に彼を見つめるひとつの眼の影があった。

蛇に似た影が小室をつつみこんだ。その闇がふたたび上昇を始め、マントルの中を地殻めざして、〈地球〉というこわれた玩具、燃えかすの表面めざして流れた。

地表に着くと、影は小室を有毒な風から守られた場所に運び、小室をあけた。

ネイサン・スタックは動こうとした。だが体の自由はほとんどきかなかった。さまざまな生の記憶が脳裏をかけめぐった。別の男として別の人生を生きた数知れぬ記憶。やがて記憶の流れはゆるやかになり、さほど気にならないバックグラウンド・ノイズの中にとけこんだ。

影の生き物の手がのび、スタックの裸体にふれた。やさしく、だがしっかりと、生き物は彼を立たせ、衣服を与え、首にかける袋をよこした。袋の中には、短刀、行火(あんか)石、その他こまごましたものが入っていた。スタックは影のさしだす手をとった。そして二十五万年の眠りののち、ネイサン・スタックは病み衰えた惑星〈地球〉の表面に立った。

生き物が有毒な風にむかって体を低くかがめ、歩きだすのが見えた。ほかになにをするあてもないので、ネイサン・スタックも体をかがめ、影の生き物にしたがった。

3

使者の到来に、ダイラは瞑想を最小限に切りあげてかけつけた。〈頂点〉に着くと、長老たちはすでに待っていた。彼らはダイラを洞窟に温かく迎えいれ、おのれを融けあわせ、話しだした。「仲裁裁判はわれわれの負けだった」と、とぐろの父はいった。「彼にまかせて、われわれは去る」

ダイラには信じられなかった。「しかし、われわれの論駁は、理屈は聞きいれられなかったのですか？」

牙の父は悲しげに首をふり、ダイラの肩にふれた。「二、三……調整がなされることになった。こんどは彼らの勝ちだ。われわれは手をひかねばならない」

とぐろの父がいった、「おまえを残す。ひとりだけ世話役として許されるのだ。頼みを受けてくれるか？」

大きな栄誉だった。だが、去ると聞いたときから、ダイラは寂しさを感じていた。しかし彼は受けいれた。多くの同胞の中からこともあろうになぜ自分が選ばれたのか、ふしぎに思いながら。理由はある。あるにちがいない。だが、たずねることはできなかった。彼は栄誉を、それに伴うすべての悲しみとともに受けいれ、ひとりあとに残った。

世話役としての職能はきびしく制限されていた。当初のとりきめで、どのような悪口や伝説がひろがろうと自己弁護は許されず、相手がた——現在の所有者——の背任が明らかにならないかぎり、行動をおこせないように定められていたからだ。威嚇の手段として彼にあるのは〈死の鳥〉だけ。それも最後の手段が必要な場合、すべてが手おくれになったときのみ許される最終的な武器なのである。

しかし彼は忍耐強かった。あるいは、種族の中でもっとも忍耐強いひとり。

数万年ののち、行末の見通しがつき、どのような終わりが到来するか疑いもなくなったとき、彼はその忍耐強さこそ自分が選ばれた理由であったことを知った。

しかし、それで寂しさが薄らぐわけではなかった。

〈地球〉が救われるわけでもなかった。救えるのはスタックだけなのだ。

4

1　さて、神である主（the LORD God）が造られたあらゆる野の獣のうちで、蛇がいちばん狡猾であった。蛇は女に言った。「あなたがたは園のどんな木からも食べてはならない、と神は、ほんとうに言われたのですか」

2　女は蛇に言った。「わたしたちは、園にある木の実を食べてよいのです。

3　しかし、園の中央にある木の実について、神は、『あなたがたは、それを食べてはならない。それに触れてもいけない。あなたがたが死ぬといけないからだ』と仰せになりました」
4　そこで、蛇は女に言った。「あなたがたは決して死にません」
5　（略）
6　そこで女が見ると、その木は、まことに食べるのに良く、目に慕わしく、賢くするというその木はいかにも好ましかった。それで女はその実を取って食べ、いっしょにいた夫にも与えたので、夫も食べた。
7　（略）
8　（略）
9　神である主は、人に呼びかけ、彼に仰せられた。「あなたはどこにいるのか」
10　（略）
11　すると、仰せになった。「あなたがはだかであるのを、だれがあなたに教えたのか。あなたは、食べてはならない、と命じておいた木から食べたのか」
12　人は言った。「あなたがわたしのそばに置かれたこの女が、あの木から取ってわたしにくれたので、わたしは食べたのです」
13　そこで、神である主は女に仰せられた。「あなたは、いったいなんということをしたのか」女は答えた。「蛇がわたしを惑わしたのです。それでわたしは食べたのです」

14 神である主は蛇に仰せられた。「おまえが、こんなことをしたので、おまえはあらゆる家畜、あらゆる野の獣よりものろわれる。おまえは、一生、腹ばいで歩き、ちりを食べなければならない。

15 わたしは、おまえと女との間に、また、おまえの子孫と女の子孫との間に、敵意を置く。彼は、おまえの頭を踏み砕き、おまえは、彼のかかとにかみつく」

——創世記第三章一～十五節

論述問題（正解一問につき5点）

一、メルヴィルの『モービィ・ディック』は、「わたしをイシュメイルと呼んでいただこう」から始まる。われわれはこれを、一人称で語られているという。創世記は何人称で語られているか？　だれの視点からか？

二、この物語の「善玉」はだれか？　「悪玉」はだれか？　役割の転倒を充分に立証できるか？

三、リンゴは伝統的に、蛇がエバに与えた木の実であると考えられている。だがリンゴは近東の特産物ではない。次にあげるうちから、より理屈にあった代替物を選び、また神話がどのように成立し、長い時代のあいだに歪められていくかを論述せよ。（オリーブ、いちじく、なつめやしの実、ざくろ）

四、なぜ「主」（LORD）という語はつねに大文字で表わされるのか？　なぜ「神」（God）の語頭は大文字なのか？　「蛇」（serpent）の語頭もまた大文字にすべきではないのか？　すべきでないとすれば、なぜか？

五、もし神がすべてを創造したのなら（創世記第一章参照）、なぜ神はおのれの創造物を惑わす蛇のような厄介な問題まで創造したのか？　なぜ神は、アダムとエバが知ると都合のわるい木を創造し、その後わざわざ二人にその木に近づくなと警告したのか？

六、ミケランジェロのシスティナ礼拝堂の天井画『楽園追放』を、ボッスの『地上快楽の園』と比較対照せよ。

七、エバに責任を負わせたアダムは紳士といえるか？　クウィズリング（ナチスびいきのノルウェー人政治家。一八八七～一九四五。売国奴、裏切者の代名詞とされる）とは何者か？　性格上の欠陥の観点から「たれこみ」について述べよ。

八、そむかれたと知って、神は激怒した。神が全知全能なら、気づくのが当然ではないか？　身を隠したアダムとエバを、なぜ見つけることができなかったのか？
九、もし神がアダムとエバに禁断の木の実を味わわせたくなかったのなら、なぜ蛇に警告しなかったのか？　アダムとエバが蛇に誘惑されるのを、神は阻止できただろうか？　できたとすれば、なぜそうしなかったのか？　できなかったと思うなら、蛇が神と同等の力を持つ存在である可能性について述べよ。
十、二種の異なる雑誌または新聞から例をひいて、「偏向記事」の概念を示せ。

5

有毒な風がうなりをあげ、大地をおおう粉塵の絨緞を引き裂いた。生あるものは存在しない。死を運ぶ緑の風は空から舞いおりると、動くもの、生き残ったものを執念深くさがし求めて〈地球〉の亡骸（なきがら）をかきたてた。しかし収穫は皆無だった。灰、滑石（タルク）、軽石だけ。

第一日目、ネイサン・スタックと影の生き物は、瑪瑙（めのう）の塔を思わせるその山めざしてひたすら歩きつづけた。そして夜が来ると、ツンドラに穴を掘った。影の生き物は、スタックの首の袋にあったニカワ状の物質で穴の内面をおおった。行火石を胸もとににぎりしめ、袋からのびる濾過チューブで呼吸しながら、スタックはとぎれとぎれに眠った。

夜更け、コウモリに似た巨大な生物の群れが上空を飛ぶ音に、彼はめざめた。群れは急降下し、荒地をかすめるように彼の横たわる穴めざして飛んできた。だが内部に、スタック——と影の生き物——がいることには気づかないようだった。生物のひりだす燐光性の細い糸が、夜空からほの白く降り、平原に消えた。しばらくのち群れは舞いあがり、風に乗って去った。スタックはふたたび安らぎのない眠りにおちた。

あくる朝、すべてを青白く染めあげる冷光のなかで、影の生き物は息苦しい灰の下からぬけだすと、地面をはい進み、早瀬のような地表にかろうじて残る固い部分をつかんで動きをとめた。背後の粉塵の下では、スタックが地表に出ようともがいていた。わななく手があがり、救いを求めた。

夜のあいだに勢いをました風と闘いながら、影は地表をすべり、かつて穴であったやわらかな場所、粉塵の中から現われた手のそばにもどった。影がスタックの手をつかむと、発作的に指がにぎりかえした。腹ばいの影は力をこめて、スタックを軽石の沼から引っぱりだした。

二人は並んで横たわると、見えない眼をこらし、肺に忍びこもうとする微細な死にあらがって息を吸った。

「なぜこんなことに……なにがおこった？」スタックは風にむかって声をはりあげた。影の生き物は答えない。だが長いあいだスタックを見つめたのち、片手をあげると、スタックの眼の前につきだし、非常に注意深い動作でその四本指をゆっくりと鉤形に曲げ、拳で痛々しい小さなボールをつくった。その仕草は、破壊という事実を言葉以上に雄弁に語っていた。

ほどなく二人は山をめざしてはい進みはじめた。

6

瑪瑙の尖塔は地獄から身をおこし、切り裂かれた空にむかってのびあがっていた。おそるべき傲慢さだった。荒廃の中から、このような直立が許されるはずはない。だが黒い山は挑み、成功していた。

山は老人を思わせた。しわだらけで、年老い、細いうねをなして垢がこびりつき、生涯のたそがれにあり、孤独だった。黒く、わびしく、力の上に力を重ねてきたあとが偲ばれた。重力にも、圧迫にも、死にも屈することはないだろう。それは空を求めて屹立していた。地平線の単調さを破る景観は、その鬼気せまる孤峰だけだった。

さらに二十五万年のちには、この山も風化し、夜の神に捧げられる小さな瑪瑙と見まがう、なめらかな、特徴のない隆起になるのかもしれない。だが、平原に渦巻く灰や、有毒な風が山腹にたたきつける軽石さえも、今のところそのとげとげした輪郭をやわらげる程度の役目しか果たしていなかった。まるで神の力が、尖塔を守ってきたかのようだった。

頂きのあたりで、いくつかの光点が動いていた。

7

スタックは、前夜コウモリに似た生物が、平原にひりだした燐光性の糸の正体を知った。それは、弱々しい昼の光の中で、奇怪な血まみれの蔓に成長する植物の胞子だった。夜明けの大地をはい進む二人の周囲で、小さな生き物たちは彼らの体温を感じ、滑石の粉の下から芽をつきだした。死にかけた太陽の色あせた琥珀の円盤が、苦しげな登頂をなしとげるころには、血まみれの植物は成熟期を迎えていた。

一本の蔓に足首をとらえられ、スタックは絶叫した。二本目が首に巻きついた。赤黒い血の薄膜が茎をつつんでおり、スタックの肌に輪のあとを残した。輪は燃えるように痛んだ。

影の生き物は腹ばいのまま、スタックのところにもどった。三角形の顔がスタックの首すじに近づき、蔓にかみついた。蔓の切り口からどろどろした黒い血がほとばしった。影は、スタックがふたたび息をつけるようになるまで、鋭い歯をふるいつづけた。スタックははじかれたように体を折り曲げ、ねじり、首の袋にある短刀をぬいた。そして足首に容赦なくくいこむ蔓を短刀で切りつけた。断ち切られた蔓は、前夜、空から聞こえた声とそっくりの叫びをあげ、滑石の粉塵の中に退却していった。

スタックと影の生き物は、死にかけた大地にしがみつき、頭をたれたまま、ふたたび山にむかって前進を始めた。

血のように赤い空の高みには、輪を描く〈死の鳥〉の姿があった。

8

彼らは、生まれ故郷のぬめぬめと発光する洞窟を根拠地とし、数百万年にわたって進化し、宇宙へとひろがってきた。数々の帝国の建設に飽きると、彼らの関心はうちにむかい、複雑精妙な知恵の歌をつくり、他種族のためのよりよい世界を設計することに、大半の時を費すようになった。

しかし設計する種族は彼らだけではなかった。そのため管轄権をめぐる対立がおこり、仲裁裁判のしきたりが生まれた。裁くのは、告訴と反訴のもつれあった糸をほぐすことにおいて、並びない巧みさと公平さを発揮するある種族であった。事実その種族の名誉は、そうした才能の完璧な応用に負っていた。数百世紀のあいだに、彼らはより高度な仲裁の方法をめざして才能に磨きをかけ、ついにはその分野の究極的な権威となった。訴訟当事者たちは判決に従うほかなかったが、それはたんに判決がつねに賢明であり、公正かつ創造的であるというだけでなく、判決に疑いが持たれた場合、裁く種族の自滅がもたらされる危険があったからである。彼らは、種族のもっとも聖なる地に、宗教的な機械をそなえつけており、いったん作動すると、それは彼らの水晶の甲皮をこなごなに砕く音波を発するのだった。人間の親指ほどの大きさもない、コオロギに似た美しい種族だった。彼らはあらゆる文明世界で尊ばれており、その滅亡が大混乱を巻きおこすことは目に見えていた。彼らの名誉と価値は決して問われることはなく、すべての種族が彼らの判決に従うのだった。

こうしてダイラの種族はひとつの世界の管轄権を放棄して去り、創造性ゆたかな判決に組みこまれた特別世話役として、ダイラだけが〈死の鳥〉とともにあとに残った。

ダイラと任務を彼に委託した長老たちとのあいだには、またひとつ最後の会見があり、これは記録されている。判決の解釈において無視できない事実が発見され――現に、それは裁く種族からただちにダイラの種族の長老たちに伝えられた――退去の直前、〈とぐろの聖（ひじり）〉がダイラのもとを訪れたのだ。聖者は、この世界を掌中にした狂える者と、その者がとるであろう行動について教えに来たのだった。

〈とぐろの聖〉――そのとぐろは、数々の美しい世界を設計した瞑想と感性と優しさが、長い年月のあいだにたくわえた知恵の螺旋であった――ダイラの種族のなかでもっとも神聖な存在は、ダイラに召喚を命ずるかわりに、みずから到来してダイラに栄誉を与えた。

　この世界の人びとに残してゆける贈物はひとつしかない、と聖者はいった。**それは知恵だ。狂える者は来たり、人びとに偽るだろう。自分が彼らを創造した、と語るだろう。そのころには、われわれはいない。狂える者と人びとのあいだに立つのは、おまえだけだ。好機が到来したとき、狂える者を倒す知恵を人びとに授けられるのは、おまえひとりなのだ。**そして〈とぐろの聖〉は、愛の儀式にのっとってダイラの肌をなでた。ダイラは深く感動し、言葉もなかった。こうして彼はひとり残された。

　狂える者は到来し、干渉を始めた。ダイラは人びとに知恵を授け、時は過ぎていった。彼の名はダイラから〈蛇〉に変わり、新しい名は嫌悪された。だが〈とぐろの聖〉の判断に誤りがなかったことを、ダイラは知っていた。ダイラは人びとの中からひとりを選んだ。うちに火花を秘めた男を。

　このすべては記録としてどこかに残されている。これは歴史である。

9

男は、ナザレのイエスではなかった。シモン（キリストの身内のひとり。兄弟であろうといわれる）ではあったかもしれない。ジンギス汗ではないが、おそらくは彼の率いる歩兵のひとり。アリストテレスではないが、たぶん広場（アゴラ）でソクラテスの講義に耳を傾けていた男。車輪を発明した原人でも、体を青く塗るのをやめ、その色を洞窟の壁にはじめて塗りつけたミッシング・リンクでもない。だが彼らの近く、すぐ手のとどくところにいた者。その男は、獅子心王リチャードでも、レンブラントでも、ラスプーチンでも、ロバート・フルトンでも、マーディ（イスラム教徒の信じる救世主の称号。特に十九世紀末、スーダンに独立政府を樹立したムハンマッド・アフメッドをいう）でもなかった。ごくふつうの男。うちに火花を秘めた男だった。

10

かつて一度だけ、ダイラは男に近づいたことがある。まだ早いころだった。火花はそこにあった。だが、いまだエネルギーに転換されない光だった。そこでダイラは男に近づき、狂える者が気づく前に必要な措置をとった。狂える者は、ダイラである〈蛇〉が男と接触したことを知り、ただちにいいわけをこしらえた。

この伝説は、『ファウスト』の寓話として今日まで伝えられている。

正か**否**か？

11

光はつぎのようにしてエネルギーに転換された――

五百回目の転生の四十年目、自分がこれまですごした悠久の歳月も知らぬままに、男はとある乾ききった土地をさまよっていた。頭上には、ぎらぎら燃える太陽の薄い平たい円盤があった。それは、こころよい日かげとして以外、影のことなど考えたこともないベルベル族の男だった。影は、エジプトのカムシンのように、小アジアのシムームのように、アルマタン（いずれも熱風を意味する現地語）のように砂漠を渡り、近づいてきた。これまでのさまざまな人生において、彼はこうした熱風をすべて経験していたが、記憶はまったくなかった。影はシロッコのように男をおそった。

影は男の肺から息を奪い、男は白眼をむいて気絶した。男が地面に倒れると、影は男の体を砂漠の下、地中深く、〈地球〉の内部へと運んだ。

母なる〈地球〉の胎内へ。

彼女は生きていた。この樹々と川と岩の世界には、深い石の思索があった。彼女は呼吸し、感情を持ち、夢を見、生命を育み、笑い、永劫の瞑想にふけっていた。この巨大な生き物は、宇宙を泳いでいた。

なんとすばらしいことだろう、と男は思った。〈地球〉が彼の母親だとは考えたこともなかったからだ。〈地球〉にはそれ自身の生命があり、それは人類の一部であると同時に、人類とはまったく異なるものであったのだ。それ自身の生命を持つ母。

ダイラ、〈蛇〉、影……は男を地中深く運ぶと、男が〈地球〉と一体化し、火花がエネルギーに変わるのを待った。肉体は融け、ひんやりした静かな土となった。男の眼は惑星の暗黒の中心部を照らす光を放ち、彼は母親が子供たちを育てるありさまをながめた——虫、植物の根、巨大な洞窟内部の断崖から数マイルにわたって流れおちる川、樹皮。大いなる母、〈地球〉の胸にふたたび抱かれ、男は彼女の生きる喜びを知った。

これを忘れるな、とダイラは男にいった。

なんとすばらしいことだろう、と男は思い……

……砂漠にもどった。自然の母とともに眠り、その体を愛し、楽しんだ記憶はすっかり失われていた。

12

二人は、山のふもとにある青色ガラスの洞窟に泊まった。さほど奥行きはないが、内部で大きく折れ曲がっているので、吹き流された軽石に埋れる心配はなかった。行火石を洞窟の床の亀裂におくと、熱が急速にひろがり、二人をあたためた。三角の顔を持つ影の生き物は暗がりにひっこんで眼をとじると、その狩猟本能を野外に放って獲物をあさった。風にのって絶叫がかえってきた。

しばらくのち食事が終わって、満腹し、いくらか落ち着きがもどると、ネイサン・スタックは深い影の中を見つめ、そこにうずくまる生き物に話しかけた。

「どれくらいおれはあそこにいた……どれくらい眠っていた？」

影の生き物はささやきで答えた。**二十五万年だ。**

スタックは言葉を返さなかった。想像を絶した数字だった。影の生き物はそのあたりも察したようだった。

世界の一生から見れば、一瞬にもあたらない。

ネイサン・スタックは適応できる男だった。すかさず微笑して言った、「きっと疲れていたんだな」

影は答えない。

「おれにはよくわからない。無性にこわいだけだ。死んで、それからめざめるなんて……こんなところに。こんなふうに」

きみは死んだのではない。運ばれて、あそこに置かれたのだ。最後にはなにもかもわかる、約束する。

「だれがあそこに置いた？」

わたしだ。ころあいを見て、きみをさがしだし、あそこに置いた。

「おれはまだネイサン・スタックなのか？」

そう思いたければ。

「ネイサン・スタックなのか？」

そうでなかったときはない。きみはほかのいろいろな名前、ほかのいろいろな肉体を持った。だが、うちにある火花は常にきみ自身のものだった。スタックが口を開こうとすると、影の生き物はつけ加えた。きみはこれまでずっと今のきみになろうとしていたのだ。

「だが、おれはいったいなんだ？　まだネイサン・スタックだといえるのか？」

そう思いたければ。

「そこのところがあんたにも断言できないようだな。あそこに来て、おれを助けだした。

つまり、おれが目をさますと、あんたがいた。あんた以上に、おれの名前にくわしい者がいるか？」

きみは時代が変わるごとに、いくたびも名前を変えた。ネイサン・スタックは、きみがおぼえている名前のひとつというだけだ。遠いむかし、わたしがはじめて会ったときには、きみの名前はそれとはまったく違うものだった。

スタックは知りたくなかった。が、たずねた、「そのときの名前は？」

イシュ＝リリス。リリス（エバがまだ創られていなかったときのアダムの最初の妻。ユダヤ伝説）の夫だ。おぼえているか、彼女を？

スタックは思念をこらし、過去にむかって心をあけはなとうとした。だが過去は、地底の小室に眠っていた二十五万年と同様、測り知れぬ闇のかなたにあった。

「だめだ。だが女はほかにもいた、ほかの時代に」

たくさんいた。リリスのあと妻になった女もいる。

「おぼえていない」

その名は……どうでもいいことだ。だが狂える者が彼女をきみから奪い、かわりの女をよこしたとき……こういう結末が来るだろうと、わたしは思った。〈死の鳥〉がおりるのだ。

「のみこみの悪さをさらすつもりはないが、あんたの言ってることはさっぱりわからない」

終わるまでにはなにもかもわかるさ。

「それは前に聞いた」スタックは間をおき、長いあいだ、実際にはほんの数瞬だったが、生き物を見つめたのち、「あんたの名前は？」

きみと会う前の名はダイラだった。

影は自分の世界の言葉でいった。スタックには発音できなかった。

「おれと出会う前か。じゃ、今は？」

〈蛇〉さ。

なにかが洞窟の前をずるずるとすべっていった。止まる気配はなかったが、沼に吸いこまれる泥のような声で二人を呼んでいた。

「なぜおれをあそこに置いた？　なぜ最初におれのところに来た？　なんの火花だ？　なぜほかの人生やむかしのことを思いだせないんだ？　おれをどうする気だ？」

眠ったほうがいい。長い登り坂だし、寒くなる。

「おれは二十五万年眠った。疲れていない。なぜおれを選んだ？」

あとにしたまえ。今は眠るのだ。眠りにはほかの効用もある。

〈蛇〉の周囲の闇が深まり、洞窟の内部にひろがっていった。行火石のかたわらにネイサン・スタックが横たわると、闇が彼をとらえた。

13

副　読　本

これは、ある作家の書いたエッセイである。内容は明らかに感情に訴えるたぐいのものである。本文を読み、これが本題とどのようにかかわりあうかを考察せよ。作者はなにをいわんとしているか？　要点のおさえはきいているか？　このエッセイは本題に新しい光を投げかけるものか？　読みおえたら、テスト用紙の裏面を使い、愛するものを失った自分自身の経験を短文（五百語以内）にまとめよ。そういう経験がない場合は、でっちあげろ。

アーブー

きのう、ぼくの犬が死んだ。十一年間、アーブーはぼくのもっとも親しい友人だった。

ぼくが書いた少年と犬の物語はたくさんの人びとに読まれたが、それを書く直接のきっかけとなったのは彼である。彼はペットではなかった。ひとつの個性だった。彼を人格視することは、ぼくの本分ではない。彼自身、承知しないだろう。だが彼が他に類をみない独自の生き物であり、しっかりと形づくられた性格を持ち、自分の選んだ相手とだけしか生活を分けあおうとしなかったことを考えると、彼をたんなる犬と考えることもまたできなくなるのである。逃れられない種の法則によって付与されたイヌ科動物の特徴を除けば、彼は徹頭徹尾それなりの生き物としてふるまっていた。

　ぼくたちの出会いは、西ロサンジェルス動物保護施設（アニマル・シェルター）でおこった。行ったのは犬を買うためだった。無性にさみしくて、どうしようかと考えるうち、子供時代、友人のいなかったぼくの唯一の友が、ぼくの犬であったことを思いだしたのだ。ある夏、キャンプに出かけたぼくは、帰ってきて、近所のヘソ曲りばあさんが、父の働きに出た留守にぼくの犬をつかまえさせ、ガス室に送ってしまったことを知った。ぼくはその夜、ばあさんの家の裏庭に忍びこみ、物干し紐にぶらさがった絨緞を見つけた。敷物たたきが柱にかかっていた。ぼくは敷物たたきを盗んで、地面に埋めた。

　動物保護施設（アニマル・シェルター）で順番を待っているとき、列の前のほうにひとりの男がいた。男は、生まれて一週間ばかりの子犬を持ちこんでいた。ハンガリーの牧羊犬、プリである。悲しげな顔をしたチビ助だった。子犬がたくさん生まれすぎ、だれかもらってくれるものはいないか、それとも眠らせてしまおうかということでその一ぴきを持ってきたのだ。その犬が奥に消えると、カウンターにいた係員がぼくの番をつげた。犬をほしいというと、係員は奥の檻のならびにぼくを連れていった。

檻のひとつでは、今しがた入れられたばかりの小さなプリが、先に投宿していたひとまわり大きい三びきの犬から攻撃をうけていた。チビは下敷きにされ、息たえだえになっている。だが、それでも精いっぱい抵抗していた。

「出してやってくれ！」ぼくは叫んだ。「あれをもらう、あれをもらう、出してやってくれ！」

値段は二ドル。それは、ぼくが今までにつかったいちばん有益な二ドルだった。

車で帰る途中、彼はとなりの助手席にすわり、じっとぼくを見つめていた。ペットにつける名前についてはそれまでも漠然と考えていたが、彼を見つめ、彼に見つめかえされるうち、とつぜんアレグザンダー・コルダの一九四〇年の映画『バグダッドの盗賊』の一場面が、ぼくの頭にうかんだ。コンラッド・ファイト演ずる悪大臣が、サブー演ずる小泥棒アーブーを犬に変えてしまう場面だ。犬の顔に一瞬、人間の顔がスーパーインポーズされるので、犬の顔が驚くばかりの知性をおびて見える。小さなプリはそれと同じ表情で、ぼくを見つめていた。「アーブー」と、ぼくはいった。

呼びかけにはなんの反応もなかったが、そこまで期待するのは無理だろう。しかし、そのときから、アーブーは彼の名前になった。

ぼくの家を訪れる人びとで、彼の影響をこうむらなかったものはない。波長の合った客が見つかろうものなら、彼はすぐその客のそばへ行き、足もとにうずくまるのだ。彼は体をかいてもらうのが好きだった。また何年いいきかせたか知らないが、テーブルにのった食事の切れはしをねだることだけは決してやめなかった。エリスン家の夕食に招かれる客のほとんどが、ジャッキー・クーガン扮するキッドばりの、彼の悲しげな顔に弱いことをちゃんと知っていたからだ。

だが彼はまた、ろくでなしを見分けるバロメーターでもあった。たとえば、ぼくの気にいった人間がいて、アーブーがその彼または彼女に鼻もひっかけなかったとする。そんなことがたびたびあったのだが、あとになってみると、必ずその人間がイヤなやつだったことがわかるのだ。彼が新来者に示す態度に、ぼくは注目するようになった。ぼく自身の反応がそれに影響されたことも認めないわけにはいかない。アーブーが避けるような人物は、ぼくも常に警戒した。

ぼくとの仲がうまくいかなかった女性たちが、ときどき家に帰ってくることもあった――犬に会いに来るのだ。彼には自分だけの親しいとりまき連がいた。ぼくとなんの関係もない人たちも多く、ハリウッド指折りの美人女優も何人かまじっていた。あるすてきなレディは、日曜の午後になると運転手をよこして、彼を海辺の散歩に連れだしたものだ。

そういうときなにがおこったか、ぼくは一度も彼にたずねたことはない。彼も話さなかった。

去年になって、彼の体力に急に衰えが見えはじめた。といっても、彼はほとんど最後まで子犬のようにふるまったので、長いあいだぼくは気づかないでいた。だが眠る時間が急に長くなり、食べたものをもどすようになった——同じ通りに住むマジャール人一家が、彼のため特別に作ってくれたハンガリー料理もうけつけなかった。どこかおかしいということがはっきりしたのは、去年のロサンジェルス大地震で彼がひどくおびえたときだった。アーブーにこわいものはなかった。彼は太平洋に突撃し、獰猛な猫たちのあいだを胸をはって歩いた。だが地震には肝をつぶしたようすで、ベッドにとびあがると、前足をぼくの首のまわりに投げかけた。もしかしたら、ぼくはあの地震の犠牲者の中で、動物にのしかかられて窒息死した唯一の人間になっていたかもしれない。

今年にはいってからの彼は、ずっと獣医院を出たりはいったりしていた。だがヤブ医者は、食事のせいだといいはるばかりだった。

そんなある日曜日、裏庭に行ったぼくは、階段の下に横たわり、吐いている彼を見つけた。泥をかぶり、もう胃液しか出すものはないのに、まだゲーゲーやっている。自分の吐瀉物にまみれ、涼しい場所を求めて必死に鼻を地面に埋めようとしていた。息絶えだえだった。ぼくは彼を別の獣医のところへ連れていった。

はじめ獣医は歳のせいだといった……それなら、なんとか治せないことはない。だが、やがてＸ線検査をしたところ、胃と肝臓に癌がひろがっていることがわかった。

その日、ぼくはできるだけ仕事から遠ざかるようにした。彼がいない世界などぼくには考えられなかった。だが、きのう、ぼくは獣医のところに行き、安楽死の書類にサインをした。

「その前にちょっと、いっしょにいる時間がほしいんだが」と、ぼくはいった。

医者は彼を運んできて、ステンレス・スチールの診察台にのせた。彼はひどくやせ細っていた。ぽってりした腹の肉もなくなっていた。うしろ足の筋肉は弱り、たるんでいた。彼はぼくのそばに来ると、ぼくの腋の下に頭をいれた。体が激しく震えていた。頭を持ちあげてやると、彼はあの滑稽な顔でぼくを見つめた。彼の顔を見るたびに、ぼくはいつも狼男ロレンス・タルボットを思いだすのだった。彼は知っていた。なにもかも。そうだろう、親友？　彼は知っていた、そしておびえていた。彼の震えは、クモの糸のように細い足にまで伝わっていた。このあいだまでぴょんぴょんとびはねていた毛皮のボール――黒い絨緞に寝ころんでいると、羊毛の敷物としか見えず、どちらが頭でどちらが尻尾なのかさっぱりわからなかったアーブー。それがこんなにやせ細っているのだ。自分になにがおこるか知って、震えている。だが、それでも彼は子犬だった。

ぼくは泣いた。鼻に熱いものがこみあげ、ぼくは眼をとじた。彼もぼくの腕のなかに頭を埋めた。こんなふうにいっしょに泣くのははじめてだった。彼のように勇敢にふるまうことのできない自分が、恥かしかった。

「仕方がなかったんだ、おまえは苦しがっているし、なにも食べられないし、仕方がなかったんだ」だが彼は聞こうとはしなかった。

そのとき獣医がはいってきた。彼は好感の持てる男で、ぼくにこういった。見たくなければ、こちらで処置してもよい。

するとアーブーは起きあがり、ぼくを見た。

カザンの『革命児サパタ』に、ブランド扮するサパタの親友が、政府軍（フェデラーレス）と内通したかどで死刑を宣告される場面がある。サパタが山にいたとき、つまり革命（レボルシオン）の発端から彼と行（こう）をともにしてきた友人である。男たちは彼を小屋から出し、銃殺隊のところへ連行しようとする。ブランドは背を向ける。すると友人はその腕に手をかけて彼を引きとめ、友情をこめていう、「エミリアーノ、あんたがやってくれ」

アーブーはぼくを見つめた。彼が犬にすぎないことは、ぼくにもわかっていた。だが、もし彼が人間の言葉を話せたとしても、あのまなざし以上に雄弁に、知らない連中のところにおいていかないでくれ、と語ることはできなかっただろう。

だから看護師たちが彼を台に寝かせるあいだ、ぼくは彼から手をはなさなかった。獣医は彼の右前足にゴムを巻きつけ、静脈をうきあがらせた。ぼくは彼の頭をだきかかえていた。注射針がさしこまれた瞬間、彼はぼくから眼をそらした。生から死への移行がいつおこったか、ぼくにはわからない。彼はただぼくの腕に頭をのせたまま、二、三回まばたきして眼をとじ、つぎの瞬間には死んでいた。

獣医の手を借りて、ぼくは彼を紙にくるむと、十一年前とちょうど同じように、助手席にアーブーをのせて家に帰った。そして裏庭に彼を運び、墓を掘りはじめた。すすり泣き、わけのわからないことをつぶやき、紙の中にいる彼に話しかけながら、何時間も掘りつづけた。内側にでこぼこもない、きっちりした長方形の墓だった。余分な土は全部、手でそとに出した。

そして、ぼくは彼を穴に横たえた。生きているときあんなに大きく、あんなに毛むくじゃらで、あんなに剽軽（ひょうきん）だったにしては、その体はあまりにも小さかった。ぼくは彼の上に土をかぶせ、穴がふさがると、あらかじめていねいにはがしておいた芝生をその上にもどした。

簡単な埋葬だが、知らない連中に彼をわたすことだけはどうしてもできなかったのだ。

完

設問

1. 神（god）のつづりの逆が犬（dog）であることになにか意味があるか？　あるとすれば、どのようなものか？
2. 作者は、人間ではない生き物に人間の属性を見いだそうとしているか？　その理由は何か？　「汝は神なり」という語句を念頭におき、擬人観について述べよ。
3. このエッセイで作者が語っている愛について述べよ。この愛を、他の愛の形態、たとえば男の女への愛、母の子供への愛、息子の母への愛、植物学者の植物への愛、生態学者の地球への愛などと比較対照せよ。

14

眠りのなかで、ネイサン・スタックはつぶやいた。
「なぜおれを選んだ？　なぜおれを……？」

15

〈地球〉と同様、母親もまた苦痛の中にあった。

大きな屋敷はいまや音ひとつしない。医師は去り、親戚縁者たちは町に夕食をとりに出かけていた。彼はベッドのかたわらにすわり、母の顔を見つめた。彼女は年老い、髪も白く、しわだらけだった。その肌は、ガの鱗粉を思わせるカサカサした青白い色だった。彼は低い声で泣いていた。

膝に母親の手を感じて顔を上げると、彼女が見つめていた。「まにあわないだろうといわれてたんだよ」と彼はいった。

「おまえの顔を見なければ、死んでも死にきれないよ」か細い、抑揚のない声だった。

「どうだい？」

「痛いよ、ベンがたっぷり薬をくれないから」

彼は下唇をかんだ。医師は大量の鎮痛剤をうっていた。だが苦痛のほうが大きすぎたのだ。とつぜん苦痛の発作が始まり、彼女はかすかに体を震わせた。衝撃は何回もおそった。

彼女の眼から生命の光が失われてゆくのが見えた。

「おまえの妹はどんなようすだい？」

彼は肩をすくめた。「シャーリーンはあのとおりさ。悲しそうにはしてるが、理性でしかうけとめられないんだ」

母親の口もとに、ほほえみのさざ波が走った。「こんなことはいいたかないけど、ネイサン、あれはあまりかわいげのある子じゃないからね。おまえが来てくれて、うれしいよ」彼女は間をおき、考えたのち、つけ加えた、「とうさんとわたしがあの子をつくるとき、遺伝子のプールからなにか忘れてきたのかもしれないね。シャーリーンには人情がないもの」

「なにか持ってこようか？　水でも？」

「ううん。だいじょうぶ」

彼は麻薬鎮痛剤のアンプルに眼をやった。注射針は、そのわきの清潔なタオルの上に、いかにも冷たくひっそりとのっている。彼は自分を見つめる母親の眼を感じた。彼の考えを見すかしているのだ。彼は視線をそらした。

「タバコをくれるなら人殺しでもやるよ」

彼は笑った。齢六十五を数え、両足を失い、残った体のうち左半分は麻痺し、癌が死のゼリーのように心臓へとひろがろうとしているというのに、彼女はやはりこの家の長だった。「タバコはだめだ、あきらめなさい」

「じゃ、なぜ注射をうって、わたしをここから出してくれないんだね？」

「よしてくれ、かあさん」

「ねえ、後生だから、ネイサン。運がよくて、何時間さ。運がわるければ、何カ月も生きなきゃならない。前にもこんな話をしたことがあったね。いつもわたしが勝つのはわかってるじゃないか」

「あんたがあばずればあさんだっていうこと、前にいったっけ？」

「何回も聞いたよ、だけど、おまえを愛してることに変わりはないさ」

彼は立ちあがり、壁にむかって歩きだした。壁を通りぬけることはできないため、彼は部屋の中を歩いた。

「いつかはそうするときがくるよ」

「かあさん！　頼むから、やめてくれ！」

「わかったよ。おまえの事業の話でもしようか」

「事業のことなんか考えてる余裕はないよ」

「じゃ、なんの話をしよう？　年老いたご婦人がその死にぎわにできる高貴な仕事はなにかしらね？」

「趣味がわるい人だな、かあさんは。これを変な意味で楽しんでいるんじゃないかと思う」

「変な意味じゃなく楽しむことができるのかい？」

「冒険としてさ」

「こんなに大きな冒険はないね。かわいそうに、とうさんはこれを味わう時間がなかったんだよ」

「液体プレスに押しつぶされる瞬間を、とうさんが喜んで味わったとは思えないな」

　母親の口もとにふたたびかすかな笑みがうかぶのを見て、彼は考えなおした。「わかった、とうさんならやりかねない。あんたたち二人には、どこか現実ばなれしたところがあったからな。かあさんが現場にいたら、すわりこんで、あれこれいいながら、ぐしゃぐしゃの死体を検分しただろうよ」

「そして、おまえはわたしたちの息子なんだよ」

　そのとおりだった。彼には否定できなかったし、今まで否定したこともなかった。彼は両親と同じくタフで、優しく、奔放だった。彼は、ブラジリアの奥のジャングルですごした日々をおぼえていた。カイマン海溝の底での狩りを、さまざまな工場で父とともに働いた日々をおぼえていた。そして彼女と同じように、最期が訪れたとき、自分もまた死を嬉々として味わうであろうことを知っていた。

「ひとつだけ教えてくれ。前から知りたかったんだ。パパはトム・ゴールデンを殺したのかい？」

「注射をうっておくれ、そしたら教えてあげるから」

「おれはスタック家の人間だ。賄賂は使わない」

「わたしだってスタック家の人間さ。おまえの好奇心の強いことはわかっているよ。注射をうっておくれ、そしたら教えてあげる」

彼は、さっきとは逆向きに部屋をひとまわりした。母親は、工場のタンクのようにその眼を鈍く輝かせて、彼を見つめていた。

「老いぼれ雌犬め」

「親にむかってよくいえたものだね、ネイサン。おまえがどこかの雌犬の息子じゃないことぐらい、わかっているはずだよ。おまえの妹より素性はずっとはっきりしている。あの子がとうさんの娘じゃないことは話したっけ？」

「いや、だけど知っていたよ」

「おまえもきっとあの子のとうさんを気にいったと思うよ。スウェーデン人だった。おまえのとうさんも気にいっていた」

「だからパパはあいつの両腕をへし折ったのかい？」

「たぶんね。でも、あのスウェーデン人は文句ひとついわなかった。あのころのわたしとひと晩いっしょに寝られれば、腕の二、三本折られたってちっとも損じゃなかったよ。注射をうっておくれ」

そして一族がアントレーからデザートに移っているころ、彼はアンプルをわり、母親に注射した。薬が心臓に達した瞬間、彼女は大きく眼を見開いたが、渾身の力をふりしぼってこういうだけの時間はあった。「取引は取引だね。トム・ゴールデンを殺したのはとうさんじゃない、わたしさ。おまえはたいした男だよ、ネイサン、わたしたちが思っていたとおりに反抗してくれた。わたしたちは、おまえが考えている以上におまえを愛していたんだよ。ただひとつだけしゃくなのは、この悪たれ小僧、おまえがそれに気づいていたんじゃないかということさ、気づいていたんだろう？」

「うん」と彼はいい、母親は死んだ。彼は泣いた。詩情といえば、その程度のものだった。

16

彼はわれわれが来るのを知っている。

二人は瑪瑙の山の北壁を登っていた。〈蛇〉がネイサン・スタックの両足にねばつくニカワをかぶせたので、ハイキングにはほど遠いものの、足がかりには事欠かずよじのぼることができた。いま二人は、頂きへ螺旋状にのびる岩棚で休んでいた。〈蛇〉が、目的地で待ちうけている者の話をしたのは、それが最初だった。

「彼？」

〈蛇〉は答えない。スタックは岩壁にもたれかかった。登る途中、彼らはナメクジに似た生物におそわれていた。ナメクジ生物はスタックの体にとりつこうとしたが、〈蛇〉に追いはらわれ、ふたたび岩に吸いついた。生物は影の生き物には近づかなかった。さらにすこし登ると、頂きでまたたく光点が見えてきた。スタックは、胃のあたりから恐怖がこみあげるのを感じた。この岩棚にたどりつく直前、二人が通りかかった山腹の洞窟には、コウモリに似た生物の群れが眠っていた。人と〈蛇〉の出現に群れはパニックにおちいった。コウモリ生物の発する音は、吐き気の波となってスタックの中をかけぬけた。〈蛇〉に手をとられ、スタックは通りすぎた。そして今、二人は休息をとり、スタックの問いに〈蛇〉は答えようとしないのだった。

登らなければ。

「おれたちがいるのを、やつが知っているからか」スタックの声には、皮肉な尻あがりの調子があった。

〈蛇〉が行動をおこした。スタックは眼をとじた。〈蛇〉は動きをとめ、もどってきた。スタックは眼がひとつしかない影を見上げた。

「一歩も動かんぞ」

きみにわからないはずはない。

「そうじゃない。あんたが、あとになってもなにも話してくれそうもないような気がするんでね」

まだ、知るときではない。

「いいか、たずねないからといって、知りたくないわけじゃないんだ。そりゃ、おれに扱いかねるようなことは、いろいろ教えてくれたさ……とてつもないことばかり……たとえば、おれの歳が……おれがいくつかは知らん。だが、あんたの話を聞いていると、おれがアダムだったみたいな……」

そのとおりだ。

「……うう」彼はむだ話をやめ、影の生き物を見返した。そして、想像を絶するその事実をうけいれると、ひっそりした声で、「〈蛇〉」といった。ふたたび沈黙。ややあって、「つぎの夢を見せて、残りを教えてくれ」

辛抱するんだ。頂上にいる者はわれわれが来るのを知っている。きみの与える脅威を、今までわたしが彼に悟らせなかったのも、きみがきみ自身を知らないからこそなんだ。

「じゃ、ひとつだけ教えてくれ。やつは……頂上にいる者は、おれたちが来ることを望んでいるのか？」

大目に見ているだけさ。危険がわかっていないからだ。

スタックはうなずき、〈蛇〉のあとにしたがうことにした。彼は立ちあがると、念のいった召使いの仕草をした――どうぞお先に、〈蛇〉さま。

〈蛇〉は背をむけ、平たい両手を岩壁にはりつけた。そして二人は、頂きめざして螺旋状の道をのぼりはじめた。

〈死の鳥〉は急降下したのち、ふたたび月にむかってのぼっていった。まだ時間はある。

17

日没近いころ、ダイラはネイサン・スタックのもとに現われた。そこは、先代から受けついだ帝国の上に、スタックがみずから築きあげた合弁企業の会議室だった。

スタックは空気チェアにすわり、トップ・レベルの決断が下される議場を見おろしていた。ひとりだった。重役たちは数時間前に去り、部屋は薄闇につつまれて、やわらかな壁のかげにある照明がかすかな光を投げかけるだけ。

影の生き物はつぎつぎと壁を通りすぎた――つきぬけるたびに壁はバラ石英に変わり、また元の物質にもどった。影はネイサン・スタックを見つめて立ちつくした。しばらくのあいだスタックは、部屋にいるもうひとつの存在に気づかなかった。

そろそろ行く時間だ、と〈蛇〉はいった。

スタックは顔をあげた。眼が恐怖に見開かれた。見ちがえようのないサタンの姿が、心をよぎった。牙の生えた口にうかぶ笑み、クロスター・フィルターを通して見たように二本の角にまといつく火花、空を切るロープ状の尻尾の先端にはスコップ形のひれ、二叉(ふたまた)に裂けたひづめが絨緞に残す焼けこげ、油たまりのように黒く澄んだ眼、三叉槍、裏地がサテンのマント、毛むくじゃらの山羊の脚、鉤爪。悲鳴をあげようとしたが、声は喉につまったままだった。

いや、それは違う、と〈蛇〉はいった。**ついて来ればわかる。**

声には悲しげなひびきがあった。まるでサタンが故なき誤解に苦しんでいるかのように。スタックは激しく首をふった。

いいあらそう時間はなかった。時はすでに来ており、ダイラにはためらう余裕もなかった。手招きすると、ネイサン・スタックは空気チェアから立ちあがった。あとには、ネイサン・スタックの寝姿のように見えるものが残った。〈蛇〉は彼の手をとると、バラ石英を通りすぎ、地表をはなれた。

〈蛇〉は地の底へと彼を導いた。

〈母親〉は苦痛の中にあった。永劫の昔から病んでいたが、今では、〈蛇〉が見たかぎりでも、もはや手おくれの状態にあった。〈母親〉もまた知っていた。しかしわが子をかばう力は、まだ彼女には残っていた。自分のためにもあいだに立ちふさがり、子供を自分の内ぶところ深く、狂える者すら見つけだせない場所に隠す気力は持っていた。

ダイラはスタックを地獄へと導いた。

居心地のよいところだった。

暖かく、安全で、狂える者の手から遠かった。

そこでは、病魔がとどまるところなく荒れ狂っていた。崩壊する国家、沸騰し、つぎには冷えて浮きかすにおおわれる海、埃と有毒な蒸気ににごる大気、油のように流れる肉、暗くなる空、ぼやけ、光を失う太陽。〈地球〉はうめいていた。

植物はのたうち、枯れていった。動物は奇形を生み、発狂していった。樹々は燃えつき、その灰のなかから空にむかってのびあがったガラスの建物は、突風に砕けていった。〈地球〉は死にかけていた。長い、ゆっくりした、苦痛にみちた死だった。

居心地のよい〈地球〉の中心で、ネイサン・スタックは眠った。知らない連中のところにおいていかないでくれ。

頭上では、はるかな星ぼしを背に〈死の鳥〉が果てしなく輪をえがき、言葉を待ちうけていた。

18

山頂に着くと、ネイサン・スタックは灼けつく極寒と砂をたたきつけるような狂暴な魔風の中を見はるかし、不変の聖地、永遠の寺院、回想の柱、完全の避難所、祝福のピラミッド、創造の玩具店、救済の墓所、渇望の碑、思想の貯蔵所、驚異の迷宮、絶望の棺台、宣言の演壇、最後の企ての炉に眼をとめた。

ひときわ目立つ孤峰の斜面に、ここにいすわる者の住まいが見えた——きらめきまたたく光、砂漠と化した惑星の地表からも認められた光。スタックには居住者の名がうすうすとわかりかけてきた。

不意に目の前がまっ赤に染った。眼にフィルターがおりたように、暗黒の空、明滅する光、二人の立つ岩の台地、そして〈蛇〉さえもが赤く変わり、色の変化とともに苦痛が到来した。スタックの肉体のあらゆる回路を焼きつくす激痛。血液が燃えあがったかのようだった。絶叫し、膝をつく。苦痛は火花をちらして脳をかけぬけ、血管系、神経系の末端に伝わっていった。頭蓋は炎につつまれていた。

闘え、と〈蛇〉がいった、**闘うんだ！**

できない。心に無言の叫びがほとばしる。苦痛が声を封じていた。炎の舌がなめ、のびひろがり、繊細な思考組織がちぢこまってゆく。彼は氷に意識を集中しようとした。氷に救いを求め、氷塊に、氷の山なみに、凍った海面に埋れた氷山にしがみつく。そのあいだも心はくすぶり、焼けこげてゆく。氷！　心をむさぼりつくす火の嵐に抗して、いく百万、いく千万もの霰（あられ）の粒がおそいかかり、降りそそぎ、たたきつけるさまを想像した。と、ひとすじの蒸気があがり、炎がひとつ消え、片隅の熱気が失せ……彼はその片隅に足場をきずくと、氷に思念をこらし、氷のかけら、氷のかたまり、氷の巨岩を思いうかべ、その氷をじりじりと押しだして安全と冷気の境界を広げていった。まもなく火は肉体の全回路からしりぞきはじめ、退却に移った。スタックはそのあとにさらに氷を送りだし、炎を絶やし、氷と冷水の底に埋めていった。火は追いたてられ、駆逐された。

ふたたび眼をあけたとき、まだ膝をついてはいたが、思考力はもどり、赤い風景は平常に復していた。

彼はまたやるぞ。用意しておけ。

「なにもかも話せ！　知らずに耐えろというのか。助けがいるんだ！　教えてくれ、〈蛇〉、今ここで！」

自分でやれる。きみには力がある。だから火花を与えたのだ。

……と、第二の錯乱がおそった！

大気はシャヴェラスと化し、彼は汁のしたたる不潔なローヴァを顎門（あぎと）にくわえていた。むかつくようなその味に力も萎えた。擬足はしぼんで甲殻の中にたくしこまれ、全身の骨が続けざまにひびわれてゆく痛みに、彼は吠え狂った。逃げ隠れようとしたが、打ちすえられる光の衝撃を眼球が拡大した。複眼がつぎつぎと割れ、液体がぶくぶくとあふれだした。信じがたい激痛だった。

闘え！

スタックはあおむけにころがり、大地にふれようと繊毛をのばした。その一瞬、彼は自分が別の生き物、いいあらわす言葉のない別の生命形態に乗りうつり、その眼からものを見ていることに気づいていた。しかし彼がいるのは大空の下、それが恐怖を呼んだ。猛毒となった大気につつまれている、それが恐怖を呼んだ。眼が見えない、それが恐怖を呼んだ。自分は……自分は……人間だ……別種の生き物の感覚から逃れでる……人間だ、こわくはない、我慢できる。

体を返し、繊毛をひっこめ、擬足をおろそうとあがいた。割れた骨がこすれあい、苦痛が全身をつらぬいた。苦痛をねじふせ、ようやく擬足がおりると、息をつき、くらくらする頭で……

……と、第三の錯乱──

眼を見開くと、ネイサン・スタックにもどっていた。

絶望。

悲嘆の終わりない淵を越えて、彼はネイサン・スタックにもどった。

……第四の錯乱──

狂気。

荒れ狂う発作をぬけて、ふたたびスタックに。

……ついで第五、第六、第七の錯乱、悪疫と旋風と悪のよどみ、体格の縮小とそれに伴う顕微鏡的地獄への永遠の落下、内側から体を食い荒す生き物たち、そして第二十、第四十の錯乱、解放を請う彼自身の悲鳴、いっときもそばを離れず、闘え！　とささやきかける〈蛇〉の声。

やがて、すべてが終わった。

今だ、急げ！

〈蛇〉はスタックの腕をとると、なかば引きずるようにして、孤峰のもとにまばゆく輝く光とガラスの大宮殿めざして走った。二人はきらめく金属のアーチをくぐり、のぼり坂の通廊にはいった。うしろで門がしまった。

壁に震動が走った。宝石を埋めこんだ床が、ごろごろと鳴り、揺れだした。頭上はるかな天井にひびがはいり、かけらが降りはじめた。宮殿はぐらぐらと揺れ、最後におぞましい鳴動をおこすと、周囲で崩壊した。

今だ、と〈蛇〉がいった。今こそすべてがわかるぞ！

すると、すべてが落下を忘れた。中空に凍りついたように、宮殿の残骸は頭上にうかんだ。空気すら渦巻くのをやめた。時は停止した。〈地球〉は動きをとめた。すべてが完全に静止し、ネイサン・スタックを理解へとみちびいた。

19

多項式選択（最終成績の½に相当）

1.　神とは、
　A　長いひげを生やした、目に見えぬ霊。
　B　穴の中に死んで横たわる小さな犬。
　C　各人。
　D　オズの魔法使い。

2.　ニーチェは「神は死んだ」といった。これによって、彼がいわんとしたのは、
　A　人生は無意味である。
　B　至上者への信仰心が薄れてきた。
　C　神などもとから存在しなかった。
　D　汝は神なり。

3.　生態学とは、いいかえれば、
　A　母の愛。
　B　啓発された利己心。
　C　健康サラダとグラノーラ（朝食用加工穀物の商品名、健康食品として有名）。

D　神。

4. つぎにあげる文章のうち、もっとも深い愛を表現しているものはどれか？

A　知らない連中のところにおいていかないでくれ。
B　わたしはあなたを愛する。
C　神は愛である。
D　注射をうっておくれ。

5. つぎにあげる力のうち、神の属性と見られるものはどれか。

A　権力。
B　愛。
C　人間性。
D　従順。

20

そのいずれでもない。

星影が〈死の鳥〉の眼に照りはえていた。月のおもてに影をおとし、それは夜の闇をつらぬいて飛んだ。

21

　ネイサン・スタックは両手をあげた。宮殿が崩壊してゆく中で、二人の周囲の空気だけは静まっていた。彼らはかすり傷ひとつ負わなかった。さあ、すべてがわかるぞ、〈蛇〉はいい、礼拝するように片膝を折った。だが礼拝するにしても、いるのはネイサン・スタックだけだった。

「ずっと狂ったままだったのか？」

最初からだ。

「では、この世界を彼に与えた連中は気ちがいだ。それを許したあんたの種族も気ちがいだ」

〈蛇〉には返すべき言葉はなかった。

「こうなるようになっていたのかもしれないな」

　スタックは手をさしだすと、〈蛇〉を立たせ、その細い三角形の顔にふれた。「友よ」と彼はいった。

〈蛇〉の種族には涙を流す器官はなかった。そのひと言を聞くためにどれほど待ったか、想像はつくまい。

「すまない。もっと早く気づくべきだった」

こうなるようになっていたのかもしれない。

そのとき空気が渦を巻き、宮殿の廃墟にきらめく光のかたまりが現われた。この山の所有者、荒廃した〈地球〉の所有者が、燃える茂みのかたちをとっておりてきたのだ。

またか、〈蛇〉？　また、わしを悩ますのか？

遊びの時間は終わった。

わしを消すためにネイサン・スタックを連れてきたのか？　時の終わりは、わしが告げる。これまでと同じように、わしが告げる。

そしてネイサン・スタックにむかって、

失せろ。わしがつかまえに行くまで、どこにでも隠れているがいい。

スタックは燃える茂みに眼もくれなかった。片手をあげると、二人をつつんでいた円錐形の防御幕が消えた。「まずやつを見つけだそう、あとはまかせてくれ」

〈死の鳥〉は夜風の中で鉤爪をとぎすまし、〈地球〉の燃えかすにむかって虚空から舞いおりてきた。

22

かつてネイサン・スタックは肺炎にかかったことがある。手術台に横たわる彼の胸に、外科医は小孔をあけた。彼の性格がもうすこしすなおであったなら、感染部にウミがたまる前にほどほどに仕事を切りあげていたならば、なんの危険もない胸郭開口手術とはいえ、メスで切られるようなことにはならなかっただろう。だが彼はスタック家の人間であったため、こうして手術台に横たわり、ウミのたまった胸膜腔にゴム管を挿入されているのだった。そのとき彼は、自分の名を呼ぶ声を聞いた。

ネイサン・スタック。

メスに胸を切り裂かれながら、彼は耳をすました。はるかな声、荒涼とした北極海をはるばるわたってきた声は、果てしれぬ通廊にいつまでもこだました。

ネイサン・スタック。

彼は思いだしていた。暗いワイン色の髪をしたリリスのことを。熊の死体を切り裂くのに忙しく、助けを求める彼のうめきには耳も貸さない狩りの仲間たちのかたわらで、岩に押しつぶされたまま長い時をへて迎えた死のことを。アジャンクールで、石弓の矢に鎖かたびらごと胸を射貫かれたときの衝撃を。オハイオ州の湖で平底船から転落し、友人たちに知られることもなく溺死したときの水の冷たさを。ベルダンの近くで、とある農家めざして匍匐前進をつづけているとき、両肺を焼いたイペリットのことを。爆弾の閃光をまともに浴び、顔の肉がとけていったときの苦痛を。会議室に現われた〈蛇〉が、トウモロコシの皮をむくように彼を肉体から解き放った瞬間を。〈地球〉の融けた中心核に眠っていた二十五万年を。

死んだ歳月のかなたから、母親は彼に懇願していた。解放してくれ、苦しみを終わらせてくれ。注射をうっておくれ。彼女の声は、果てしない苦痛にのたうつ〈地球〉の声とまざりあった。表皮ははがされ、川は塵の動脈に変わり、なだらかに起伏する山々や緑の野は青色ガラスと灰になり、〈地球〉は死にかけていた。母の声と母なる〈地球〉の声はとけあって〈蛇〉の声に変わると、彼がこの世界におけるたったひとりの人間――この世界最後の人間――であることを教えた。〈地球〉を断末魔の苦しみから解放できるのは彼ひとりなのだ、と。

注射をうて。〈地球〉を苦しみから解き放て。**いま、それはきみのものなのだ。**

ネイサン・スタックは内なる力をしっかりと統御していた。それは、神々や〈蛇〉たちの力より、はるかに偉大なものだった。おのれの創造物にピンを刺し、おもちゃをこわして楽しむ狂った造物主たちの力より、はるかに偉大なものだった。

できるものか。わしが許さん。

無力な怒りにぱちぱちと燃える茂みの周囲をまわり、ネイサン・スタックは、憐れむようにそれを見つめた。彼はオズの魔法使いを思いだし、霧と稲妻の中に不気味にうかぶ、胴のない巨大な頭と、カーテンのうしろからダイアルをまわしてそのこけおどしを演出する哀れな小男のことを思った。いまスタックの前にあるこけおどしの背後にも、そんな哀れな存在が潜み、リリスが奪われる以前から人類を支配してきたのだ。スタックは、自分の力がそれに勝ることを知っていた。

彼はさがしに出かけた。おのれの名に大文字を冠した狂った存在を。

23

ツァラトゥストラは単身山をくだった。そして何人（なにびと）にも行き会わなかった。しかし森林地帯にはいったとき、不意にひとりの老翁（ろうおう）がかれの前に現われた。それは森に木皮と根をたずね求めて、世俗を離れたおのれの庵から出て来たのである。その老翁はツァラトゥストラにこう語った。

「わたしにはこのさすらいびとは未知でない。幾年か前、この人はここを通って行った。ツァラトゥストラという名であった。しかしいま、それは以前と変わった人になっている。

あのときはきみの灰を山上に運んだ。きょうはきみはきみの火を谷々へ運ぼうとするのか。きみは放火者の受ける罰を恐れないのか。

ツァラトゥストラは変わった、ツァラトゥストラは幼子(おさなご)になった、ツァラトゥストラはいま目ざめた。さてそのきみはいま眠っている者たちのところへ行って、なにをしようとするのか。きみは海に住むように孤独のうちに生きてきた。そして海は静かにきみを浮かべていた。ああ、きみはいま陸にあがろうとするのか。ああ、きみはきみの身体をふたたび引きずって歩くつもりか」

ツァラトゥストラは答えた。「わたしは人間たちを愛する」

「なぜ」と超俗の人は言った。「いったいなぜ、わたしは、山林にはいり荒蕪(こうぶ)の地にはいったか。それはわたしが人間たちをあまりに愛していたからではないか。しかしいまわたしの愛するのは神である。人間たちをわたしは愛さない。人間はいまわたしから見れば、あまりにも不完全なものである。人間への愛はわたしを滅ぼすであろう」

「そして超俗の人は森でなにをしているのであろうか」とツァラトゥストラはたずねた。

超俗の人は答えた。「わたしは歌をつくって、それをうたう。そして歌をつくるとき、わたしは笑い、泣き、そしてうめく。こうしてわたしは神をたたえるのだ。うたい、泣き、笑い、うめいて、わたしはわたしの神である神をたたえる。だがきみはわたしたちになにを贈り物としてもってきたか」

このことばを聞いたとき、ツァラトゥストラは超俗の人に一礼して、言った。「あなたがたに与えるようなものをどうしてわたしが持っていよう。いや、速やかにわたしをここから去らしてくれ。わたしがあなたがたのものをなにも取らずにすむように」――こうして、二人、老者と壮者は別れた、さながら二人の少年が笑いあうように笑いあって。

しかし独りになったとき、ツァラトゥストラはこう自分の心にむかって言った。「いったいこれはありうべきことだろうか。この老いた超俗の人が森にいて、まだあのことをなにも聞いていないとは。神は死んだ、ということを」

（手塚富雄訳『ツァラトゥストラ』中央公論社刊より）

24

スタックは、終焉の森をさまよう狂える者を見つけた。疲れきった老人だった。今や片手のひとふりで、この神にとどめをさすことができる。だが、その理由は？　復讐をするには遅すぎる。そもそも最初から手おくれだったのだ。彼は老人を見逃し、森をさまようままにさせた。**そうはさせないぞ、**不機嫌な子供の声で、老人はつぶやいていた。哀れっぽいつぶやきだった。**いやだ、まだベッドにはいりたくない。もっと遊んでいたい。**

スタックは〈蛇〉のところにもどった。スタックがおのれの力にめざめ、人類がその歴史を通じて崇拝してきた神を破ったとき、〈蛇〉の任務は終わっていた。双方の手がふれあった。終焉を目前にして、はじめて友情の絆が結ばれたのである。

二人は仕事にかかった。ネイサン・スタックが両手をひとふりして注射をうった。果てしない苦痛が終わっても、〈地球〉はため息ひとつもらさない……いや、ため息はあった。あらゆる活動がとまった。融けた中心核は冷え、風はやみ、スタックの頭上では〈蛇〉の最後の仕事が終わったことを示す〈死の鳥〉の降下の音が聞こえていた。

「あんたの名前は？」スタックは友人にきいた。

ダイラ。

〈死の鳥〉は疲弊した地表におりると、翼を思いきりひろげておろし、母親が疲れた子供をだきかかえるように〈地球〉をつつんだ。ダイラは黒い屍衣のおりた宮殿の紫水晶の床にすわり、満足げにそのひとつの眼をとじた。終末が来たいま、とうとう眠れるのだ。

そのすべてを、ネイサン・スタックは立ったまま見守った。彼はこの世界最後の人間であり、本来彼のものであったはずの世界を――わずか数瞬であれ――所有することになったいま、眠りは容易に訪れなかった。終末を迎え、スタックは自分がこの世界を愛したことを、そして自分の行為になんの誤りもなかったことを知っていた。

25

〈死の鳥〉は〈地球〉を翼につつみこんでいった。もはやそれは、生命のない燃えかすの上にうずくまる巨大な鳥としか見えなかった。そして〈死の鳥〉は、星をびっしりとちりばめた空に顔をあげ、最後の瞬間〈地球〉がもらした敗北のため息をくりかえした。そして眼をとじ、頭を注意深く翼の下に埋めるとともに、夜がおりた。

はるかかなたでは、星ぼしが、人類の最後を見とどけるため、〈死の鳥〉の叫びの到来を待ちうけていた。

26

マーク・トウェインに捧げる

鞭打たれた犬たちのうめき
The Whimper of Whipped Dogs

東五十二丁目に借りた新しいアパートのよろい窓を塗りかえた日の夜、ベスは、ビルの中庭で、ひとりの女がゆっくりとむごたらしく刺し殺されるのを見た。このおそろしい光景を目撃した者はほかに二十五人いたが、その人びとと同様に、彼女も殺人をとめようとする行動をなにひとつ起こさなかった。

ベスはすべてを見た。中断もなく、視界をさえぎる何物もないままに、すべての瞬間を目撃した。まったく気ちがいじみたことに、恐怖に魅入られた彼女の心をそのときよぎったのは、観劇のさい舞台と観客を同時に見物したい一念から、ナポレオンがコメディ＝フランセーズ劇場の客席のうしろに作らせたという垂れ幕のおりた仕切り席、ちょうどそんな場所にいるようなすばらしい展望が目の前にひらけているという実感だった。夜気は澄み、満月がのぼっており、彼女は第二チャンネルの十一時半からの映画を、二回目のコマーシャルの途中で切ったところだった。『女群、西部へ』のロバート・テイラーはもう見ていたし、最初のときもおもしろくなかったことを思いだしたからだ。そんなわけで、部屋のなかはまっ暗だった。

寝心地をよくするため彼女は窓に行き、六インチほどあけようとした。そのとき女がよろめきながら中庭にはいってくるのが目にとまった。女は左腕を右手でおさえ、壁にそって動いていた。七カ月で十六件の暴行傷害が発生して以来、コンソリデイテッド・エディスン社は各所に水銀灯のポールを設置していた。中庭を照らす冷たい紫の光の下で、女の左腕から流れる血は黒光りして見えた。顕微鏡で一千倍に拡大されたように、TVコマーシャルのソラリゼーションの画面のように、ベスはあらゆる細部をはっきりと見ることができた。

悲鳴をあげようとでもするのか、女は顔をのけぞらせた。だが声は出てこなかった。聞こえるのは、ただ一番街の車の音、マクスウェルズ・プラムやフライデイズやアダムズ・アップルでその夜恋人同士となった男女をあさる深夜タクシーの物音だけ。だが、それははるかかなた、別の世界のできごとだ。七階下、女のいる中庭では、すべてが見えない力場でひっそりと固定されているようだった。

アパートメントの闇のなかに立ちつくし、ふと気がつくと、ベスは窓をすっかりあけはなっていた。低い窓台のすぐ下に、小さなバルコニーがある。いまや彼女とその光景とのあいだには、一枚のガラスさえもなかった。バルコニーの錬鉄の手すりと、中庭までの七階の隔たりだけ。

女は顔をのけぞらせたまま、よろよろと壁から離れた。年格好は三十代なかば、黒っぽい髪を無造作にカットしている。顔の美醜はわからない。恐怖が女の顔だちを引きつらせ、口は歪んだ黒い裂け目となってひらいていたが、声は出てこなかった。首のあたりには、筋がうきあがっている。片方の靴をなくしているので、足どりは不確かで、いまにも歩道にころびそうだった。

男がビルの角を曲がって中庭に現われた。その手には、途方もなく大きなナイフが握られていた――いや、そんなふうに見えるだけかもしれない。ベスは、彼女の父がある夏メイン州の湖で使っていた、骨の柄のついたフィッシュ・ナイフを思いだした。鞘からとびだすと同時に掛け金のかかるそのナイフには、長さ八インチののこぎり歯状の刃があった。中庭にいる浅黒い男の手にあるナイフも、それとよく似ていた。

女は男の姿に気づき、逃げようとした。だが男はたちまち追いつき、女の髪をつかむと、草刈りの要領で喉を掻っ切ろうとでもいうのか、頭をうしろに引っぱった。

女が悲鳴をあげたのは、そのときだった。

反響室に閉じこめられ、逃げ道を求めて飛びまわる狂ったコウモリの群れさながらに、悲鳴は中庭にひろがっていった。悲鳴は、いつまでも、いつまでも続いた……

もみあううち、女の肘にわき腹を何回もこづかれ、男はそれをかわそうと、わしづかみにした髪で女の体をひねった。すさまじい悲鳴はなおも続き、いっこうにやむ気配はなかった。女が身をふりほどき、男の手には、根もとから抜けたひとつかみの髪の毛が残された。逃げだす瞬間、真横にふりまわされたナイフが、女の胸のすぐ下を一文字に切り裂いていた。血が彼女の服に飛びちり、男も返り血にそまった。それが男をいっそう狂気にかりたてたようだった。両腕から血をしたたらせ、姿勢を立てなおそうとしている女に、男はふたたび襲いかかった。

女は走ろうとしたが、壁によろけかかってそのまま体をずらせ、男は一瞬まえ彼女の姿のあったレンガの壁に激突した。女はすこし離れた花壇のところまで逃れ、つまずいて倒れた。ようやく膝をたてたとき、男がまたもとびかかった。ナイフが弧を描いてあがり、紫の光がその刃に不気味に照り映えた。女の悲鳴はまだやまない。

たくさんの部屋に明かりがともり、住人たちが窓から顔を出した。

男は彼女の背中、右の肩のあたりに、柄(つか)まで深々とナイフを突きたてた。両手を使っていた。

ベスは切れぎれのフラッシュ写真を見るように、そのすべてを目撃した――男、女、ナイフ、血潮、窓からながめる人びとの表情。窓の明かりはつぎつぎと消えたが、人びとはまだそこに立ち、見つめていた。

ベスは悲鳴をあげたかった、叫びたかった、「その人にいったいなにをする気なの？」だが喉は凍りついていた。ドライ・アイスに一万年も漬かっていた二本の鉄の手が、ベスの首を絞めあげていた。刃が自分の体にすべりこむのが感じられるようだった。

どこからそのような力が出てくるのか――不可能に思えるが、たしかに下方ではそのとおりのことが起こっているのだ――女は立ちあがり、ナイフを体から抜いた。三歩、女は三歩進み、ふたたび花壇に倒れた。いまや男は巨大なけもののように咆哮していた、言葉にならない音を腹の底からわきあがらせていた。男はのしかかり、ナイフをふりあげ、ふりおろした。もう一度、さらにもう一度、何回も何回も。それがぼやけた動きと化すにつれ、果てしなくつづく狂ったコウモリの悲鳴は衰えてゆき、やがてとだえた。

ベスは闇のなかに立ち、恐怖のあまり震え、泣いていた。動かぬ肉塊とナイフをふるいつづける男を見つめることにとうとう耐えきれなくなって、彼女は首をめぐらした。周囲の暗い窓には――まさに彼女がしているように――立ちつくし見つめている人びとの顔があり、なぜかそれらが彼女には見えるのだった。水銀灯の薄暗い光のなかに紫色にうかびあがった人びとの顔は、まったく同じ表情をしていた。女たちは男の二の腕に爪をくいこませ、口のはしから舌をわずかにのぞかせて立っている。男たちは目を輝かせ、微笑している。それは闘鶏を見守る表情とすこしも変わらなかった。深く吸いこんでは吐きだされる息。下方の陰惨な光景が多少なりとも養分になるとでもいうのか。地底の洞窟からひびいてくるような、低い低いため息の音。青白い、湿った肌。

そのときベスは、中庭がぼんやりとけぶっているのに気づいた。イースト川の霧が、凶行の細部を隠すため五十二丁目にのぼってきたかのようだった。深まる霧のなかで、男はなおもナイフをふるっていた……いつ終わるともなく……もはや快楽はとうに失われたはずなのに……ただひたすら……何回も何回も……

だが、この霧は異常だった。濃密で、灰色で、輝く小さな火花に満ちていた。ベスは、中庭の空虚にわきあがる霧を見つめた。大寺院にひびきわたるバッハ、真空室にちりばめられた星屑。

ベスは目に気づいた。

見上げる頭上、九階のさらにその上の空に、二つの巨大な目、夜や月のように厳然と、目が存在しているのだ。そして――顔？ あれは顔なのか、そう断言してよいのか、ただ想像しているだけではないのか……顔を？ 肌寒い濁った霧のなかに、なにか生き物、瞑想にふける、忍耐強い、圧倒的に邪悪な何者かが、下方の花壇で起こっているできごとに立会うため召喚されていたのだ。ベスは目をそむけようとした。だが、できなかった。その目、原初の炎に燃える目は、測り知れぬ古さを感じさせながら、同時に子供の目のおそろしいばかりの輝きと興味を宿しているのだった。古く、それでいて新しく、墓穴を思わせる空虚に満ち、深淵のように大きく深い、その燃える目は、彼女を金縛りにし、屈従させようとしていた。影絵芝居は、それを鑑賞する窓べりの住人たちだけのために上演されたのではなかった。そこには、得体の知れない他者がいたのだ。凍りついたツンドラでもヒースの茂る荒れ地でもなく、地底の洞窟でもなければ、死にかけた太陽をめぐるはるかな世界でもない、この地、この都市に、何者かが現われ、下界を見おろしているのだ。

　顔をそむけようとする努力のあまり震えながら、ベスは九階の上空で燃える二つの深淵から目をはなした。だが動作は、けっきょくその他者を引き寄せた恐怖の光景をふたたび見ることにしかならなかった。そのときになって、はじめてベスは自分の目撃しているできごとのおぞましさに気づいた。頁岩層（けつがん）に閉じこめられたシーラカンスさながらの呪縛から、彼女は解き放たれていた。心の皮膜をたたく血のとどろきが、うちに充満していた。自分はいままでここに立っていたのだ！　それなのに、なにもしなかった、なにひとつ！　ひとりの女が屠（ほふ）られているさなか、自分はなにもいわなかったし、なにもしなかった。涙は空（むな）しく流され、戦慄もまた無意味だった。彼女はなにもしなかったのだ！

　そのとき哄笑と含み笑いの相なかばするヒステリカルな声が聞こえてきた。夜霧と煤煙のなかにうかびあがる巨大な顔を見上げた彼女は、それが二つの声のまざりあったものであることに気づいた。自分が発する狂ったギボンの笑いと、地上の男のあげるやり場のない悲しげな声――それは、鞭打たれた犬たちのうめきを思わせた。

　ベスはふたたびあの顔を見上げていた。また見たくなったわけではない――二度と見たくはなかった。だが彼女は、あのいぶり火のような目にとらえられていた。測り知れぬほど年を経たものであることは知っていたが、その子供っぽい印象に圧倒されていた。

そのとき地上の虐殺者が言葉にいいあらわせぬことを始め、めまいに襲われたベスは、バルコニーにころげおちそうになって窓のへりをつかんだ。そして姿勢をただすと、激しく息を吸いこんだ。

ベスは、自分を見つめる視線を意識した。凍りついた長い恐怖の一瞬、霧のなかにうかぶ顔に気づかれたのではないかという疑惑が、彼女をとらえた。すべてが遠のいてゆくのを感じながら窓にしがみつき、正面を向いた。やはり見つめられているのだった。凝然と。彼女の部屋にむかいあった七階の窓ぎわに立つ若い男に。男はじっと見つめていた。燃える目が地上の光景を楽しげに見おろすなか、奇妙な霧を通して、男は彼女を見つめていた。

目のまえが暗くなり、無意識が訪れる直前、その顔にどこかひどく見おぼえのあるような、そんな思いがひらめき、消えていった。

あくる日は雨だった。東五十二丁目の街路は、油膜の虹でてらてらと光っていた。雨は犬の糞をどぶに洗い流し、それをさらに集水溝へせっせと運んでいた。傘のかげに隠れ、身をかがめて横なぐりの雨のなかを行く人びとの姿は、巨大な、黒い、動くマッシュルームの群れを思わせた。警官が部屋から去ると、ベスは新聞を買いにおもてへ出た。

記事は、冷ややかにながめていた二十六人のアパートの住人を愛情こめて強調しながら、レオーナ・チアレリ（三七）＝マンハッタン、フォート・ワシントン・アヴェニュー四五五＝が、失業中の電気工バートン・H・ウエルズ（四一）に組織的に刺殺されていった模様をくわしく報じていた。犯人はその後、五十五丁目のマイクルズ・パブに血だらけのままナイフをふりまわして乱入したところを、非番でその酒場にいた二人の警官に射殺され、捜査の結果、そのナイフが凶器と断定されたということだった。

その日、ベスは二回吐いた。胃は固形物を受けつけず、舌の裏には胆汁の味がしみこんでいた。昨夜の光景を、彼女は心から消し去ることができなかった。記憶が小さなループを作ったかのように、草を刈るあの腕の動きのひとつひとつが何回も何回もよみがえった。声のない悲鳴をあげてのけぞる女の顔。血潮。霧のなかで燃えていたあの目。

何回も何回も窓ぎわに引き寄せられ、中庭と街路を見おろした。ベスはマンハッタンの寒々としたコンクリートの上に、ベニントンのスワン・ハウスの窓から見えた風景を焼付けようとした。せまい庭、もうひとつの白い木造寄宿舎。途方もなく生い茂るリンゴの木。そして別の窓から見えるのは、なだらかにうねる丘陵と、絢爛（けんらん）たるヴァーモントの田園。記憶はつぎつぎと季節をとびこえた。だが、そこにはいつもコンクリートと雨に濡れた街路があるのだった。ペーブメントに降った雨は、血糊のように黒光りしていた。

仕事に熱中しようと、ベスはレキシントン・アヴェニューで買った古い事務机の蛇腹式のふたをあけ、振付師用のグラフ用紙にかがみこんだ。だがラバノーテイションは、きょうの彼女にとって、不可解な象形文字のならぶジャクスン・ポロックふうの混沌にすぎず、四年をかけてマスターし、それ以前にもファーミントンで学んだユーリズミックスの緻密な表現にはほど遠かった。

電話が鳴った。テイラー・ダンス社の秘書からで、いつごろ暇になるかという問い。言いわけして断わるほかなかった。ルドルフ・ラバンの考案になる図形を描いたグラフ用紙の上に片手がのっており、それに目をやると、指がふるえているのが見えた。約束を取消すほかなかった。つぎに彼女はダウンタウン・バレー社のガズマンを呼びだし、図表の完成がおくれそうだと告げた。

「こまるね、お嬢さん、レオタードを汗みずくにしたダンサーが十人、リハーサル・ホールで待っているんだよ！　どうしてくれるんだね？」

ベスは昨夜のできごとを説明した。話すうち、彼女は、レオーナ・チアレリの死を目撃した二十六人のことを語る新聞記事の調子が、決して的はずれではなかったことに気づいた。パスカル・ガズマンは黙って聞いていたが、ふたたび口をひらいたとき、その声は数オクターブ低く、話し方もゆっくりしていた。無理もない、図表はもうすこし待とう、とガズマンはいった。だが彼の声はどこか他人行儀で、彼女が礼をいっているあいだに電話は切れた。

ベスは濃い紫に近いアーガイルのセーター・ベストを着、ぴったりしたカーキ色のギャバジン・パンタロンをはいた。そとに出よう、散歩しよう。なんのために？　なにかほかのことを考えるために。フレッド・ブラウンの厚ぼったいヒールをはきながら、ジョージ・ジェンセンズのショー・ウィンドウで見たあの重そうな銀のブレスレットはまだあるだろうか、とぼんやり考えた。エレベーターのなかで、ベスは中庭のむかい側の窓にいた若い男に見つめられた。彼女はまた体が震えだすのを感じた。男がうしろに立つと、彼女はゴンドラの奥まった隅へしりぞいた。

五階と四階の中間で、男がオフのスイッチを押したため、エレベーターは急停止した。

ベスが見つめると、彼は無邪気な微笑をうかべた。

「やあ。ぼくはグリースン、レイ・グリースンていうんだ、七一四号だよ」

エレベーターを動かしてくれ、とベスはいいたかった。なんの権利があってそういうことをするのか、どういうつもりなのか、あとで面倒を起こしたくなかったら早くスイッチを入れてほしい。いいたいことは、それだった。ところが、昨夜けたたましい笑い声をあげたその同じ口から出てきたのは、訓練をつんだ本来のそれより、はるかに確信の欠けた、はるかに小さな声だった。「ベス・オニール、わたしは七〇一号」

常軌を逸しているのは、これが停止したエレベーターのなかであることだった。そして彼女はおびえていた。ところが、よい身なりをし、ぴかぴかの靴をはき、櫛とたぶんハンド・ドライヤーで髪を整えた男は、鏡板を張った壁にもたれかかり、まるで二人がラルジャントゥーユでテーブルにむかいあっているかのように、彼女に話しかけてくるのだ。

「きみは引越してきたばかりなんだろう？」

「二カ月ぐらい前にね」

「大学はどこへ行ったんだい？　ベニントン、それともサラ・ロレンス？」

「ベニントンよ。どうしてわかったの？」

男は笑った。好ましい笑い方だった。「ぼくは宗教書の出版社で編集をやってるんだ。毎年、ベニントンやサラ・ロレンスやスミスの卒業生が五、六人ははいってくる。出版業界に革命をおこそうと、バッタみたいにぴょんぴょんとんでくるよ」

「どうしてそれがいけないの？　その人たちがお気に召さないようね」

「いや、大好きさ、すばらしい女性たちだよ。自分のほうが著者よりも上手に書けると思いこんでいる。かわいい子がいてね、校正用のゲラ刷りを三冊わたされたら、三冊ぜんぶ書きなおしてきた。いまはホーン・アンド・ハーダーツでテーブル拭きをやってるんじゃないかな」

ベスはそれには答えなかった。もし相手がこの青年でなかったら、彼女は即座にアンチ・ウーマンリブの烙印を押していたことだろう。だが、彼の目。その顔には、どこかひどく見おぼえがあった。彼女は会話を楽しんでいた。この青年がどちらかといえば好きになっていた。

「ベニントンにいちばん近い大都市はどこなんだい？」

「オルバニーよ、ニューヨーク州。六十マイルぐらいかしら」

「車でどれくらい？」

「ベニントンから？　一時間半ね」

「すばらしいだろうな、ヴァーモントの田園をドライブするなんて。たしか共学になったんだね。どう、うまく行ってるかい？」

「さあ、知らないわ」

「知らない？」

「わたしが卒業した年に、共学になったんですもの」

「きみはなにを専攻したの？」

「ダンスよ、専門はラバノーテイション。振付けを書くのにその表記法を使うの」

「みんな随意選択なんだね。一般科目みたいに、なんでもかんでも取る必要はないわけか」話題を変えたときも、声の調子は変わらなかった。「昨夜のあれはこわかったね。きみが立っているのが見えたよ。かなりの人が見てたんじゃないかな。あんなにこわかったことはない」

　ベスは無言でうなずいた。恐怖がよみがえった。

「警官に射殺されたんだろう。気ちがいもいいところだ。ぜんぜん動機がわからないらしいよ、なぜ女を殺したのか、なぜあのバーに乱入したのかも。近いうち、きみを夕食に誘いたいと思ってるんだけどな、もしほかに約束する人がなければ」

「そんな人いないわ」

「じゃ、いちおう水曜日ね。ぼくの知ってるアルゼンチン料理店があるんだ。きっと気にいると思うよ」

「ええ」

「なぜスイッチを入れないんだい？　おりられないじゃないか」と彼はいい、ふたたび微笑した。なぜエレベーターを止めたりしたのだろう、そう思いながら彼女はスイッチを入れた。


三回目のデートで、二人ははじめて喧嘩をした。それは、TVコマーシャルのディレクターが催したパーティの席上でのことだった。ディレクターの住まいは、同じ建物の九階にあった。彼は『セサミ・ストリート』用の一連のスポット（Underpass の大文字「U」、Tunnel の「T」、boats の小文字「b」、cars の「c」、数字の1から6、そして1から20、二つの単語 light と dark）を仕上げたところで、これはけばけばしいコマーシャルの戦場から教育番組の甘美な分野への転身を祝うパーティだった。七万五千ドルの年収を捨てまで、人に尊敬される清貧生活にはいることがなぜそんなにうれしいのか、ベスにはこの男のロジックがのみこめなかった。キッチンの遠い隅で男を見つけたのを機会に、そのことを話題にしてみたが、説明は要領を得なかった。だがいかにも幸福そうであり、彼のガールフレンドだという、長い脚をしたフィラデルフィアの元モデルは、海の底でそよぐ美妙な海草のように近づいては離れ、離れては近づいて、彼の髪にふれ、首に口づけし、誇らしげな言葉や性的な意味をかすかににおわせる言葉をささやいた。はなやかで陽気な客たちのなかで、ベスはただ当惑するばかりだった。

リビングルームでは、レイがソファーの肘掛けにすわり、ルアンと呼ばれるキャビンアテンダントをくどいていた。レイののんきそうなふるまいから、ベスはそれに気づいた。くどいていないときの彼は、いつも、なにごとに対しても真剣なのだ。彼女はそれを無視することに決め、タンカレー・アンド・トニックをすすりながらアパートのなかを歩きまわった。

壁には、ドイツ製のカレンダーから切り抜いた抽象画の複製がかかっている。それらは、クロッスの金属額縁におさまっていた。

ダイニングルームには、この都市のどこかの取り壊されたビルから持ってきたらしい、大きなドアがあった。それは付属品をはぎとられ、チーク材を埋めこまれ、きれいに塗りなおされて、いまではディナー・テーブルになっている。

自由で、つややかな球形のかさは三百六十度まわった。
ベッドの上の壁に取り付けられたライトリエの照明は、出し入れ、上げ下げ、角度調節自由で、つややかな球形のかさは三百六十度まわった。

ベッドルームにはいり、窓からそとをながめるうち、彼女はふと、そこが明かりのついたり消えたりした部屋のひとつ、レオーナ・チアレリの死に立ちあった無言の目撃者の部屋のひとつであることに気づいた。

彼女はリビングルームにもどると、注意深く周囲を見まわした。わずか三、四人の例外――キャビンアテンダント、二階に住む若い夫婦、ヘンプヒル・ノイズの株式仲買人――を除いて、パーティにいる全員が殺人の目撃者だった。

「わたし帰りたいわ」と彼女はレイにいった。

「なあに、楽しくないの？」とキャビンアテンダントはいい、ととのった小作りな顔にあざけるような微笑をうかべた。

「ベニントンのお嬢さんたちはみんなそうなのさ」レイが、ベスのかわりに答えた。「楽しくないと思いこむことで、最高の楽しみを味わってるんだよ。肛門保持型の傾向があるな。知らない人のアパートだものだから、灰皿の掃除はできないし、トイレット・ペーパーのたれさがった切れはしを巻きもどすこともできやしない。それに尻の穴のしまりがいいほうだから（スラングで、おびえやすいの意）、すぐ帰ろうとするんだ。

わかったよベス、じゃ、みんなにさよならして行こう。怪傑括約筋の復活ときた」

ベスは彼を平手打ちした。キャビンアテンダントは目を丸くした。だが、その顔にうかぶ微笑は消えなかった。

二度目の平手打ちがとぶまえに、レイの手が彼女の手首をとらえた。「こたえたよ、ベイビー」必要以上の力で手首をにぎったまま、レイはいった。

二人はベスのアパートへもどると、食器棚の扉をすべて閉め、TVのボリュームをあげて静かな口論をしたのち、ベッドにはいった。レイは彼女のアヌスに挿入することによって、メタファーを決定的なものにしようとした。彼の目的に気づいたときには、ベスはよつんばいの姿勢をとらされていた。彼女はなんとかあおむけになろうとし、彼は声もなくのしかかったまま前進をくりかえした。やがて彼女が許しそうもないとわかると、ベスの乳房を下側からつかみ、力まかせにしめあげた。苦痛に思わず叫び声をあげたほどだった。彼はベスをあおむけにすると、両脚のあいだで十回あまり摩擦し、腹の上に射精した。

ベスは目をとじ、片腕を顔にあげたまま横たわっていた。泣きたかった。だが、どうしても泣けなかった。上にかぶさったレイは、なにもいわない。バスルームにかけこみ、シャワーをあびたかった。だが彼は、二人の肌にまといつく精液がかわききったのちも、動こうとはしなかった。

「カレッジではどんなやつとデートしたんだい？」とレイがきいた。

「だれともそんなにデートしたことないわ」

「ウイリアムズやダートマスの金持ちのお坊っちゃんとも深い交際なしか……寮生活にうんざりしたアマストの秀才連が、きみの濡れたわれめちゃんにニンジンを入れさせてくれと泣きついてくるようなことはなかったのかい？」

「やめて！」

「いいかげんにしろよ、ベイビー。ニー・ソックスとちっちゃな丸い友愛会（フラタニティ）のバッジだけで済むものか。たまにはコックをしゃぶってたんだろう、たかだか、どれくらいだったたっけ？　十五マイルじゃないか、ウイリアムズタウンまで、え？　週末にはウイリアムズの狼男どもがきみのカントめざしてハイウェイをつっ走ってきたというのに、レイおじさんのいうことをきかないなんて……」

「どうしてそんないいかたをするの？」ベスは動こうとした、体を離そうとした。だがレイは彼女の肩をつかみ、ふたたび押し倒した。そして起きあがると、彼女を見おろして言った、「こんなふうになったのは、ニューヨークっ子だからさ、ベイビー。このくそったれな都会で毎日生きているからさ。パーク・アヴェニュー二七七のブレシッド・サクラメント（聖体）出版いんちき株式会社には、牧師とか、そういった信心ぶった間抜けどもが、希望の光にみちたありがたいお説教とかいうやつを売りこみにやってくる。そんなのに調子をあわせていれば、こうなるにきまってるじゃないか。讃美歌バカどもを三十七階の窓から放りだして、やつらがくだらない聖書の文句をとなえながら墜落していくのを見物できたら、どんなにかいい気持だろう。なんでもかんでも吠えりゃいいと思っている、ばかでかい犬みたいなこの街に、生まれたときから住んでるんだ。いいかげん気が狂いたくなるさ、くそっ！」

ベスは浅い息をしながら、動くこともできず横たわっていた。彼女の心は、とつぜんわきあがったレイに対する憐みと愛情でいっぱいだった。彼の顔は血の気が失せ、引きつっており、ベスは、彼がほんのすこし誇張していっているにすぎず、しかもその場のはずみでいった言葉にちがいないことを知っていた。

「ぼくに何を期待しているんだ？」声はいまではやわらいでいたが、言葉の激しさは変わらなかった。「親切と上品さと理解と、きみの手にそっと手をおく心づかいを期待するのか、スモッグに目を焼かれながら？ご希望には添えないね、どこをさがしたって出てこない。この汚物だめみたいな街に、そんな心を持ってるやつがいるもんか。まわりを見ろ、なにが起こっていると思う？ネズミをなんびきもつかまえて箱に入れる。数が多くなりすぎれば、なかには気が変になるのも出てきて、残ったやつを嚙み殺しはじめる。それと同じことさ、ベイビー。みんなネズミのお時間なんだ。この狂った街ではな！本当なら、こんな石の箱のなかに、こんなにたくさん人間を詰めこめるはずがないんだ。人間だけじゃない、バスやタクシーが走っている、やせこけた犬がうろついている、夜も昼も騒音だらけ、金はない、住む場所もろくになければ、物事をじっくり考える場所もない。神に見はなされたなにかが生まれてこなければ、どうすることもできないんだ！　まわりの人間をみんな憎むわけにはいかない、乞食や黒んぼやメスティゾの精薄どもをみんな蹴とばして歩くわけにゃいかない、タクシーを拾うにも法外なチップや泥棒行為や悪口を覚悟しなきゃならない、街を歩けばカラーは煤でまっ黒になる。はがれ落ちたレンガや腐りかけた脳のにおいが体にしみついてくる。ここで生きるには、どうしてもなにか途方もない──

──」

彼は言葉を切った。

その顔には、愛するものの死を告げられた男のような表情がうかんでいた。ふいに彼は横になると、寝返りをうち、背をむけた。

ベスは震えながらとなりに横たわり、以前どこで彼の顔を見たのだろうと、必死に記憶のなかをさぐっていた。

パーティの夜以来、レイからの電話はふっつりと絶えた。廊下で出会っても、彼がそれとなく指示したチャンスを拒絶したとでもいうように、ぷいと顔をそむけてしまうのだった。ベスは自分を納得させた。レイ・グリースンのほかに男を知らないわけではないが、彼女をこれほど完全にはねつけたのはこの男がはじめてだった。寝室やその生活からしめだしただけではない。彼の世界からもしめだしてしまったのだ。まるで彼女が目にはいらないかのようだった。軽蔑にも値しないばかりか、まるで存在していないかのようにふるまうのだった。

　ベスはほかのことに没頭し、気をまぎらした。

　ガズマンと、こともあろうにスタテン島に結成された新グループから、三つも図表作りの仕事をひきうけた。彼女は狂ったように働き、スタテン島のグループからはつぎの仕事がはいり、報酬さえもらった。

　彼女は室内装飾をもうすこし堅苦しくないものに変えることにした。ウイリアムズから見おろした風景を思いださせるブリューゲルの複製を、マース・カニンガムとマーサ・グレアムのパネル写真にとりかえた。窓のそとの小さなバルコニー、あの殺人の夜、二つの目が見おろしていた霧の夜以来ひたすら避けてきたバルコニー、そこはきれいに掃いたのち、小さな花箱をあちこちにならべ、ゼラニウム、ペチュニア、百日草、その他じょうぶな多年草を植えた。そして窓をしめると、彼女がおのれの秩序ある生活を持ちこんだこの都市とかかわりあうため、それに身をまかすため、アパートをあとにした。

　都市は、彼女のうちにひびく序曲に呼応した――

　ベニントン時代の旧友をケネディ国際空港で見送った帰り、彼女はサンドイッチを食べようとターミナルのコーヒー・ショップに寄った。カウンターは円形で、中央のサービス・アイランドの周囲に堀をめぐらしたようになっていた。サービス・アイランドには、つやかなポールが何本も立ちならび、広告用の大きな立方体を支えている。立方体は、〈楽しい都(ファン・シティ)〉のさまざまな呼び物をうたっていた。ニューヨークはまさにサマー・フェスティバル、ひとつにはそうあり、また、ジョゼフ・パップス、セントラル・パークでシェイクスピアを上演とか、ブロンクス動物園に行こうとか、けんか好きが玉にきず、しかし好人物ぞろいのタクシー運転手とか。食事はサービス区画のかなたにある窓から現われ、くさい雑巾でカウンターを拭きながら金切り声をあげるウェイトレスたちのあいだを、コンベア・ベルトにのってゆっくりと運ばれる仕掛けになっていた。軽食堂には、スチール圧延工場の魅力と威厳がすべて備わっており、騒音もそれに負けないほどすさまじかった。ベスは、一ドル二十五セントもするチーズバーガーと、一杯のミルクを注文した。

やがて注文したものが運ばれてきたが、それは冷たく、チーズは溶けていず、肉入りのパッティはよごれた薄いナイロンたわしにしか見えなかった。パンは冷たく、火をいれたようすもなかった。パッティの下には、レタスもなかった。

ベスはようやくウェイトレスの視線をとらえた。ウェイトレスは迷惑顔でやってきた。

「パンをトーストにして、それからレタスをはさんでくださらない？」とベスはいった。

「できません」とウェイトレスはいい、用は済んだというように、なかば踵(きびす)を返した。

「なにができないの？」

「パンはトーストしないんです」

「ええ、でもわたしはトーストしてほしいの」ベスはきっぱりといった。

「レタスのお代も別になりますよ！」

「レタスを余分に頼んだのなら、ちゃんと払うわ」いらだちをおぼえながら、ベスはいった。「でも、つけ忘れたレタスを注文するのに、お金を払うことはないと思うわ」

「できません」

ウェイトレスは立ち去りかけた。「待って」ベスは、両側の客がふりかえる程度にすこし声をあげた。「じゃ、一ドル二十五セントはらって、レタスももらえなければ、パンをトーストにもしてもらえないというの？」

「いやなら食べなくても……」

「さげてよ」

「お代はいただきますよ、注文したんだから」

「さげてといったでしょ、こんなくそみたい（ファッキング）なもの食べられるもんですか！」

ウェイトレスは伝票からチーズバーガーを消した。ミルクは二十七セントで、すっぱくなりかけていた。そんな言葉を口にしたのは、ベスにとってはじめてだった。

ベスはレジに行き、シャツの胸ポケットにフェルト・ペンを何本もさした汗だくの男にいった、「好奇心でおたずねするんですけど、苦情を聞いていただけます？」

「いやだね！」男はうなり声でいった。文字どおりうなり声だった。釣り銭の七十三セントをパンチし、それが受け皿に落ちるあいだ、男は一度も顔を上げようとしなかった。

都市は、彼女のうちにひびく序曲に呼応した――

その日もまた雨だった。信号が変わるのを見て、ベスは二番街を横切ろうとした。歩道から一歩踏みだしたとき、一台の車が赤信号を無視して通りすぎ、泥水をあびせかけた。

「なによ!」と彼女は叫んだ。

「くそでも食いな、ねえちゃん!」ドライバーはどなりかえし、角を曲がって消えた。

ブーツにも、足にも、オーバーコートにも、泥がとびちっていた。彼女は震えながら歩道に立ちつくした。

都市は、彼女のうちにひびく序曲に呼応した――

大きなブリーフケースにラバン図表をいっぱい詰めこんで、アスター・プレース一番地のビルを出たベスは、立ちどまってレイン・スカーフをととのえていた、アタッシェ・ケースをさげた身なりのよい男が、彼女の両足のあいだにうしろから傘の柄をさしこんだのはそのときだった。彼女は声にならぬ叫びをあげ、ブリーフケースを落した。

都市は呼応した、くりかえしくりかえし呼応した。

序曲はまもなく調子を変えた。

しみだらけの顔をした年寄りの酔っぱらいが、片手をさしだし、口のなかでなにごとかつぶやいた。彼女は悪たいをつき、ポルノ映画館がたちならぶブロードウェイを歩きつづけた。

衝突を避けようと急停止するタクシーを尻目に、ベスは信号を無視してパーク・アヴェニューをわたった。いまでは、あの言葉は自然に彼女の口からもれるようになっていた。すりよってくる肘を拒みもせず、シングルバーで男と酒を飲んでいる自分に気づいたとき、彼女は気が遠くなるのを感じ、故郷へ帰らなければいけないと思った。

だがヴァーモントはあまりにも遠かった。


それから何日かたった夜。リンカン・センターのバレーからもどった彼女は、まっすぐベッドにむかった。ベッドルームにはいったとき、物音が聞こえた。となりの部屋、リビングルームの闇のなかでなにかが動いているのだ。息を殺して、リビングルームをはいったところにある明かりのスイッチをまさぐり、さがしあてるとスイッチをいれた。革ジャンパーを着た黒人の男が、アパートからぬけだそうとしているところだった。とつぜん部屋に満ちあふれた光のなかで、彼女は、ドアをこじあけようとしている男と、かたわらの床に置かれたテレビに気づいた。防犯錠と掛け金が、ニューヨーク誌のアパート荒しの呼び物記事にも報じられていない、新しい巧妙な手口でこわされているのに気づいた、バスルームまで持っていけるよう特別長くした電話線（シャワーを浴びているときでも、仕事の電話は逃したくなかったのだ）が、男の足にからみついているのに気づいた。彼女はそのすべてをあるがままにとらえ、とりわけそのひとつ、強盗の顔にうかぶ表情を強烈に心に刻みつけた。

その顔には、どこか見おぼえがあった。

ドアはほとんどあきかかっていた。だが男はドアを閉じると、防犯錠をおろした。そして一歩踏みだした。

ベスは暗いベッドルームにかけもどった。

都市は、彼女のうちにひびく序曲に呼応していた。

彼女はベッドのあたまの壁にあとじさった。その手が電話を求めて暗がりをまさぐった。

男の姿が、明かりを背にして戸口に立ちはだかった。

影のなかにはいっているので、本来なら見分けがつかないはずなのだが、なぜか男が手袋をしているのがわかった。首をしめられたあとに残るのは、深いあざ、せきとめられた血の色がかすかにまじる、濃い青の、ほとんど黒に近いあざだけだろう。

両手をだらりと両側にたらし、男は近づいてきた。ベスはベッドにとびのったが、うしろからつかまれ、ナイトガウンを引き裂かれた。ついで男の腕は首にまわり、ベスを引き倒した。彼女がベッドから男の足もとにすべり落ちたため、呪縛が解けた。ころがるように床を走った一瞬、彼女のなかには恐怖を感じる余裕が生まれていた。死ぬことが無性にこわかった。

男はベスを衣装だんすと化粧台にはさまれた角に追いつめ、蹴りつけた。太ももを蹴られながら、彼女は両足をちぢめ、できるだけ小さく体を丸めた。体は冷えきっていた。

男は両手をのばすと、髪をつかんでベスを立たせた。そして彼女の頭を壁に打ちつけた。世界の果てから落下しているように、なにもかもがうきあがっていった。男はふたたび彼女の頭を壁にたたきつけた。右の耳に、なにかなまあたたかいものの感触があった。

三たびたたきつけようとしたとき、無我夢中でのびたベスの手が、その鋭い爪で男の顔を引っ掻いた。男が苦痛の叫びをあげたすきに、彼女は相手の腰にだきつくようにして体あたりしていた。男はよろめきながらのけぞり、そのまま二人は手足をもつれあわせて、小さなバルコニーに転落した。

ベスは尻から落下し、花箱に背筋や脚を打ちつけた。立ちあがろうともがくうち、爪がひらいたジャンパーの内側にあるシャツにかかり、それを引き裂いた。つぎの瞬間、彼女はふたたび立ちあがっていた。しかし無言のもみあいは続いた。

男はベスの体をくるりと返すと、錬鉄の手すりに押しつけた。彼女の顔は、いまや中庭の空間とむきあっていた。

窓ぎわには人びとが立ち、こちらを見つめていた。

霧を通して、ベスにはそれが見えるのだった。霧を通して、彼らの表情が見分けられるのだった。霧を通して、彼らがいっせいに息を吸いこみ吐きだす音、期待と驚嘆に震える風の音が聞こえるのだった。霧を通して。

黒人は彼女の喉を一撃した。ベスは喉をつまらせ、目の前が暗くなるのを感じながら、なんとか息を吸おうとした。男の力に屈し、体をうしろへうしろへと反りかえらせるうち、彼女は空を見上げていた、九階のさらにその上の高みを……

そこには、目があった。

レイ・グリースンの言葉、彼が心のうちをさらけだした言葉、都市の強要する選択の救いのなさと絶対性に押しひしがれた一瞬、彼の口をついて出た言葉が、よみがえった。なにかの力にすがらないかぎり、この街に住み、生き残ることはできないんだ……こんな状態で生きていけるものか、気の狂ったネズミの群れみたいに、神に見はなされた何かが生まれてこないかぎり……ここで生きていくには、何か途方もない……

神だ！　新しい神、子供の貪欲さとまなざしを持つ太古の神がふたたび降臨したのだ、霧と市街と暴力の神、狂った流血の神が。崇拝者を欲し、生贄（いけにえ）としての死か、さもなくば選ばれた他の生贄の死に立ちあう永遠の証人としての生か、その二者択一をせまる神。この時代にふさわしい神、都会とそこに生きる人びとの神。

彼女は叫ぼうとした、レイに哀願したかった、九階のベッドルームで長い脚をしたフィラデルフィアのモデルの秘所に指を入れ、もっとも神聖な崇拝の儀式にふけるあのディレクターに哀願したかった、いまにして思えば彼らの集会に加わるチャンスだったあのパーティ、あそこに来ていた客たちに哀願したかった。選択をする義務から逃れたかった。

　だが男は彼女の喉をなぐり、いまや片手で胸をつかみ、片手で顔をおさえこんでいた。喉には吐き気がこみあげ、鼻にはレザーのにおいが充満していた。そして彼女は理解した、レイが本当に自分のことを気づかっていたのだということを、さしだされたチャンスをつかむよう願っていたのだということを。だが彼女は、小さな白い寄宿舎とヴァーモントの田園の世界から来た人間だった。それは現実の世界ではなかった。現実の世界はこれであり、見上げる空にいる者こそ、この世界を統べる神なのだ。その神を彼女は拒絶してしまったのだ、その司祭と従者たちのひとりに、ノーといってしまったのだ。助けて！　それだけはいや、いや！

　叫ばなければ、訴えかけなければ、あの神の承認をかちとらなければいけないことを、彼女は知っていた。いや、いや、わたしにはできない……助けて！

　彼女はもがき、赤んぼうの泣き声を思わせる、かぼそい、異様な声をあげて、叫ぶ力を奮いおこそうとした。そして不意に、堰が切れたように、レオーナ・チアレリが考えも及ばなかった絶叫を、音のよくこだまする中庭にむかってほとばしらせていた。

「この男をやって！　こいつを！　わたしはだめ！　なんでもするわ、愛しているわ、あなたのものになるわ！　こいつよ、こいつを殺して、お願い、わたしじゃなくて、こいつをやって、あなたのものになるわ！」

すると黒人の体がとつぜん宙にうきあがった。それは彼女から、バルコニーから離れると、中庭にたれこめる霧のなかをみるみるのぼっていった。意識がもうろうとしているので、何が起こったのかベスは花箱の残骸の上に膝をついた。意識がもうろうとしているので、何が起こったのか正確な印象はない。だが男の体は空へのぼりながら、焼けた木の葉のようにひらひらとまわっていた。

上空のかたちが、いくぶんはっきりした輪郭をとった。鉤爪をそなえた巨大な前肢、いままで見たどんなけものとも似ていない各部の形状。鞭打たれた犬のようにうめく、哀れな、おびえた、黒人の強盗は、生きながら皮をはがれていた。その体に細い裂け目が走り、とつぜんの夕立のように血がほとばしった。それでも男は生きており、電気ショックを受けたカエルの足そっくりにおそろしい無意識のけいれんを続けていた。ずたずたに引き裂かれながら、なおも男はけいれんをやめなかった。肉や骨の切れはし、激しくまばたく片目のついた半欠けの顔が、ベスのわきを落下し、セメントにぶつかって濡れた重い音をたてた。内臓を絞りだされ、筋肉や表皮を胆汁や糞便とともにすりつぶされ、捨てられながら、男はまだ生きていた。レオーナ・チアレリの死がそうであったように、それはいつまでも続いていた。レオーナ・チアレリの死の目撃者たちがなにもしなかったのは、恐怖に凍りついていたからでもなければ、巻きぞえになりたくなかったからでも、テレビの殺戮シーンを長年見て死の光景に慣れていたからでもなかったのだ。あらゆる代価を払って生き残った人間の血まみれの確信をもって、ベスは悟っていた。

彼らは、都市の要求に従って、この鋼鉄とコンクリートの箱のなかで一日に一回、いや一千回も催される黒ミサの崇拝者だったのだ。

いまや彼女は、引き裂かれたナイトガウンだけの半裸の姿で、錬鉄の手すりをにぎりしめ、もっとよく見よう、そのすべてを汲みつくそうとしていた。

その夜の生贄の切れはしが、悲鳴をあげ、血にまみれて降りそそぐいま、ベスは彼らの仲間にはいったのだ。

あしたは警官が来て、質問するだろう、そして彼女は答えるだろう、どんなにおそろしかったか、暴行されまいと、殺されまいと、どんなに抵抗したか、強盗がどんなふうに転落したか。どうしてあんなずたずたのむごたらしい死体になったかはわからない、しかし七階から落ちたのだから……

あしたからはなんの心配もなく、街を歩くことができるのだ。あしたからは防犯錠なしで眠ることだってできるだろう。もはや彼女に、唯一の選択をおえた彼女に、危害を加える者はこの街にはいない。彼女はこの都市の住人になったのだ。十全な、実り多いその一部となったのだ。彼女は神のみ胸にいだかれたのだ。

彼女はレイが寄り添うのを感じた、かたわらに立ち、自分をつつみこみ、庇護し、はだかの背に手を置くのを感じた。そして、わきあがる霧が中庭をみたし、自分の目を、魂を、心をその力でみたしていくのをながめた。ぴったりと押しつけられるレイのはだかの体を意識しながら、彼女は夜の闇を深々と吸い、この瞬間からのち聞こえてくる声は、鞭打たれた犬たちのうめきではなく、どう猛な肉食獣の咆哮であることを確信していた。ベスはついに恐怖を忘れた。恐怖を忘れるのは、すばらしい、この上なくすばらしいことだった。

「内面生活が干上がるとき、感情が衰え、無感情(アパシー)が高まるとき、人が他者に影響を及ぼすどころか、文字どおりの意味でふれあいも持てなくなるとき、接触へのデモーニックな欲求として暴力が燃えあがる。考えうるもっとも直接的な手段によってふれあいを強制する、狂った衝動である」

——ロロ・メイ『愛と意志』

北緯38度54分、西経77度0分13秒

ランゲルハンス島沖を漂流中

Adrift Just off the Islets of Langerhans:
Latitude 38° 54′ N, Longitude 77° 00′ 13″ W

ある朝、モービイ・ディックが不安な夢から目ざめると、海草のベッドの中で自分がひとりの巨大なエイハブに変っているのを発見した。

ねっとりしたシーツの子宮からそろそろとはいだすと、よろめく足で台所にはいり、ティーポットに水を入れた。目の隅にはやにがこびりついている。蛇口の下に頭をおき、冷たい水を首筋からかぶった。

リビングルームには、無用のびんが散乱していた。ロビタッシンとロミラーCF（ともに鎮静、鎮咳剤の商品名）を飲みほしたあとに残った百十一本の空びん。がらくたの中を歩いて玄関のドアに行き、わずかにあける。昼の光がおそいかかった。「あう、くそっ」とつぶやくと、目をとじ、玄関口から折りたたまれた新聞を拾いあげた。

薄闇の中にもどり、新聞をあける。大見出しには、**ボリビア大使、暗殺死体で発見**、とあり、最上段から始まる呼び物記事には、ニュージャージー州シコーカスの空地にあった廃品の冷蔵庫から、大使の腐乱死体が発見されたいきさつがくわしく報じられていた。

ティーポットがピューッと鳴った。

すっぱだかのまま台所へむかう。水槽のそばを通りすぎるとき見ると、例の怪魚はまだ生きていた。今朝は青かけすそこのけにさえずりながら、浮きかすだらけの水面に細かい泡をとめどなく吹きあげている。水槽のかたわらに立ちどまると、明かりをつけ、切れぎれの藻が泳ぐ乱流の中をすかし見た。こいつは絶対に死なないだろう。魚はタンクにいた仲間を皆殺しにしていた――自分よりきれいな魚も、愛想のよい魚も、元気な魚も、大きくて凶暴な魚さえも――すべて片っぱしから殺し、目玉を食い切っていた。今それは、タンクの中を一匹だけ泳ぐ、無価値な領土の支配者だった。

魚を死なせようとしたことも一度や二度ではない。餌を与えずに殺すという露骨な方法をのぞけば、これまであらゆる無茶な扱いを試みていた。しかし不気味なうじ虫色の悪魔は、汚物のよどむ薄暗い水の中で肥えふとるばかりだった。

今それは、青かけすのように歌っていた。彼は抑えがたいほど激しい憎しみをその魚に感じた。

プラスチックの容器から餌をとり、専門家にいわれたとおり、親指と人差し指ですりつぶしてまきちらす。はらこ、しらこ、あみ、かげろうの卵、オート麦の粉末、卵黄など、色とりどりのフィッシュ・ミールの顆粒がつかのま水面にうかび、あがってきた醜悪な顔にパクリとのみこまれるのを見つめた。魚を憎み、呪いながら、彼は目をそむけた。こいつは死なない。おれと同じだ、死ぬようなやつじゃない。

台所で煮えたぎる湯の上にかがみながら、彼は自分のおかれた状況のほんとうの意味を理解した。腐りかけた正気のふちまでは、まだおそらく遠い。だが地平の彼方から吹いてくる風にはすでにその臭気があり、腐肉とそれに群がる生き物たちのにおいに目玉をぎょろつかせる野獣さながらに、それだけで彼は日ごと狂気へと引き寄せられているのだった。

ティーポットとカップとティーバッグ二つを台所のテーブルに運び、腰をおろす。テーブルの上のプラスチック本立ては料理の本を見ながら作るためのものだが、そこにはマヤ絵文書（コデックス）の訳本が前夜あけたときのまま立てかけてある。カップに湯をつぎ、ティーバッグを二つ垂らすと、ページに目をこらした。マヤ神話の最高神イツァムナーと、その主な支配圏である医術について記した部分が、視野の中でぼやけた。自殺の女神イクスタブのほうが、こんな朝には、こんないまわしい最低の朝にはふさわしいようだった。読み進もうとしたが、言葉は流れこむだけでなにごともおこらなかった。言葉は歌わなかった。紅茶をすすりながらふと気がつくと、彼は冷えびえとした満月を思いうかべていた。肩越しに台所の時計を見やる。七時四十四分。

テーブルを支えにして立ちあがり、飲みかけの紅茶のカップを手にベッドルームにはいる。苦悶の眠りのあとが、まだくぼみとなってベッドに残っていた。その頭板(あたまいた)の金属部分にしっかりと留められた手枷(てかせ)には、血まみれの髪の房がこびりついている。すりむけた両手首をさすった拍子に、左腕に紅茶がこぼれた。あのボリビア大使は、先月おれがしでかした事件だろうか、そんな疑問がうかんだ。

腕時計がたんすの上にある。時間を見る。七時四十六分。コンサルタント会社との打ちあわせの時刻まで、一時間と四分の一足らず。バスルームに行き、シャワー室の中に手をのばすと、冷えきった水が針のような鋭い噴流となってタイル壁を打つまでハンドルをまわした。シャワーを出しっぱなしのまま、シャンプーをとりに薬棚にむかう。鏡には、アウチレス・テルファの絆創膏が貼ってあり、その上にタイプライターの大文字できちんと二行――

おまえに落度はなくとも、わが子よ
おまえの歩む道はけわしい

そして薬棚をあけ、なつかしい深い森のにおいがするシャンプーのプラスチック容器を出すと、ロレンス・タルボットはいさぎよく状況を受けいれ、踵(きびす)を返し、シャワー室に踏みこんだ。とたんに、北極の氷まじりの冷水が、虐げられた肉体を容赦なく打ちはじめた。

ティッシュマン・エアポート・センター・ビルの一五四四号室は、男子用トイレだった。壁を背に、MENと表示のあるドアにむかいあって立ち、彼は上衣の内ポケットから封筒を抜いた。上質紙を使っているので、封筒のたれぶたを上げ、一枚だけの文面をとりだすとき、パリパリと音がした。住所も、階数も、部屋の番号もまちがいなかった。にもかかわらず、一五四四号は男子用トイレなのだった。タルボットは帰ろうとした。悪い冗談だ。その仕掛けになんのユーモアも感じることはできなかった。よりによって、こんなときに。

エレベーターにむかって一歩踏みだす。

トイレのドアがゆらめき、冬の風防ガラスのようにぼやけ、新しい形をとった。ドアの文字は変っていた。それは今こう読めた――

インフォメーション共同

一五四四号室は、練りに練ったあいまいな広告文をフォーブズ誌にのせ、タルボットの問いあわせの手紙にこたえて、上質紙に印刷された招待状を送ってきたコンサルタント会社のオフィスだった。

ドアをあけ、中にはいる。チークの受付デスクにいた女がほほえみかけ、彼の視線は、女の頬にうかぶえくぼと、デスクのひざ穴の中で組まれたすらりとした脚のあいだで迷った。「タルボットさんでいらっしゃいますね？」

彼はうなずいた。「ロレンス・タルボットです」

女はふたたびほほえんだ。「ディミーターさんがお待ちです。なにか飲みものをお持ちしますか？　コーヒーか、ソフト・ドリンクでも？」

気がつくとタルボットは、封筒を入れた内ポケットのあたりをおさえていた。「いや、お構いなく」

女が立ちあがり、奥のドアにむかって歩きだすと、タルボットはいった、「だれかがコックをひねって、きみのデスクを流そうとしたらどうする？」気のきいたところを見せようとしたわけではない。いらだっていたのだ。女はふりかえり、見つめた。彼女の値ぶみは沈黙だけに終わり、それ以上のなにもなかった。

「おはいりください」

女はドアをあけ、わきにのいた。通りすぎるタルボットの鼻に、ミモザがにおった。

奥のオフィスは、閉鎖的な男性クラブの読書室を思わせる造作がこらされていた。蓄積された富。深い静けさ。黒みがかった、ずっしりした木材。腹ばいになるスペースとおそらく電線でも隠されているのだろう、低く吊るされた移動式の吸音材の天井。オレンジと焦げ茶のいりまじる毛足の長い絨緞は、踏みだすと足首まですいこまれる。一方の壁いっぱいを占める窓には、ビルの外にある都会の風景ではなく、オアフ島のココ岬に面したハナウマ湾の眺望があった。澄んだアクアマリン色の波がのたうつ蛇さながらに押しよせ、コブラよろしく起きあがり、頭を白く飾り、ダイブし、燃えるような黄色の浜辺にぶつかっている。それは窓ではなかった。このオフィスに窓はない。それは写真だった。映写でもホログラムでもない、立体感のある、真にせまった写真。それはまったく別の世界を見わたす壁だった。異邦の植物のことはなにも知らぬタルボットだが、砂浜のきわまで繁る、葉のとがった大きな樹々は、地球の石炭紀——恐竜さえまだ現われていない時代のことを書いた本の挿絵とそっくりだった。いま目の前にあるのは、遠い昔に消え去った風景なのだ。

「タルボットさん。よくいらしてくださった。ジョン・ディミーターです」

男はそで付きの安楽椅子からのりだし、手をさしのべた。タルボットはその手をとった。力強い、冷たい手だった。「おかけください」と、ディミーター。「なにか飲みますか？　コーヒーか、ソフト・ドリンクでも？」タルボットは首をふった。ディミーターは受付係にうなずき、さがってよいと合図した。女は、音もなく、なめらかに、しっかりとドアをしめた。

むかいあう椅子に腰をおろしながら、タルボットはいっときしげしげとディミーターを観察した。ディミーターは年のころ五十代前半、たっぷりした白髪まじりの頭髪は、くしを入れていないらしく、ウェーブしながらひたいに乱れかかっている。澄んだブルーの目、ととのった陽気そうな顔だち、誠実さをうかがわせる大きな口。品のよい人物だった。ダーク・ブラウンのビジネス・スーツは特別仕立てで、体にぴったりと合っていた。身軽に腰をおろし、足を組むと、むこうずねの上のほうまで黒い長靴下がのぞいた。靴はぴかぴかに磨かれていた。

「あのドアは魅力的ですね、おもてのドアは」と、タルボット。

「ドアのことを話しあいますか？」ディミーターはいった。

「話したくなければ、べつに。そのために来たわけじゃない」

「わたしは話したくない。あなたの問題にはいりましょう」

「きっかけは広告です。これはおもしろいと思って」

ディミーターは、力づけるように微笑した。「四人のコピーライターが苦労の末、あの言いまわしに決めたのです」

「それでこそ商売が繁盛する」

「あたりはずれのない商売がね」

「あなたは確実な儲けにしか興味がない。非常に慎重だ。安全な推奨株リスト、花形株なし、堅実な成長株中心。狡知にたけた古狸（ふるだぬき）」

ディミーターは両手の指先を上に向けてあわせると、ものわかりのいい叔父といった風情でうなずいた。「ご明察ですな、タルボットさん、狡知にたけた古狸です」

「情報がほしいのです。ある特殊な情報が。あなたの事業はどの程度秘密のものですか、ディミーターさん？」

やさしい叔父、狡知にたけた古狸、頼もしい実業家は、質問の背後にある省略個所をすべてのみこんでいた。ディミーターは何回かうなずいた。そして、ほほえんだ。「あれはよくできたドアでしょう、わたしのところのドアは？　あなたのおっしゃるとおりですよ、タルボットさん」

「これはまた、そつがない」

「わたしどものところへ来られるかたには、あれをごらんになって生じる疑問より、解ける疑問のほうが多いのではないかと思いましてね」

タルボットは、ディミーターのオフィスにはいってはじめて椅子に背をもたせかけた。

「わかるような気がします」

「けっこう。それでは、細かい点をうかがいましょうか。タルボットさん、あなたはいま死ぬのに苦労しておられる。こういえば、簡潔な説明になりますか？」

「お手やわらかに、ディミーターさん」

「もちろん」

「そう。その説明でドンピシャリです」

「しかし、あなたは問題を抱えておられる、ちょっと異常な問題を」

「さすがは」

ディミーターは立ちあがると部屋の中をまわり、本棚の上の天体観測儀(アストロラーベ)と、食器棚の上のカットグラス・デカンターと、ロンドン・タイムズ紙の綴じこみにさわった。「わたしどもはただの情報専門家です、タルボットさん。必要な情報を提供はできるが、実行はあなたの問題だ」

「方法さえわかれば、かたをつけるのに手間はかかりません」

「すこし端折(はしょ)りましたな」

「すこしね」

「安全な推奨株リストですか？　花形株少々、概して堅実な成長株ですか？」

「そのとおりですよ、ディミーターさん」

ディミーターはもどってきて、ふたたびすわった。「わかりました。時間をたっぷりかけてけっこうですから、あなたの目的を正確に慎重に書いてください——おおよそのところは書面からわかりますが、契約のこともあるので正確を期していただきたいのです——問題解決に必要なデータを提供できる自信はあります」

「代金は？」

「あなたがなにをお望みかはっきりさせるのが先決でしょう？」

タルボットはうなずいた。ディミーターは手をのばし、椅子の横のタバコの灰受けにある呼びだしボタンを押した。ドアがあいた。「スーザン、タルボットさんを個室に案内して、書くものをおわたししてくれないか」女はほほえみ、わきにのくと、タルボットを待った。「それから、タルボットさんに何か飲みものを、喉がかわいておられるようだったら……コーヒーがいいですか？　それともソフト・ドリンクでも？」タルボットはこれには返事をしなかった。

「言いまわしを決めるのに時間がかかりそうだ。あなたのコピーライターたちと同じくらい苦労するかもしれない。時間を食いすぎるかも。家に帰って明日持ってきますよ」

ディミーターはけわしい表情をした。「それでは手数がかかる。だからこそ、考えを集中できる静かな部屋を用意してあるのです」

「今ここでしろ、ということですね」

「さすがは、タルボットさん」

「明日来たら、ここはトイレになっているかもしれない」

「ご明察」

「行こう、スーザン。もしあれば、オレンジ・ジュースがほしいな」タルボットは先に立ってドアから出た。

女のあとについて、応接室の奥にある廊下を進む。その廊下を見た記憶はなかった。やがて女は足を止め、ひとつのドアをあけた。小さな部屋の中には、ライティング・デスクとすわり心地のよさそうな椅子があった。バック・ミュージックが聞こえる。「オレンジ・ジュースをお持ちします」と女はいった。

タルボットはいり、腰をおろした。長い時間ののち、彼は紙に短かい語句を書きとめた。

それから二カ月のあいだ、無言のメッセンジャーの来訪がたび重なった。メッセンジャーは契約書のおおまかな下書きを持ちこみ、修正された下書きを引きとりに現われ、その修正に対する代案をふたたび持ちこみ、再修正された稿を引きとるためにまた現われ――ようやく――ディミーターの署名のある正式書類を持って訪れると、タルボットが検討し、イニシアルとフル・ネームでサインを終えるまで待っていた。そして二カ月後、地図が、最後の無言のメッセンジャーによって届けられた。同じ日、タルボットは、インフォメーション共同へ最後の分割払いをすませた。貨車十五台分のトウモロコシ――それもズーニー・インディアン独特の栽培法に従ったトウモロコシ――が、いったいどこで役に立つのか、思い悩むのはとうにやめていた。

二日後、ニューヨーク・タイムズに小さな記事がのった。農作物を積んだ十五台の貨車がアルバカーキ附近の行き止まり線でなぜか消えうせ、警察が調査にのりだした、とあった。

　地図は非常にわかりやすく、またくわしかった。それは正確そうに見えた。

　グレイの『解剖図』とにらめっこで数日をすごし、ディミーターとその組織が目の玉のとびでるような代金に見合うだけの仕事をしたと納得がいくと、タルボットは電話をかけた。国際線に切り換えられると、彼は必要な情報を伝え、雑音に耳をすませながら線がつながるのを待った。相手がたのブダペストの男性交換手には、ベルを二十回、つまり一回の呼びだしに許可されている回数の二倍鳴らすように念を押した。二十一回目のベルで相手が出た。奇蹟的にバックグラウンド・ノイズは消え、となりの部屋からのようにヴィクトルの声がひびいた。

「はい！　もしもし！」相変わらずいらだたしげで無愛想な声。

「ヴィクトルか……ラリイ・タルボットだ」

「どこからかけてる？」

「アメリカだよ。どうだ？」

「忙しいね。用はなんだ？」

「計画があるんだ。おたくとおたくの研究所を雇いたい」

「やめとけ。こっちは実験が最後の段階に来たところでじゃまされたくないんだ」

　今にも電話を切りそうな声だった。タルボットは急いで割りこんだ、「どれくらい先になりそうだ？」

「なにが？」

「かたづくのが」

「六カ月以内というところだな。こじれれば八カ月から十カ月。いっただろう、やめとけ、ラリイ。お相手はできんよ」

「会って話すぐらいならいいじゃないか」

「だめだ」

「こんなことをいってはおかしいかな、ヴィクトル、おれに多少借りがあったんじゃなかったっけ？」

「今ごろになって取りたてる気か？」

「時がたてば熟してくるさ」

長い沈黙がおり、タルボットは、回線の中の虚無が盗聴される気配に耳をすましていた。受話器をおいてしまったのではないか、つかのまそう思いかけた。ようやく、「わかった、ラリイ。話しあおう。だが、こっちへ来なくてはだめだぞ。仕事に手をとられて、ジェットなんかに乗ってはいられないんだ」

「そんなことはいい。おれには暇がある」ゆっくりとひと呼吸、そしてつけ加えた、「あるのは暇だけだ」

「満月のあとにしよう、ラリイ」声は強く指定した。「今月の三十日、こないだ会った場所で同じ時間に会おう。おぼえてるか？」

「もちろん。それでいい」

「おぼえてるよ。それでいい」

「ありがとう、ヴィクトル。恩にきるよ」

返事はなかった。

タルボットの声がやわらいだ。「お父上はどうだ？」

「それじゃ、ラリイ」と相手はいい、電話を切った。


その月の三十日、月のない真夜中、二人はブダとペシュト間を行き来する死体運搬船の上でおちあった。おあつらえむきの夜だった。ひんやりする霧がベオグラードの方角からダニューブ川をのぼり、脈打つカーテンとなって流れていた。

二人は積みあげられた安物の棺のかげで握手をかわし、つかのまぎごちなく躊躇ったのち、兄弟のように抱きあった。カンテラの薄暗い光と船の航走灯に照らされて、タルボットのきびしい微笑はかろうじて見分けられた。「よし、あとぐされのないように言いたいことを言ってしまえ」

ヴィクトルはにやりとし、陰気な声でつぶやいた——

「清らかな心を持ち
夜ごと祈りを捧げる人でさえ
とりかぶと（ウルフベイン）の花咲き
秋の月輝くころは狼にもなろう」

タルボットはしぶい顔をした。「そのほか同じアルバムからヒット曲の数々」

「相変わらず夜ごとの祈りというやつを捧げているのか？」

「ガラじゃないとわかってやめたよ」

「おい。こんな話をして肺炎になるんではたまったものじゃないぜ」

タルボットの顔は、疲労のしわを残したまま憮然とした表情におちついた。「ヴィクトル、おたくの助けがいる」

「聞くだけは聞こう、ラリイ。それ以上は保証できない」

タルボットはその条件をのみこんで切りだした、「三カ月前、実業雑誌のフォーブズに広告がのった。社名はインフォメーション共同。手のこんだ言いまわしを使った、じつに控え目な、小さな囲み広告で、体裁もさりげない。ところが、読みかたがわかれば話は別だ。細かいところは省くが、こういう具合に進んだ。おれは問いあわせの手紙を出し、ちんぷんかんぷんにはならないまでも、できるだけまわりくどいやりかたで問題をほのめかした。相当な金がからむことを匂わせてね。もし本物なら、と思ったんだ。とにかく、それがずばりあたった。会いたいという返事をよこした。またインチキじゃないかと思ったよ……今までさんざんぶつかってきたからな」

ヴィクトルはソブラニー・ブラック&ゴールドを一本つけ、においの強い煙を霧の中に流した。「だが、きみは行った」

「行ったよ。おかしな会社だ、しゃれた保安設備があって。ここの人間じゃないような気がする、どこから来たのか……いつから来たのかわからんが」

ヴィクトルの目が不意に興味に輝きだした。「いつから、といったな？　時間旅行者なのか？」

「さあね」

「こういうのを待ってたんだ。必然だね。いつかは連中だってみずからの存在を知らせるときが来る」

彼は考えぶかげに黙りこんだ。タルボットは鋭くさえぎった。「わからん、ヴィクトル。本当にわからないんだ。しかし、おれには当面そんなことはどうでもいい」

「うん。そうだな。すまん、ラリイ。続けてくれ。きみは連中と会った……」

「ディミーターという男だ。そのあたりに手がかりがあるんじゃないか、とも考えたよ。名前だ。そのときには思いつかなかった。ディミーター、何年も前だが、クリーヴランドにその名前の花屋がいた。しかし、あとで調べてみると、ディミーターは大地の女神、ギリシャ神話……関係ないな。すくなくとも、おれは関係ないと思う。

おれたちは話しあった。ディミーターはわかってくれて、仕事を引きうけるといった。ただ、問題をはっきりさせろという、おれがなにをしてほしいと思っているのか、契約のためにもはっきりさせろというわけだ……契約を成立させる自信がどこから出てきたのか、だがたしかなのは、やつが使おうとすれば――オフィスに窓があるんだよ、ヴィクトル、外を見ると――」

ヴィクトルは親指と中指でつまんだタバコをまわし、真下のどろりとした黒いダニューブに投げ捨てた。「ラリイ、それをむだ話というんだ」

タルボットは言葉をつまらせた。そのとおりなのだ。「おたくをあてにしてるんだよ、ヴィクトル。考えだすと、いつもの冷静な自分がフェイズ・アウトしそうになる」

「わかった、おちつけ。話の続きを聞いてから考えよう。リラックスするんだ」

タルボットはうなずき、安堵した。「おれは依頼の内容を書きだした。たった一行だ」彼はトップコートのポケットに手を入れ、折りたたんだ一枚の紙を出した。相手にわたす。薄暗いカンテラの光の下で、ヴィクトルは紙をひらき、中を読んだ――

わたしの魂の所在位置の地理座標

意味を汲みとったのちも、ヴィクトルは長いあいだタイプ文字から目をはなさなかった。タルボットに紙を返したとき、その顔には今までとちがう、すがすがしい表情がうかんでいた。「あきらめる気はないんだろう、ラリイ？」

「お父上はあきらめたか？」

「いや」ヴィクトルと呼ばれる男の顔に、大きな悲しみがよぎった。「それに」と張りつめた声でつけ加え、ひと呼吸おくと、「親父が緊張病の吊りベッドに十六年も寝ているのは、あきらめなかったからだ」彼は黙りこんだ。やがて低い声で、「あきらめる時期を知ったって害にはならんよ、ラリイ。害にはならん。ときには放りださなきゃならんこともある」

タルボットはあっけにとられた顔でかすかに鼻をならした。「おたくがいうのはやさしいさ。いつか死ぬんだから」

「それを狡(ずる)いというんだ、ラリイ」

「それなら助けろ！　ここからぬけだすのに、今までやったことのないところまでこぎつけてるんだ。おたくが必要だ。専門技術がある」

「3M(スリー)とか、ランド、ジェネラル・ダイナミックスなんかもあたってみたのか？　ああいうところは、いいスタッフを抱えているぞ」

「よせやい」

「うん。すまん。ちょっと考えさせてくれ」

霧につつまれ、音もなく、死体運搬船は見えない川をわたってゆく。カロンの姿もなければ、ここはステュクス（ギリシャ神話の冥土の川。カロンは、その川の渡しもり）でもない。ただの公共事業――完結しなかった文章、果たされなかった用事、実現しなかった夢を運ぶごみ船。話しこむ二人の男を除けば、船の積荷があとに残してきたものは、不安と不在ばかりだった。

ややあって、なかば自分に語りきかせるように、ヴィクトルはひっそりといった、「微小テレメーター法でやれないことはない。極微縮小技術を直接使うか、感知装置つき、リモート・コントロールの、誘導／操縦／推進ハードウェアを内蔵したサーボ機構を縮小させるてもある。食塩水に入れて血管に注射する。〝ロシア睡眠〟できみの意識をなくすか、または同時に、知覚神経との接続をつくって、きみがその場にいるように装置を感知あるいは制御できるようにする……視点の人工的な転移だ」

タルボットは希望をこめて相手を見た。「うまくいきっこない」

「だめだ。忘れろ」と、ヴィクトル。

ヴィクトルは考えつづけている。タルボットは相手の上衣のポケットに手をのばし、ソブラニーを出した。一本に火をつけ、無言のまま待つ。ヴィクトルという男はいつもこうなのだ。分析の迷路をじりじりと進まなければならない。

「生物工学を応用すれば、たぶん——特製の微生物なり虫なりを……注射して……テレパシー交信を確立する。いかん。問題が多すぎる。おそらく自我／制御の対立がおこるだろう。知覚が損われては……。それなら、群居生物を注射して多重視点をつくれば」沈黙ののち、「いや。だめだ」

タルボットはタバコをすい、神秘的な東欧の煙が両肺をかけめぐるのを感じた。「こういうのはどうだ……思いつきでしかないんだが」ヴィクトルがいった、「自我／イドが、精子ひとつひとつの中に存在するとする。そういう説は出ている。その一個の精子の意識を高めて、任務に送りだす……くだらん、形而上的なたわごとだ。ああ、くそ、くそ、くそ……これには時間がかかりそうだ、ラリイ。行け、考えさせてくれ。こちらから連絡する」

タルボットは手すりでソブラニーをもみ消し、最後の煙を吐きだした。「いいとも、ヴィクトル。取り組めるだけの興味はわいたようだからな」

「おれは科学者だぜ、ラリイ。もう夢中だよ。バカでもないかぎり、こんなチャンスを……これこそ、まさに……まさに、おれの親父が……」

「わかったよ。考えさせてやる。待ってるからな」

二人は黙りこくって川をわたりおえた、ひとりは解答を、ひとりは問題を考えながら……。別れる前、ふたたび抱擁があった。

タルボットは翌朝帰国し、めぐりくる満月の夜に耐えて待ちつづけた。祈るようなバカなまねはしなかった。水を濁らせ、神々を怒らせるだけだったからだ。

電話が鳴り、受話器をとりあげた瞬間、タルボットには話の見当はついた。この二カ月あまり、電話が鳴るたびに見当はついていたのである。「タルボットさんですか？　ウェスターン・ユニオンです。チェコスロバキアのモルダバより国際電報がはいっております」

「読んでくれ」

「ごく短いものです。〝すぐ来い。道順がきまった〟。サインは〝ヴィクトル〟とあります」

部屋を出るまでに一時間とかからなかった。リアジェット（ビジネス用小型ジェット機）は、ブダペストから帰って以来、いつでも飛びたてるよう待機しており、燃料タンクは定期的にみたされ、飛行計画は用意されていた。スーツケースは七十二日前荷作りしたままドアのわきにあり、現在通用するビザとパスポートがぬかりなく内ポケットにおさめられていた。彼が出かけたのちも、しばらくのあいだアパートの部屋は、立ち去った瞬間のこだまを残して震えていた。

飛行は果てしなく、いつ終わるとも知れず、不必要に時間をくっていることは明白だった。

　税関通過は、政府最高機関の許可証（すべて本物と見分けのつかない逸品ばかり）と袖の下をもってしても、サディスティックなまでに長いように思われた。ちょびひげの下っぱ役人トリオは、安心しきって、ひとときの権力の行使を楽しんでいた。

　地上の交通機関は、たんに遅いというだけではなかった。それは、温まるまで走ることができず、温まればやわらかくなりすぎて走れなくなる〈糖蜜人間〉を思わせた。

　旧式のほろ型観光自動車に乗り、目的地まであと数マイルのところへ来たとき、案の定、三文ゴシック小説のサスペンスフルな見せ場そこのけに、とつぜん激しい雷雨が山地からおそった。それは急勾配の峠を抜けてわきあがると、まっ黒な雲となって空を走り、路面で吹き荒れ、全景をかすませた。

　なまりからセルビア人とわかる口数すくない運転手は、両手を真夜中十分前と十分後の角度でハンドルにおき、ロデオ騎手のようにねばり強く道路の中央を走った。

「タルボットさん」

「え？」

「ひどくなるよ。引き返すかね？」

「あとどれくらいある？」

「七キロかそこらだ」

道路ぎわの木が一本根こぎにされるのが、ヘッドライトの光の中に見えた。木は車にむかって倒れかかってきた。運転手はハンドルを切り、加速した。走りすぎた瞬間、黒板に爪を立てたような音を発して、はだかの枝が大型セダンのトランクをかすった。タルボットは、息をとめていたのに気づいた。彼にとって、死は無縁のものではあったが、その一瞬の脅威には、事実を忘れさせるだけの力があった。

「行かなきゃならないんだ」

「じゃ、行こう。楽にしてください」

タルボットはシートにもたれた。バックミラーに、セルビア人の笑い顔が見えた。人心地つくと、彼は窓の外に目をやった。枝わかれした稲妻が闇を切り裂き、周囲の風景を得体の知れぬ不気味なかたちに変貌させていた。

車はとうとう目的地に来た。

研究所はあたりに不釣合いなモダンな立方体で、わだちの続く道のはるか上、峨々とそびえたつ——これもまた——不気味な玄武岩の巨塊を背に、骨のように白くその外形をうかびあがらせていた。もう数時間、坂道をのぼりつづけてきただろう。今ではカルパチア山脈は、とびかかるチャンスをうかがう肉食獣の群れさながらに、彼をとりまいていた。

最後の一マイル半は研究所へ通じる区画道路だったが、小枝と泥を押し流す濁流の中を、運転手は悪戦苦闘しながら渡りきった。

ヴィクトルは待ちかまえていた。手短かな歓迎がすむと、彼は同僚のひとりにスーツケースをとらせ、タルボットを地下の大実験室へとせかした。そこは、途方もない制御装置が所狭しと据えつけられた部屋で、レールをわたした天井からはスチール・ワイアで一枚の巨大なガラス板がぶらさがり、数人の技術者がその隙間をぬうようにして忙しげにとびまわっていた。

部屋の空気は、期待にみちみちていた。それは、技術者たちが彼に投げる鋭い一瞥に、腕をとって先を急ぐヴィクトルの動きに、おかしなかたちの機械群が人びとにかこまれ、競走馬のようにスタートの合図を待ちうけている超自然的な風景に感じられた。この実験室の中で、なにか新しい、すばらしいものが生まれようとしている。ヴィクトルのようすから、彼はそう直感した。おそらくそれが……ついに……暗い苦しい歳月ののち……この白いパネルばりの部屋の中で、彼は安息を見いだすのだ。ヴィクトルは、話したくてうずうずしているようだった。

「最後の調節だ」そう言うと、一対の同型の機械に取り組んでいる二人の女性技術者を指さした。機械は、一枚のガラス板に両面からむかいあうようにして壁ぎわに寄せられている。タルボットには、二台の機械はおそろしく複雑な機構を持つレーザー装置のように見えた。低い電気のうなりがひびくなか、女たちはジンバルに載った機械をゆっくりと左右に動かしている。しばらくタルボットに観察させたのち、ヴィクトルはいった、「レーザーじゃない。グ、、、レーザーだ。誘導放射によるガンマ線増幅だ。よく見ておけ。おたくがほしがっている答えの核心のすくなくとも半分は、あそこにあるんだからな」

女たちはガラス板を隔てて照準をあわせると、うなずきあった。そのうちの年かさのほう、五十年配の女が、ヴィクトルに声をかけた。

「準備が終わりました、先生」

ヴィクトルは手をふって、わかったという意味の合図を送り、タルボットに向きなおった。

「もっと早くできるはずだったんだが、このくそいまいましい嵐だ。もう一週間続いてる。こんなのでへこたれはしないんだが、主変圧器に雷が落ちてね。電源のピンチは、四、五日つづくし、元にもどすのに骨を折ったよ」

タルボットの右で、廊下に通じるドアがあいた。重いうえ、押す体力がないとでもいうように、ドアはゆっくりと開かれた。ドアにある黄色いエナメルの金属板には、太い黒い文字が書かれ、フランス語で、**この入口より先は個人用放射線監視装置を携行**、とあった。

ドアはとうとういっぱいにひらき、そのつきあたりにある注意書きが目にはいった。

危険　放射線区域

文字の下に、三角形が三方向にひろがったようなマーク。タルボットは、父と子と聖霊を連想した。思いあたる理由もないのに。

つぎにその下にある文字が目にとまり、理由に思いあたった。

このドアを三十秒以上あける場合は、検査と安全確認を行なうこと。

タルボットの関心は、戸口に見える姿とヴィクトルの言葉とのあいだで迷った。「嵐が心配のようだな」

「心配はしてない」と、ヴィクトル。「慎重なだけだ。実験に障害がおこることは考えられない。直撃を受けないかぎりはな。その可能性はないと見ていいが――予防措置をとってあるから――しかし撮影のさなかに、動力が切れるような危険はおかしたくないじゃないか」

「撮影？」

「それは全部説明する。じっさい説明しなきゃ、ならない、ならないんだ、きみのチビ助にも知ってもらうために」ヴィクトルは、タルボットの困惑を見て微笑した。「心配するな」先ほどドアをあけたのは、実験衣を着たひとりの老婆で、いま彼女はタルボットの右うしろに立っていた。ヴィクトルに用事があるのか、二人の会話が終わるのを待っているようす。

ヴィクトルは老婆に目を向けた。「なんだね、ナジャ？」

タルボットは老婆を見た。胃の中に酸の雨が降りだすのが感じられた。

「きのう、高磁場水平不安定性の原因を究明するため、すくなからぬ努力がなされました」なにか特殊な問題についての報告書の一部だろう、彼女は低い声で一本調子にいった。「付随的なビーム拡散により、効率のよいビーム取り出しに支障がおこりました」どうみても、八十にはなっている。灰色の目は、レバーペーストを思わせるしなびた皮膚のひだの中に埋れていた。「午後になって加速器は停止され、修復作業がなされました」しぼんだ、疲れきった、腰のまがった老婆、骨と皮ばかり。「C48のスーパー・ピンガーと、ほかに真空箱の一部が取り換えられました。真空もれが発見されましたので」タルボットはすさまじい苦痛に見舞われていた。記憶が荒れ狂う波となって押しよせてくる。脳髄のあらゆる柔かい無防備なひだを食い荒す蟻の軍勢。「深夜勤務においては、移送管の新しい電磁バルブのコイルが故障し、二時間の照射時間が失われました」

「かあさん……?」タルボットは、しわがれたささやき声でいった。

老婆はびくりと体をおこした。首をめぐらせ、つもった灰を思わせる目を見開いた。

「ヴィクトル」その声には恐怖があった。

タルボットはほとんど動かなかったが、ヴィクトルは先まわりして彼の腕をつかみ、制止した。「ありがとう、ナジャ。標的ステーションBへ行って、二次ビーム群の記録をとってくれ。すぐ行くんだ」

老婆は足をひきずりながら二人のそばを離れると、反対方向にあるドア――ひとりの女性技術者があけて待っている——を通りぬけて、たちまち姿を消した。

　タルボットはうるんだまなざしで、老婆を見送った。

「なんてこった、ヴィクトル。あれは……」

「いや、ラリイ、そうじゃない」

「そうだ、そうにきまってる！　しかし、ど、どうや、って、ヴィクトル、教えてくれ、ど、どうや、ったんだ？」

　ヴィクトルはタルボットの体をまわすと、自由な手で彼のあごを持ちあげた。「おれを見ろ、ラリイ。いいから、おれを見ろ。あれは違う。きみの思いちがいだ」

　ロレンス・タルボットが最後に泣いたのは、ミネアポリス美術館に隣接する植物園のアジサイの茂みの中で、眠りからさめた朝のことだった。かたわらには、なにか動かぬ血まみれのものがあり、爪のあいだには、肉片と泥と血がはさまっていた。そのとき彼は手かせのことを思いつき、平常の意識でないときには決して手かせをはずすまいと決心したのだ。いま彼は泣きたい気持だった。またしても。理由は充分にあった。

「ここで待っていろ」ヴィクトルがいった。「ラリイ？　この場所で待っていてくれるか？　すぐにもどる」

　彼が顔をそむけてうなずくと、ヴィクトルは立ち去った。苦痛にみちた記憶の荒波にもまれながら立ちつくしているとき、部屋の奥のドアが横にすべって開き、またひとり白衣の技術者が顔をのぞかせた。ドアのむこうには、だだっぴろい部屋があり、巨大な装置が見えた。チタニウム電極。ステンレス・スチールの円筒。装置の正体は見当がついた。コッククロフト＝ウォルトン前段加速器だ。

ヴィクトルは、ミルクのような液体のグラスを持ってもどった。彼はグラスをタルボットにわたした。

「ヴィクトル――」技術者が奥の戸口から呼んだ。

「飲め」ヴィクトルはいい、技術者のほうをふりかえった。

「用意ができた」

ヴィクトルは手をふった。「十分ばかり時間をくれ、カール。最初の相転移まで持ちこんだところで、合図を頼む」男はうなずき、戸口から消えた。壁の中からドアがすべりだし、部屋いっぱいを占領する堂々たる装置を隠した。「あれが、まかふしぎな魔法の解答の残り半分だよ」と物理学者はいい、息子を自慢する父親のようににこにこ笑った。

「おれが飲んだのはなんだ？」

「きみをおちつかせる薬さ。幻覚を持ちこまれてはかなわんからな」

「あれは幻覚じゃない。名前はなんというんだ？」

「ナジャ。きみの思いちがいだ。今まで一度だって会ってはいない。おれが嘘をついたことがあるか？　どれくらい昔からのつきあいなんだ？　とことんまでやる気なら、おれを信用してくれなくては」

「だいじょうぶだ」ミルクに似た液体の効き目はすでにあらわれはじめていた。タルボットの顔から上気した色が消え、両手の震えはとまった。

　ヴィクトルの態度はとつぜん厳しくなった。彼は道草をくう余裕のない科学者であり、伝えなければならない情報があった。「よし、ちょっと心配したよ。ことによったら、たいへんな時間をかけて……そうだな」彼はあわて気味に、ふたたび微笑した。「こう言いかえよう。おれのパーティにだれも来てくれないんじゃないかと、ふっと思ったんだ」

　タルボットはわざとらしく小声で笑うと、ヴィクトルに続いて、片隅にある移動式の装置に組みこまれたモニター・テレビのバンクに行った。「オーケイ。あらましを話そう」ヴィクトルはつぎつぎとモニターのスイッチを入れた。明るくなった十二のスクリーンには、それぞれ、にぶく輝くどっしりした装置の風景がとらえられている。

　モニター一号には、果てしなくのびる、卵の殻のように白い地底のトンネルがうつっていた。連絡を待つうちに過ぎたこの二カ月のあいだ本ばかり読んでいたので、タルボットには、それが主(メイン)ドーナツの〝直線部分〟の風景であることがわかった。除震コンクリート支持台に取り付けられた巨大な偏向磁石がいくつも、トンネルの薄暗い光の中でかすかに光っている。

　モニター二号には、線形加速器(ライナック)のトンネルがうつっていた。

モニター三号には、コッククロフト＝ウォルトン前段加速器の整流器群がうつっていた。モニター四号は、ブースターのながめ。モニター五号は、移送管の内部。モニター六号から九号までは、三つの実験用標的エリアと、中間子、ニュートリノ、陽子エリアを備えた、すこし規模の小さい内部標的エリアだった。

残り三つのモニターには、この広大な実験場の各研究区画がうつっていた。最後の一つは、この中央広間の風景で、十二台のモニターの前にはタルボットが立っており、十二番目のスクリーンには、十二台のモニターの前に立つタルボットが……

ヴィクトルは、モニターのスイッチを切った。

「なにが見えた？」

タルボットの頭にあるのは、ナジャという名の老婆のことばかりだった。まさか、そんなはずはない。「ラリイ！　なにが見えた？」

「おれが見たかぎりでは、粒子加速器のようだったな。それも、ジュネーヴにあるCERNの陽子シンクロトロンと同じくらい大きい」

ヴィクトルは感心したようすだった。「なかなか読んでるね」

「当然さ」

「そうか、そうか。では今度は、きみを驚かせよう。CERNの加速器が出せるエネルギーは、三十三ビリオン（十億）電子ボルトまでだ。この部屋の下にあるリングは、十五テラ電子ボルトまで出る」

「テラは兆」

「よく勉強したものだな！　十五兆電子ボルトだ。なにもかもお見通しじゃないか、え、ラリイ？」

「ひとつわからないことがある」

ヴィクトルは返事を待っている。

「できるのか？」

「うん。気象報告によると、台風の目がこの真上を通りすぎてゆくところらしい。一時間たっぷりある。実験の危険な部分を片づけるには充分以上の時間だ」

「だが、とにかくできるわけだな？」

「できるさ、ラリイ。同じことを二度もいわせないでくれ」その声にためらいはなかった、これまでいつも聞かされてきた〝できるが、しかし〟といった言いのがれは、いっさいなかった。ヴィクトルは道順を知っているのだ。

「すまない、ヴィクトル。不安なんだ。だが用意ができているのに、なぜお説教を最後まで聞かなきゃならないんだ？」

ヴィクトルはにがい笑みをうかべ、朗唱するようにいった、「あなたの魔法使いとして、いまわたしは成層圏上層をめざし、危険にみちた、技術的に説明不可能な旅にたつのです。

仲間の魔法使いたちと協議し、語りあい、さもなくば酒をくみかわすために」

タルボットは両手をあげた。「もうけっこうだ」

「よし。それなら、おとなしくしろ。必要がなければ言いやしないさ。自分の説教を聞くくらい退屈なことはないからな。だが、きみのチビ助にも、きみと同様にデータを全部持ってもらう必要がある。だから聞け。さて、退屈だが、おそろしくためになる解説が始まるぞ」

西欧のCERN――*Conseil Européen pour la Recherche Nucléaire*（ヨーロッパ合同原子核研究機関）――は、巨大加速器をジュネーヴにおいた。オランダがあまい汁を吸いそこねたのは、低地地方では食べものがまずいという定評のせいである。小さなことだが、意味するところは大きい。

東欧ブロックのCEERN――*Conseil de l'Europe de l'Est pour la Recherche Nucléaire*（東ヨーロッパ合同原子核研究機関）――が、（ルーマニアのクルジュ、ハンガリーのブダペスト、ポーランドのグダニスクなど、もっと人情味があって、ふさわしい土地があったにもかかわらず）ビエレ・カルパチ山脈のこの人里はなれた高地を選ばざるを得なかったのは、タルボットの友人ヴィクトルがこの地を指定したからである。CERNは、ダール、ヴィドレー、ゴワード、アダムズ、ライヒをこれまで抱え、CEERNにはヴィクトルがいた。それでバランスはとれていた。ヴィクトルは自由に采配を振ることができた。

　こうして難工事の末、彼の要求どおりの研究所が完成し、その粒子加速器はCERNの装置を圧倒した。それは、イリノイ州バタヴィアにおかれた、フェルミ国立加速器研究所の四マイルのドーナッツをも圧倒するものだった。それは事実、世界最大にして最高の〝シンクロファゾトロン〟であった。

　地下研究所で行なわれる実験のうち、CERNの提唱になるプロジェクトは、七十パーセントにすぎなかった。研究スタッフの百パーセントは、ヴィクトルと個人的につながっていた。CERNでも東欧ブロックでもなければ、哲学やドグマでもない……ヴィクトルその人への忠誠である。したがって、直径十六マイルのドーナッツ形加速器で行なわれる実験の三十パーセントは、ヴィクトル自身のものだった。CERNがかりに気づいているとしても――探りだすのは大変な苦労だったろう――それに関する発言はなかった。天才の所産の七十パーセントは、○パーセントにまさるからだ。

　ヴィクトルの研究は、素粒子の構造に関する高度な新理論の現実化をめざすものだったが、もしタルボットがそれを早くから知っていたなら、能なしやかたい、い――何年も問題をひねくりまわし、すべてを約束しながら徒労しかもたらさない連中――とのつきあいなど、とうに放りだしていたことだろう。しかしインフォメーション共同が現われ、思いがけない道順をさし示すまで――あらゆる方向をさがしながら、影と実体が融けあい、現実と幻想が入りまじるその道だけは見のがしていた――彼は、ヴィクトルの特異な才能になんの必要性も認めていなかったのである。

住みこみ天才科学者のおかげでスーパー加速器建設レースの先頭を切るCERNが、その確たる事実をかみしめて満足にひたっているころ、当のヴィクトルは彼のもっとも古くからの親友にむかい、いかにして死の安らぎをさずけるか、いかにしてロレンス・タルボットがおのれの魂を見いだすか、いかにしてタルボットが道あやまたずおのれの体内に侵入できるかを説明していた。

「答えは、二段がまえになっている。まず最初は、きみの完全な分身を創らなければならない。実物のきみより何万分の一、何百万分の一も小さなやつだ。つぎに、それを実体化させる。イメージを、内容のある物質的なもの、実在するものに変えるんだ。きみの実存のすべて、きみのあらゆる記憶、あらゆる知識をそなえたミニチュアのきみだ」

タルボットはとろんとしていた。さっきのミルクに似た液体が、たぎりたつ記憶の海を静めたのだ。彼はほほえんだ。「むずかしくないのではっとしたよ」

ヴィクトルは悲しげな顔をした。「来週は蒸気機関を発明するぜ。まじめに聞け、ラリイ」

「おたくに飲まされた〈忘却の川カクテル〉のせいだ」

ヴィクトルの口もとがこわばるのを見て、タルボットは自制をとりもどした。「わるかった、続けてくれ」

　ヴィクトルは一瞬鼻白み、どこかやましげな真剣な表情にかえると先をつづけた、「問題の前半は、ここで開発したグレーザーで解決する。きみのホログラムを撮るんだ。波長には、電子ではなく、原子核から出たものを使う。レーザーのそれより百万分の一も短くて、解像力の大きい波長だ」彼は、実験室のまん中にぶらさがる大きなガラス板にむかって歩きだした。二台のグレーザーがガラス板の中心に狙いを定めている。「来てみろ」

　タルボットはあとに続いた。

「これがホログラム・プレートか？　ただの写真乾板じゃないか？」

「これじゃない」ヴィクトルは十フィート四方のガラス板にさわった。「これだ！」彼の指は、ガラス面の中央の一点をさし示した。タルボットはのぞきこんだ。はじめはなにも見えなかったが、やがてかすかな波紋が目にとまった。ガラス面の異常にできるだけ顔を近づけると、そこに見えてきたのは、美しい絹スカーフの表面を思わせる、光のモアレ・パターンだった。彼はヴィクトルをふりかえった。

「マイクロホログラム・プレートだ」と、ヴィクトル。「集積回路より小さい。その中に、きみの生命をばっちりとらえる。百万分の一かそこらに縮めて。細胞ひとつぐらいの大きさだな、赤血球ぐらいかもしれん」

　タルボットはくすくす笑った。

「よしてくれ」ヴィクトルはうんざりしたようにいった。「飲みすぎたようだな。わるいのはこちらだが……。さあ、始めようじゃないか。準備が終わるころには、しゃんとなってるだろう……きみのチビ助がやぶにらみに写らないことを願うぜ」

職員たちは彼をはだかにし、すりガラスの乾板の前に立たせた。年配の女性技術者がグレーザーの狙いを定めると、メカニズムが所定の位置にはまりこむようなかすかな音がし、ついでヴィクトルがいった、「そうだ、ラリイ、よし」

もっとなにかありそうな気がして、タルボットは人びとを見た。

「よし？」

技術者たちは満足げに彼の反応を楽しんでいる。「終わったんだ」とヴィクトルがいった。一瞬のできごとだった。グレーザー波がとび、イメージを固定したのさえ目にはいらなかった。「よし？」彼はふたたびいった。ヴィクトルが笑いだした。笑いは実験室にひろがっていった。技術者たちは機械にしがみつき、ヴィクトルは涙をながし、だれもが苦しげにあえいでいる。タルボットはガラス面の小さな異常の前に立ち、知恵おくれの子供のような思いをしていた。

「よし？」彼は途方にくれてくりかえした。

長い時間ののち、人びとが涙をぬぐいおわると、ヴィクトルが彼を大きなガラス板からはなした。「終わったよ、ラリイ、出発だ。寒いのか？」

タルボットのはだかの体には、くまなく鳥肌がたっていた。技術者のひとりが上っ張りを持ってきた。タルボットはたたずみ、見まわした。人びとの関心は、すでに彼の上にはなかった。

今では興味の中心は、相互グレーザーとガラス面のホログラム・プレートに移っていた。くつろいだ雰囲気は消え、研究スタッフの顔には、いちように真剣な精神集中のしわが刻まれている。ヴィクトルはインターコム・ヘッドホンをかぶっており、タルボットは彼の命令する声を聞いた、「よし、カール。最大出力まであげろ」

ほとんど時をおかず、実験室は、発電機が回転数をあげる音でみたされた。音は耐えがたくなり、タルボットは歯に痛みをおぼえた。それはどこまでも高まり、ついには聞こえるか聞こえないほどのかん高い悲鳴となった。

ヴィクトルが、ガラス板のうしろのグレーザーを受けもつ、若いほうの女性技術者に手で合図した。女は投射機の照準メカニズムを一度すばやくのぞき、スイッチを入れた。光線は見えなかったが、前に聞いたのと同じ、部品の結合するような音がひびき、ついで鈍いうなりとともに、今しがたタルボットが立っていた場所に、すっぱだかの彼の等身大ホログラムが震えながら現われた。彼は問いかけるようにヴィクトルを見た。ヴィクトルがうなずくと、タルボットはそのまぼろしに歩みより、中に手を通し、間近に立ち、その澄んだ茶色の目をのぞきこんだり、鼻のあたまの大きな毛穴をながめたりして、鏡ではできなかった角度や距離から自分自身を観察した。自分の墓の上を人に歩かれたような感じだった。

ヴィクトルは三人の男性技術者と話していたが、ややあってその三人がホログラムの検査にやってきた。露出計やその他、ゴースト・イメージの精緻さと明るさをはかる鋭敏な計器を持って、行ったり来たりが続く。魅せられ、おびえきって、タルボットは見つめた。彼の人生最大の旅、彼の切望する目標——終息にむかっての旅が、始まろうとしているのだ。

技術者のひとりがヴィクトルに合図した。

「きれいにとれてる」ヴィクトルが彼にいった。そして、もう一台のグレーザー投射機を担当する若い女性技術者に、「よし、ヤーナ、それをどかせ」女がエンジンを入れると、投射機は分厚いゴムの車輪に載って向きを変え、そこを離れた。タルボットの無防備な裸体のイメージは、彼女が投射機のスイッチを切るとともに、朝霧のように薄れ、消えてゆき、タルボットを悲しい気持にさせた。

「よし、カール」ヴィクトルがいった。「いま台を運んでくる。アパーチャを狭くして合図を待て」そしてタルボットに、「いよいよきみのチビ助が登場するぞ、ラリイ」

タルボットは、生き返るような感覚が内にひろがるのを感じた。

年配の女性技術者が、高さ四フィートほどのステンレス・スチールの細長い台を実験室の中央に押してきた。そして、台のてっぺんにある小さなぴかぴかの金属柱の先端が、ガラス面のかすかな乱れの下端にふれるように置いた。実体化の段階にはいったことは、見た目にもわかった。等身大のホログラムは、イメージの完全性を確認するテストだったのだろう。いよいよ、ロレンス・タルボットという名のもうひとつの生き物——細胞ほどの大きさしかないが、タルボット本人とまったく同じ意識と知性と記憶と欲望を持つ生き物の、創造が始まるのだ。

「用意はいいか、カール？」ヴィクトルの声がとんだ。

タルボットには、その返事は聞こえなかった。だがヴィクトルは聞きいるようにしてうなずいた。「よし、ビームを出せ！」

あっというまのできごとで、タルボットには気づく間もなかった。

マイクロパイオン・ビームは、陽子の百万分の一もない粒子、クォークよりも、π中間子（パイオン）よりも、μ粒子（ミューオン）よりも小さい粒子から成っている。ヴィクトルはそれをマイクロパイオンと名づけていた。そのビームが、壁にスリットがあくと同時に回折され、ホログラム板を通過し、とじたスリットによって遮断されたのだ。

すべては十億分の一秒のあいだに終わった。

「やった」とヴィクトルがいった。

「なにも見えないじゃないか」そういいながらも、タルボットは自分の愚かしさに気づいていた。もちろん、見えるわけはない。見えるものなどなにもないのだ……肉眼には。

「そこにいる……あるのか？」

「きみがいるんだ」ヴィクトルは、退避区画の計器の前に立つ男性技術者に手をふった。男は、顕微鏡のにぶく光る細長い筒を持ってかけよった。そして、どんなふうにしたのか、台の上の、先端が針のようにとがった金属柱にそれを取りつけた。男が去ると、ヴィクトルがいった、「問題の第二段もこれで解決だよ、ラリイ。行って、自分で見てこい」

ロレンス・タルボットは顕微鏡の前に行き、ノブを調節すると、金属柱のつややかな先端をのぞいた。そこには、彼自身が完全な姿のまま無限に縮小されて　彼自身を見上げていた。空いっぱいにひろがるなめらかなガラスの月を通して、巨大な茶色の瞳が見えるだけだが、それが自分であることはわかった。

タルボットは手をふった。目がぱちくりした。

さあ、始まるぞ、と彼は思った。

ロレンス・タルボットは、ロレンス・タルボットのへそである巨大なクレーターのふちに立った。底なしの穴の遠い斜面では、へそのしなびた表皮が、起伏に富んだ渦をえがき、なめらかに波うちながら漆黒の闇にのみこまれている。おりようとして身構えたとき、彼は自分の体臭を意識した。はじめは汗だった。つぎには、内部からたちのぼってくるさまざまな臭気。悪い歯で錫箔(すずはく)をかんだようなペニシリンのにおい。黒板ふきを打ちあわせたように粉っぽく、鼻毛をむずむずさせるアスピリンのにおい。消化され、糞便に変ってゆくどろどろの食物のにおい。あらゆる臭気が、暗い色彩の気ちがいじみたシンフォニーとなってわきあがってくる。

　タルボットは丸みをおびたへそのふちにすわると、重力に身をまかせた。

　彼はすべりつづけた。でっぱりを乗りこえ、数フィート落下し、またすべりだし、闇にむかって降下した。まもなく行きついたところは、柔らかだが、わずかに弾力性のある組織の平原で、へその緒がくくられたあとらしかった。穴底の闇を破って、とつぜん目もくらむ光がへそ全体にみちわたった。タルボットは目をかばいながら、空へ通じるシャフトをあおぎ見た。そこには太陽が輝いていた、一千の新星よりも明るく……。できるだけ力を貸したいのだろう、ヴィクトルが手術用ライトをへその真上に移したのだ。

　光の背後で巨大な影が動くのに気づき、タルボットはその正体を見きわめようと目を細めた。知るのは重要なことのような気がした。光にたえかねて目をとじる直前、彼はそれがなんであるか知ったように思った。だれかが見守っているのだ。麻酔をかけられ、手術台に横たわるはだかのロレンス・タルボットの上にさしかけられた手術用ライト——そのかげから、だれかが見おろしているのだ。

ナジャと呼ばれる老婆だった。

タルボットは長いあいだ身じろぎもせず立ちつくし、その老婆のことを考えていた。

やがて膝をつくと、へその底をかたちづくる組織の平原をまさぐった。

薄くはった氷の下を水が流れるように、表皮の下になにか動きが見えるような気がした。

腹ばいになり、両眼のまわりを手でおおうと、死んだ皮膚に顔を押しつけた。ゼラチンの板を通してのぞきこんでいるかのよう。震える薄膜のむこうに、封鎖された臍静脈のつぶれた管腔が見える。中へ通じる口はどこにもなかった。ゴムを思わせる表面に両手を押しつけたが、多少へこみはしても、それ以上の効果はなかった。宝物を見つけるためには、ディミーターの地図にあるルート——いま、それは記憶にくっきりと永遠に刻みつけられている——をたどらなければならず、そのルートに踏みだすためには、おのれの体内にいたる道を作らなければならないのだ。

しかし入口をこじあけようにも、道具はなにもなかった。

体内への門口に立ち、しめだされて、タルボットは内に怒りがわきあがるのをおぼえた。

彼の人生は苦悶と自責と恐怖だった、自分では制御できないできごとの不毛な積み重なりだった。五角星形と満月と血。高蛋白食のおかげで授かった、一オンスの余分な脂肪もない体。標準的な成人よりはるかに健康な血中ステロイド。バランスがとれ、快調そのもののトリグリセロール、コレステロール値。そして、永遠に無縁の死。怒りが内をかけめぐった。不明瞭な苦痛のうめきが口からもれるのが聞え、彼は前のめりに倒れると、これまで数知れずこうした行為に使ってきた歯で、しなびた索状組織を食いやぶりはじめた。血ののぼったもうろう状態の中でも、おのれの肉体を犯している意識はあった。それは自己打擲(ちょうちゃく)としては、まことにふさわしい行為のように思われた。

アウトサイダー。おとなになってからの人生をずっとアウトサイダーとしてすごしてきたタルボットだが、今では憤怒がそのままでいることを許さなかった。鬼神の決意をもって肉を引き裂くうち、ついに薄膜は破れ、彼自身の中へ通じる裂け目がひらかれた……

光の爆発、風の噴出、表皮のすぐ下にあってもがいていたなにかの脱走、とつぜんタルボットは目をくらまされていた。無意識の淵に投げおとされる直前、彼はカスタネーダのドン・ファンの言葉が真実であったことを悟っていた――蜘蛛の糸を思わせる白糸の太い束、金色をおびた光の繊維が、つぶれた血管から射ちだされ、震えながら殺菌された空にむかってどこまでものぼってゆくのだ。

頭上はるかにのびてゆく、形而上的という以外には不可視の豆の木を見上げながら、彼は忘却の底に沈んでいった。

タルボットは腹ばいになって、つぶれた管腔の中、かつて静脈が羊膜嚢から胎児のもとに奪い返した通路の中心部を進んでいた。危険な地帯をゆく歩兵隊の斥候そのままに、膝と肘で匍匐前進しながら、ひしゃげたトンネルを頭でこじあけ、体が通れるほどの隙間をつくってゆくのだ。中はけっこう明るかった。ロレンス・タルボットと呼ばれる世界の内部は、金色をおびた冷光にあふれていた。

地図がさし示す道順は、このつぶれたトンネルから下大静脈を経て右心房へとむかっていた。そこから右心室、肺動脈を経、弁膜を抜け、肺に達し、肺静脈をわたって心臓の左側（左心房、左心室）へ、大動脈から——大動脈弁の上にある三本の冠状動脈を迂回して——大動脈弓を下り、さらに——頸動脈その他の動脈を迂回して——腹腔血管幹に到着する。胃へ、肝臓へ、脾臓へ、動脈が複雑怪奇に分岐するその地点から横隔膜を背に、大膵管を経て膵臓本体に。そして、そこ、ランゲルハンス島をかたちづくる島嶼の中で、インフォメーション共同から与えられた座標をたよりに見つけだす——遠い昔、あるおそろしい満月の夜、盗み去られたものを見つけだすのだ。それを見つけさえすれば、銀の弾丸による肉体の死だけでなく永遠の眠りが保証され、彼はおのれの心臓をとめる——方法はわからないが、なんとしてでも止めてみせる——そしてそれが、これまで見守ってきたロレンス・タルボットという存在の終わりになるのだ。そこ、膵臓末端には、脾動脈からの血液にうるおい、この世で最高の財宝が眠っている。最後の甘美な安息——ダブロン金貨よりも、香料や絹よりも、ソロモンが魔物を封じこめたオイル・ランプよりも貴重な、怪物界からの解放が待ちうけているのだ。

死んだ血管の最後の数フィートを押しひらくと、タルボットの頭は広い空間に出た。濃いオレンジ色の岩から成る洞窟に、さかさまに首を出しているのだった。

管腔の中で両腕をひねって外に出すと、洞窟の天井と思われるものに手をつき、反動で体を抜いた。そのまま落下し、両肩で衝撃を受けとめようと最後の瞬間に体をひねったが、首筋の横をしたたかに打ちつけた。

頭をふりながら、しばらく横たわっていた。やがて立ちあがり、歩きだした。洞窟は岩棚にむかって口をあけており、タルボットはそこへ出ると、眼前の風景を見わたした。断崖のふもとに、かすかに人間のかたちを残す白骨が、もみくしゃになって横たわっている。気味がわるいので、くわしい観察はしなかった。

見わたす死んだオレンジ色の岩の世界は、頭骨のおおいをはずした頭脳前頭葉の地形学的ながめそのままに、ねじれ、波打っていた。

空は淡い黄色で、明るく、気持よい。

体内の大峡谷は、どうやら死んで久しい、萎縮した岩塊の果てしない連なりのようだった。やがて彼は断崖からおりる道を見つけると、長い旅にのりだした。

水はあり、それで体力をつないだ。このひからびた不毛の荒れ地は、見た目よりもずっと降雨に恵まれているらしい。昼も夜もない世界——いつも変わらぬ、おだやかな、すばらしい金色の冷光があるだけ——なので、月日の経過を知る手がかりはなかったが、オレンジ色の山脈の尾根をたどるのに六ヵ月近くかかったという印象はあった。その間、雨は四十八回降った。一週間に約二度の割合である。どしゃ降りがあるたびに洗礼盤を思わせる水たまりができ、タルボットは、はだしの足の裏を湿らせているかぎり、体力の消耗がないことを知った。食物については、どれほどの回数、どんなものを食べているのか、かりに食べているにしても記憶はなかった。

生命の痕跡はなかった。

ときおりオレンジ色の岩の暗い影の中で、白骨に出くわす程度。首から上のない白骨が多かった。

やがて山脈を通りぬける峠が見つかり、峠を越えた。ふもとの丘の連なりを過ぎ、低いなだらかな斜面におりると、ふたたびのぼり坂が始まった。それは狭いけわしい小道となり、曲りくねりながら熱気にみちた空へと続いていた。頂きに達すると、反対側はまっすぐで広く、歩きやすそうなことがわかった。彼は足早に下った。せいぜい数日の旅のように思われた。

谷間におりると、鳥のさえずりが聞えてきた。鳴き声をたどる。行きついたところは、火成岩のクレーターだった。かなりの大きさで、谷間の草深い隆起の中にぽっかりとあいていた。丘はだしぬけに目の前に現われ、その短い斜面をのぼると、そこがクレーターのふちだった。

内部は湖になっていた。たちのぼる臭気がむっと吹きつけた。むかつくような、なぜかひどく悲しいにおいだった。鳥のさえずりは続いた。金色の空のどこにも、鳥の影はない。湖のくささに胸がわるくなった。

クレーターのふちにすわり、見おろすうち、腹を上にむけた死骸が湖面に累々とうかんでいるのに気づいた。しめ殺された赤子のように紫や青に変色し、白い腐乱部を見せ、さざ波の走る水面でゆっくりと回っている。見分けられる特徴もなければ、手足もない。彼はいちばん低い火山岩のでっぱりにおりると、死骸を見おろした。

なにかこちらにむかって泳いでくるものがあった。タルボットはうしろにさがった。それは速度をはやめ、クレーターの壁に近づくと、水面に顔をだし、青かけすの歌をうたいながら、浮かぶ一個の死骸のくさった肉を食いちぎった。そして、ここがタルボットの領分ではないことを思い知らせるように、一瞬動きをとめ、水中に沈んだ。

タルボットと同じように、この魚も死なないのだ。

タルボットは長いあいだクレーターのふちに立ち、水を満々とたたえる穴を見おろしていた。夢の亡骸は、灰色のスープにはいったうじ虫色の豚肉のように、水面に見え隠れし、回転していた。

やがてタルボットは立ちあがると、クレーターのふちを離れ、旅を再開した。彼は泣いていた。

膵臓海の岸にようやくたどりついたタルボットは、子供のころ失くしたり捨てたりしたたくさんの玩具をそこに見いだした。三脚つきの木製機関銃があった――くすんだオリーブ色で、ハンドルをまわすとタカタカタカタカと音が出る。二中隊から成るおもちゃの軍隊セットがあった。一方はプロシャ軍、相手はフランス軍で、ナポレオン・ボナパルトのミニチュアまでついていた。スライド、ペトリ皿、化学薬品のきれいな小びんを立てる台までそなえた顕微鏡セットがあり、そのすべてに同じ社のレッテルが貼ってあった。インディアンの像を刻んだ硬貨がいっぱいつまったミルクびんがあった。猿の顔のついた指人形があり、布製のグローブの部分にはマニキュア液でロスコーと名が書かれていた。万歩計があった。本物の羽根を使った、ジャングルの野鳥の美しい絵があった。コーン・パイプがあった。ラジオの懸賞を集めた箱があった。ボール紙製の探偵セットには、指紋検出用の粉、見えないインク、警察用無線呼びだしコード一覧表までそろっている。追いかけっこをする少女と犬の絵がある陶器のカップ。赤いプラスチック・ダイアルのまん中に凸レンズをはめこんだ暗号解読バッジ。プラスチック爆弾のようなものがくっついた指輪――爆弾のうしろにある赤い指輪を引き抜き、爆弾を両手につつんで中をのぞくと、奥深くにかすかな火花のまたたくのが見えるのだ。

　しかし欠けているものがあった。

　それがなにかはおぼえがない。だが、重要なものだという確信はあった。へそ穴を照らす手術用ライトの背後で動いた人影、その正体を見きわめるのが重要であることを知っていたように、おもちゃ箱の中になにが欠けているにせよ、それは……重要なのだった。

　タルボットは、膵臓海の岸にとまっているボートに乗り、おもちゃ箱の中身をすべて、シートの下に見つかった防水の箱の底におさめた。寺院のようなかたちの大きなラジオだけは中に入れず、オール受けの前のシートにのせた。

　そしてボートを浜からおろすと、足首からふくらはぎ、さらに太ももまで赤く染めながら、真紅の海にむかってボートを押しだし、よじのぼり、島にむかってこぎだした。なにが欠けているにせよ、それは重要なのだった。

　水平線にうっすらと島影がうかぶころ、風がぱったりやんだ。血のように赤い海を見わたしながら、タルボットは停止したボートにすわっていた。位置は、北緯38度54分、西経77度0分13秒。

　海水を飲んだが、吐きそうになった。彼は防水の箱にはいったおもちゃと遊んだ。そしてラジオを聞いた。

殺人事件の解決にあたる途方もなく太った男の物語があった。エドワード・G・ロビンスン、ジョーン・ベネット主演の映画『飾り窓の女』のラジオ・ドラマ化があった。大きな鉄道の駅から話が始まる番組があった。ある金持ちの男が、周囲の人間の心を攪乱して自分の姿を見えなくさせるというミステリーがあった。そしてタルボットは、アーネスト・チャペルという男が朗読するサスペンス・ドラマを楽しんだ。バチスカーフに乗り、鉱山の竪坑の底にもぐった男たちが、地下五マイルの深みで翼竜におそわれる物語だった。つぎには、グレアム・マクナミーの伝えるニュースがあった。番組の終わり近く、新聞の社会面に相当するニュースの中で、タルボットは、忘れがたいマクナミーの声がこう語るのを聞いた——

「オハイオ州コロンバス発、一九七三年九月二十四日。発達障害児の施設に、九十八年間収容されていた女性が、このほど解放されました。その女性はマーサ・ネルスンといい、歳は百二歳、オハイオ州オリエント近郊の州立オリエント精神科病院に送られたのは、一八七五年六月二十五日だということです。同病院は当時、州立コロンバス精神薄弱者施設と呼ばれていましたが、この女性の記録は、一八八三年におこった火事で消滅し、なぜ彼女が収容されたのか、理由を知る人びとは今ではだれもこの世におりません。〝マーサ・ネルスンにはチャンスすらなかった〟。二カ月前、同病院の院長に就任したA・D・ソフォレンコ博士は、そう語っています。彼女はおそらく一八〇〇年代後半に流行した〝人種改良運動〟の犠牲者ではないか、それが博士の見解です。当時、人びとのあいだには、神は〝その像の如く〟人を創りたもうたと信じる風潮があり、発達障害児は、完全な人間ではないという理由から、邪悪な存在、または悪魔の子と考えられたようです。ソフォレンコ博士は、つぎのように語っております、〝発達障害児を社会から追放し、収容施設に移せば、その影響が社会にしみこむことはないと信じられた時代だ。マーサ・ネルスンは、おそらくそうした考えかたの罠におちいったのだろう。彼女がほんとうに発達障害児だったのかどうか、今では確かなことはだれにもいえない。ひとつの人生が無意味に消費されてしまった。マーサ・ネルスンの話しかたは、高齢にしてはなかなか首尾一貫している。親戚はなく、この七十八年ないし八十年間、彼女は施設の職員以外だれとも接触していない〟」

　小さなボートの中で、タルボットは声もなくすわっていた。帆は、打ち捨てられたアクセサリイのように、その船唯一の帆柱からたれさがっている。

「タルボット、おまえの中にはいってから、おれは今までの人生で泣いたよりももっと泣いたよ」口に出していってみたが、考えをふりきることはできなかった。マーサ・ネルスン、今まで名前を聞いたこともなかった女、永遠に名前を聞くこともなかったであろう女、こんな偶然さえ、偶然さえ、偶然さえなかったならば、それが偶然にも、偶然にも聞くことになり、彼女への思いが冷たい風のように心の中をヒュルヒュルと吹きわたっているのだ。

冷たい風がおこり、帆はふくらんだ。もはや漂流しているのではなかった。とある小島の岸へと吹きよせられているのだった。偶然にも。

タルボットは、ディミーターの地図が教える彼の魂の存在地点に立った。その場にそぐわぬ考えがおこり、くすくす笑った。巨大なマルタの鷹かキッド船長の〝X〟マークが、目印になっているのではないか、そう期待している自分に気づいたからだ。だがそこは、やわらかな緑の砂地で、タルクのように軽い砂が旋風に巻きあげられ、赤い脺臓海に吹き流されているばかりだった。その場所は、干潮時の水ぎわと、この島の大部分を占める精神科病院ふうの巨大な建物との中間にあった。

ちっぽけな陸地の中央にそそりたつ砦に、もう一度不安げな目を向ける。建物はま四角で、途方もなく大きい一個の黒い岩塊から彫刻されたかに見えた……おそらく地殻変動かなにかで生じた断崖を削ったのだろう。建物の二面は視野の中にあったが、窓もなければ出入口も見えない。なぜか心がおちつかなかった。それは空虚な領域に君臨する黒い神だった。タルボットは不死身の魚のことを思い、神々はその嘆願者を失ったときに死ぬというニーチェの主張を思いだした。

彼は膝をつくと、数カ月前、萎縮した臍帯の表面に膝をつき、引き裂いた瞬間を回想しながら、きめ細かな緑の砂を掘りはじめた。

掘りすすむほど、浅いくぼみにこぼれおちる砂の流れは速くなった。彼はくぼみのまん中にはいると、骨を掘りだす人犬よろしく、足のあいだからうしろに砂をかきとばしはじめた。

指先が箱のふちにぶつかり、爪のはがれる痛みに叫び声をあげた。

箱の周囲を掘ったのち、彼は血まみれの指を砂地につっこみ、埋れた箱を下から持ちあげようとした。手をねじこむうち、箱の抵抗がゆるんだ。両腕に力をこめ砂地からはがす。箱は持ちあがった。

彼は箱を砂浜のきわまで運び、腰をおろした。

ただの箱だった。なんの変哲もない木箱、古いシガー・ボックスとよく似ているが、かたちは大きい。何回ひっくりかえしても、得体の知れない象形文字やオカルトふうのシンボルは見あたらなかったが、それは驚きではなかった。その種の宝物ではないのだ。やがて彼は箱を上に向けると、蓋をこじあけた。中にはタルボットの魂があった。それは、まったく予期しなかったものだった。だが、おもちゃ箱の中に欠けていたものにちがいなかった。

それをしっかりと握りしめると、もうあらかた埋まった緑色の砂のくぼみを通りすぎ、丘の上の要塞をめざした。

われわれは探索をやめない
そして、すべての探索の目的は
われわれの出発の地に到着し
そこをはじめて知ることなのだ
――T・S・エリオット

ひとたび砦の沈鬱な闇の中にはいると――入口を見つけるのは思った以上に簡単で、気味がわるくなるほどだった――進む道は下りしかなかった。湿った黒い石からなるジグザグの階段は、容赦なく建物の深奥へと下るばかりで、すでに膵臓海の海面よりはるか下に来ているようだった。階段は急勾配で、その段は、歴史のあけぼのよりこの道を下ってきた数知れぬ足の重みによって、なめらかに彎曲していた。中は暗かったが、道がわからないほどの暗さではなかった。しかし光はなかった。なぜそんなことがおこりうるのか、理由がなんであれ、タルボットにはどうでもよいことだった。

途中部屋も通路も出入口も見ることなく、建物の最深部にたどりつくと、そこは広大なホールで、遠い壁のつきあたりに扉が見えた。最後の数段を下り、扉をめざす。扉は格子状の鉄棒から成っており、要塞の石と同じように黒く湿っていた。格子のむこうは独房を思わせる部屋で、遠い片隅に青白い動かぬかたちが見えた。

扉に鍵はかかっていなかった。

ふれると、それはひらいた。

この独房の中にだれがいるにせよ、その者は一度も扉をあけようとしなかったにちがいない。それとも、あけようと努力したのち、とどまる決心をしたのか。

彼はより深い闇にむかって進んだ。

長い沈黙の時が過ぎ、やがてタルボットはかがみこむと、手を貸して彼女を立ちあがらせた。まるで枯れた花束をとりあげるようだった。香りの痕跡さえとどめえない死んだ空気につつまれて、それは今にもこなごなに砕けそうに思われた。

タルボットは彼女をだきあげ、運びだした。

「目をとじるんだよ、マーサ、外は明るいから」彼はいい、長い階段をふたたび金色の空めざしてのぼりはじめた。

ロレンス・タルボットは手術台から起きあがった。目をあけ、ヴィクトルを見る。物理学者の顔には、奇妙にやさしいほほえみがあった。ヴィクトルにとって、あらゆる苦悩のあとが拭い去られたタルボットの顔を見るのは、友人同士になってからはじめてだった。

「うまくいったよ」と、ヴィクトル。タルボットはうなずいた。

二人は顔を見あわせ、にっこりした。

「おたくの冷凍設備はどうだ？」タルボットがきいた。

ヴィクトルは考えこむように眉をよせた。「冷凍睡眠させろというのか？　もっと恒久的なものをほしがるかと思っていた……銀の弾丸とか」

「その必要はない」

タルボットはあたりを見まわした。遠い壁ぎわ、一台のグレーザーのそばに、彼女の姿が見えた。恐怖をあらわにして、その目が見返した。タルボットは手術台からすべりおり、体にかぶせてあったシーツを巻きつけ、まにあわせのトーガにした。古代ローマの貴族といったいでたちだった。

彼女に近づき、その年老いた顔を見おろす。「ナジャ」タルボットはそっといった。長い時がたち、彼女は目をあげた。タルボットがほほえむと、つかのまそこに若い娘の姿がよみがえった。彼女はタルボットの視線を避けた。タルボットが手をとると、彼女はついてきた。手術台へ、ヴィクトルのところへ。

「ひととおり説明してくれると非常にありがたいんだがな、ラリイ」と、物理学者。タルボットは説明した、すべてを。

「おれの母、ナジャ、マーサ・ネルスン、三人とも同じなんだ」話が終わるとタルボットはいった、「みんな、無意味に消費された人生だ」

「で、箱の中にあったのは？」と、ヴィクトル。

「シンボリズムや宇宙的アイロニーには、どの程度ついていける？」

「今までのところ、ユングやフロイトにはけっこうついていけたがね」ヴィクトルは思わず微笑した。

タルボットは老物理学者の手をしっかりと握りしめた。「古い錆びたハウディ・ドゥーディ・バッジだったよ（ハウディ・ドゥーディはテレビの子供向け人形劇の主人公。そばかす顔の愛嬌者）」

ヴィクトルはくるりと背を向けた。

ふたたびふりかえると、タルボットは笑っていた。「それは宇宙的アイロニーじゃないよ、ラリイ……道化芝居だ」ヴィクトルがいった。腹をたてているのだ。それは見た目にもわかった。

タルボットは無言のまま謎解きを彼にまかせた。

やがてヴィクトルがいった。「それが意味するところはいったいなんだ、純真さか？」

タルボットは肩をすくめた。「わかってさえいたら、そもそも失くしはしなかったと思うね。そのとおりのものさ、昔も今も。直径一・五インチばかりの金属のバッジ、表面にはやぶにらみの顔が描いてあって、髪はオレンジ色、しし鼻、そばかす、歯ぐきを見せて笑っている、なにもかもが昔そうだったように」彼は黙りこくり、間をおいてつけ加えた、

「それでいいような気がする」

「で、取り返したからには、死にたくはないわけだな？」

「死ぬ必要はないんだ」

「なのに、冷凍にしてくれという」

「二人ともだ」

ヴィクトルは信じられぬといった顔で見つめた。「なんてことをいうんだ、ラリイ！」

ナジャは、聞こえぬかのように、ひっそりと立っている。

「ヴィクトル、聞け。マーサ・ネルスンは中にいる。一生を無意味に消費して。ナジャはここにいる。なぜとか、どんなふうにとか、なんのせいでそうなったのか、そんなことは知らん……だが……無意味に消費された人生がある。ここにもひとつ。おれの小分身を創ったみたいに、彼女の小分身も創ってくれ、そして中に送りこむんだ。彼は中で待っている、彼ならできる、ヴィクトル。すべてをあるべきとおりにすることができるんだ、はじめて……。彼女が赤んぼうのときには、彼は――おれは――父親になり、子供のときには遊び友だちになり、成長の過程では親友になり、思春期を迎えればボーイ・フレンド、成熟した若い女性になったときは求婚者、つぎには恋人、夫、そして老いてゆく彼女の連れあいになる。経験できなかった人生を送らせてやってくれ、ヴィクトル。二度も奪うようなことはするな。終わったとき、それはまた始まる……」

「説明しろ、どういうことなんだ、どういうふうにしてそれを？　筋道だてて話せ、ラリイ！　その形而上的なたわごとの意味はなんだ？」

「どういうふうになってるのか、そんなことは知らん。そうなってるというだけだ！　おれはあそこにいたんだよ、ヴィクトル、何カ月もいた、何年もかもしれない、おれは変身しなかった、狼になることはなかった、あそこに月はない……夜も昼もない、ただ暖かな金色の光があるだけだ。おれは改新させてみせる。二つの生命を取り返せるんだ。頼む、ヴィクトル！」

物理学者は言葉もなく見つめた。そして老婆を見やった。彼女はほほえみを返すと、関節炎を病む指で着ているものをぬぎすてた。

彼女がつぶれた管腔をくぐりぬけたとき、タルボットはそこで待ちうけていた。ひどく疲れているようすなので、オレンジ色の山脈を越える前に、しばらく休ませた。手をさしのべ、洞窟の天井からおろすと、彼女をやわらかな薄黄色の苔の上に寝かせた。その苔は、マーサ・ネルスンとの長い旅を経て、タルボットがランゲルハンス島から持ち帰ったものだった。二人の老婆は肩をならべて苔の上に横たわり、ナジャはたちまち眠りにおちた。タルボットはそばに立ち、二人の顔を見比べた。

瓜二つだった。

やがて彼は岩棚に出ると、オレンジ色の山脈の尾根を見わたした。今では白骨になんの恐怖も感じなかった。とつぜん肌を刺すような冷気を感じ、ヴィクトルが冷凍保存を始めたことを知った。

タルボットは長いあいだ、そのまま立ちつくしていた。左手に握りしめた小さな金属バッジの表面には、あざやかな四色刷りで、架空の生き物のいたずらっぽい純真な顔が描かれていた。

しばらくのち洞窟の中から、赤んぼうの泣き声が聞えてきた。泣き声はひとつだった。

彼は踵（きびす）を返すと、これまでの人生でもっともたやすい旅を始めるため洞窟にもどった。

どこかで凶暴な悪魔の魚がとつぜんえらをとじ、腹をゆっくりと上に向けると、闇の中に沈んでいった。

ジェフティは五つ

Jeffty Is Five

ぼくが五つのころ、遊び友だちにジェフティという子供がいた。ちゃんとした名前はジェフ・キンザーだが、遊び仲間はみんな彼をジェフティと呼んだ。ぼくらは同い年の五つだったので、気が合い、よくいっしょに遊んだ。

ぼくが五つのころ、クラーク・バーはルイヴィル・スラッガーの握りくらいも太く、たっぷり六インチ近い長さがあったものだ。まわりには本物のチョコレートがかぶせてあり、噛むと中でザクッと、いい感じの歯ごたえがした。とけたチョコレートが手につかないようにして、かたっぽの端を破ると、包み紙からさわやかな香ばしい匂いがただよってきた。いまのクラーク・バーは、クレジット・カードみたいに薄い。まじりけなしのチョコレートのかわりに、ひどい味の人工食品を使っていて、中はぐちゃぐちゃとやわらかい。値段は控え目でまっとうな五セントにはほど遠く、十五セントから二十セント。包み紙だけが変わらないので、二十年前と同じ大きさのように錯覚するが、実はそうではないのだ。まずくて細くて貧弱で、十五セントや二十セントどころか、一セントの値打ちもない。

五つになったその年、ぼくはニューヨーク州バッファローにあるパトリシア叔母の家に、二年間の期限であずけられた。父の仕事がうまくいかなくなったからで、パトリシア叔母は若く美しく、株の仲買人と結婚して裕福に暮らしていた。ぼくはそこで二年すごした。七つになると、ぼくは故郷の町に帰って、ジェフティと遊ぼうと彼をさがしに出かけた。ぼくは七つ。ジェフティはまだ五つだった。歳の差には気づかなかった。わかるはずもない。こちらもまだ七つだったのだ。

そのころのぼくは、アトウォーター・ケント・ラジオを前において腹ばいになり、ラジオ放送をよく聞いたものだった。まずラジエーターにアースをつないだあと、塗り絵の本とクレヨーラ（大箱にまだ十六色しかなかったころだ）を持って寝ころび、NBCのレッド放送を聞くのだ。ジェローの番組のジャック・ベニイ、〈エイモスとアンディ〉、チェース・アンド・サンボーン提供のエドガー・バーゲンとチャーリー・マッカーシー、〈ワン・マンズ・ファミリー〉、〈ファースト・ナイター〉。NBCのブルー放送では〈のんきなエース家〉、ウォルター・ウィンチェルがニュース解説する〈ジャーゲンズ・ジャーナル〉、〈インフォメーション・プリーズ〉、〈死の谷の日々〉。最高はミューチュアル放送で、〈グリーン・ホーネット〉、〈ローン・レンジャー〉、〈ザ・シャドウ〉、〈みなさん、お静かに〉。いまカー・ラジオのスイッチを入れてダイアルを右から左にまわしても、はいるのはワン・ハンドレッド・ストリングズ、横柄なホストにあおられて変態的な性生活を告白する、無神経な主婦とまぬけなトラック運転手のおしゃべり番組、くだらないカントリー・アンド・ウェスタン、耳が痛くなるロック・ミュージック、そんなものばかりだ。

ぼくが十の年、祖父が老衰で死んだ。ぼくは「問題児」だったので軍隊式の私立学校に入れられ、そこで「面倒を見てもらう」ことになった。

十四の年に、ぼくは学校からもどった。ジェフティはまだ五つだった。

そのころは土曜の午後になると、よく映画に行った。昼間興行（マチネー）は十セント、ポップコーンにかけるバターは本物で、行けば必ず自分の好きな映画をやっていた。西部劇ならラッシュ・ラ・ルーとか、ワイルド・ビル・エリオットのレッド・ライダー、そして相棒リトル・ビーヴァーにはボビイ・ブレーク、でなければロイ・ロジャーズやジョニイ・マック・ブラウン。こわい映画なら、ロンドー・ハットンが絞殺魔を演じる「恐怖の館」とか、「キャット・ピープル」、「ミイラ再生」、フレドリック・マーチとヴェロニカ・レークの「奥様は魔女」。これには必ず連続活劇のエピソードが一本おまけについていて、ヴィクター・ジョリイのザ・シャドウや、ディック・トレイシイ、フラッシュ・ゴードン。ほかに漫画が三本、ジェイムズ・フィッツパトリックの「世界旅行案内」、ムーヴィトーン・ニュース、しろうと歌合戦と、もし夕方まで我慢すればビンゴやキーノーのアトラクション、軽食サービス。いま映画館に行けば、クリント・イーストウッドが人間たちの頭を、熟したカンタループ・メロンそこのけに吹きとばしているだけだ。

十八の年、ぼくはカレッジに行った。ジェフティはまだ五つだった。ぼくは夏休みになると帰り、ジョー伯父の宝石店でバイトをした。ジェフティは変わらなかった。そのころにはぼくも、どこかおかしいと気づいていた。なにかが狂っている、なにか奇怪なものがある。ジェフティは五つのまま、一日も年とってはいなかった。

二十二の年、ぼくは帰って、故郷に腰をおちつけた。ソニーのテレビのフランチャイズ店を開くためだった。町でははじめてのソニーの店だ。ジェフティには、そのあいだもときどき会っていた。彼はまだ五つだった。

生活はいろんな意味で楽になった。昔の病気では、もう人もめったに死なない。車は速くなり、道路もいいので、短時間で行きたいところに行ける。シャツはやわらかくなり、手ざわりもよくなった。ペーパーバックは大量に出まわって、昔の高級ハードカバーなみの値を気にしなければ選りどり見どり。銀行預金が心細くなったときには、事情が好転するまでクレジット・カードでしのげる。だが、それと引き換えに、ぼくらはいろんなものを失ったような気がしてならない。たとえば、リノリウムを買いたくても、もう手に入らないのはご存じだろうか？　今あるのはビニールのフロア・カバーだけ。油布といったようなものもない。おばあさんの台所からただよってきた、あの独特の甘い匂いも二度とかぐことはできないのだ。家具も三十年あるいはそれ以上耐えるようには作られていない。業界で調査をしたところ、若い世代の夫婦は古い家具を嫌って、七年ごとにけばけばしい新品の安家具と総入れ替えすることがわかったからだ。レコードもおかしい。昔のように分厚い硬いものではなく、薄っぺらで、ぐいと曲げられる……これが、ぼくにはどうもしっくりと来ないのだ。レストランでは、クリームを入れた水差しは出てこない。小さなプラスチックの容器にどろどろした人工の液が詰まっているだけで、そんなのひとつではコーヒーはとてもまともな色にはできない。旅行をすれば、バーガー・キングとマクドナルドとセブン・イレブンとモーテルとショッピング・センターで、町はどれもこれもみんな同じだ。それは暮らしはよくなっただろう。だがそれなら、なぜ過去を懐しんでしまうのか？

五つだとはいったが、これはジェフティが発達障害児だという意味ではない。そんなものではないような気がする。五つにしてはおそろしく利口なのだ。朗(ほが)らかで活発でかわいい、愉快な子供。

だが身長は三フィート、歳にしては小さく、姿かたちはバランスがとれ、べつに頭が大きすぎるとか顎が不格好だとか、そういったこともなかった。かわいい、ごくノーマルな五歳児なのだ。問題はひとつ。彼がぼくと同い年の二十二であるということだった。

話せば、出てくるのは五歳児のかん高いソプラノ。歩けば、五歳児のぴょんぴょん跳びとすり足。おしゃべりを始めれば、話題は五歳児らしい関心の範囲にかぎられている……コミック・ブック、兵隊ごっこ、自転車の前輪のフォークに洗濯ばさみを使ってボール紙のかけらを取りつけると、それがスポークにあたってモーターボートみたいにバタバタと音が出ること。質問をすれば、あれはどうしてあんなふうになっているのか、のたぐいばかり。上はどれくらい高いのか、古いというのはどれくらい古いのか、草はどうして緑なのか、象はどんな格好か？　二十二歳になって、ジェフティはまだ五つなのだった。

ジェフティの両親は、いつも悲しげなカップルだった。ぼくがまだジェフティとのつきあいをやめず、店で遊ぶのを許し、たまには郡共進会（カウンティ・フェア）やミニチュア・ゴルフや映画に連れて行ったりするので、どうかした拍子に家によばれたりすることもあった。べつに二人が好きだったわけではない。見ているだけで気が滅入ってくるような夫婦なのだ。しかし、そのあたりは期待するほうが無理だろう。二人は得体の知れない生き物を家にかかえているのだ。二十二年間に五つしか歳をとらない子供。子供らしさというあの特別な財宝（たから）を無期限に与えてはくれるが、子供がノーマルな大人へと育つのを見る喜びは認めない存在。

五歳は子供にとってすばらしい時代だ……というか、ほかの子供たちが楽しむすさまじい残虐行為から比較的はなれた立場にいられるなら、すばらしい時代になりうる。五歳は、目が大きく見開かれている時代、行動様式がまだ固定していない時代だ。現実のきびしさとせち辛さがまだ頭にたたきこまれない時代、両手は充分に動かず、心は知識を充分に消化できず、世界は無限でカラフルで謎がいっぱいの時代だ。五歳は、幼い夢想家のとどまるところなく探究するドン・キホーテ的な精神を、大人たちが寄ってたかって取りおさえ、学校という退屈な箱に放りこむ、その前の時代なのだ。なんでもつかみ、さわり、理解しようとする敏捷な手を、大人たちが制止し、机の上に釘づけにする、その前の時代。大人たちが「子供じゃないのよ」とか「大人になれ」とか「年相応になさい」とか、口うるさくなる前の時代。大人びたふるまいをする子供が、まだかわいく聡明に見え、みんなのペットであるような時代。歓びと驚異と純真無垢の時代なのだ。

ジェフティはその時代にとらえられているのだった。たった五つ。そのまま。

だが両親にとって、それはやむことない悪夢であり、平手打ちするなりゆさぶるなりして、二人をその悪夢から目ざめさせるのはだれにも——ソーシャル・ワーカーにも、聖職者にも、児童心理学者にも、教師にも、友人にも、名医にも、精神科医にも、だれにも——できない相談だった。十七年のあいだに二人の悲嘆は、さまざまな段階を経て成長していた。溺愛から気がかりへ、気がかりから不安へ、不安から恐怖へ、恐怖から困惑へ、困惑から怒りへ、怒りから嫌悪へ、嫌悪からむきだしの憎悪へ、そしてとうとう根深い憎悪と反発から、無気力で憂うつな容認へと落ち着いたのである。

ジョン・キンザーは、ボールダー工具金型製作所の交替組織長だった。勤続三十年のベテラン。本人以外にはだれから見ても、その人生はすばらしく平穏無事だった。ずばぬけたところはどこにもない……二十二になる五歳児の父親であるという点を除けば。

ジョン・キンザーは小柄な男だった。柔和で、鋭いところはどこにもなく、ぼくを見つめるときも、せいぜい数秒でその淡い灰色の目をそらせてしまう。会話のさいちゅうも始終椅子の中で体を動かしていて、部屋の天井の隅にあるなにかをいつも見ているように見える。ほかのだれにも見えない……というか、だれも見たがらないなにか。彼にいちばんふさわしい言葉は、憑かれている、憑かれているだろう。変わり果てた彼の人生……そう、憑かれているがぴったりだった。

リオーナ・キンザーが埋め合わせをしようとする努力は涙ぐましいばかりだった。ぼくが何時に家を訪ねても、必ずなにか食べるものを出そうとするのだ。ジェフティが家にいるときには、息子の食べ物にかかりきりだった。「坊や、オレンジ食べたい？　おいしいオレンジよ。じゃ、ミカンはどうかしら？　ミカンもあるのよ。ミカンの皮をむいてあげるわね」だが彼女の中には明らかな恐怖、わが子への恐怖があり、おやつをすすめる言葉はどことなしか不気味な調子をおびるのだった。

リオーナ・キンザーはもともとは長身の女だったが、過ぎこした歳月に腰は曲っていた。その目はいつも隠れがをさがすように、壁紙や収納用の壁のくぼみのあたりをただよっており、チャンスさえあればいつそういうところへとびこんで、チンツやバラ模様の保護色をとりいれ、姿をくらますか知らない風情だった。息子が大きな茶色の目でいくらさがそうと、日に何百回と彼女の隠れている前を通りすぎようと、彼女は息を殺し、永久に姿を現わさないのだ。リオーナ・キンザーはいつもエプロン姿だった。手は洗濯や掃除のしすぎで赤かった。しみひとつない生活環境を作ることで、変な生き物を生んだという罪の意識を拭い去ろうとしているのか。

キンザー夫妻はテレビ好きではなかった。家はたいてい静まりかえっていて、パイプを流れる水のかすれたささやきも、木材がひずむきしみも、冷蔵庫のうなりさえも聞こえなかった。まるで時間が家を遠まわりして過ぎ去ってゆくようで、こんなおそろしい静けさもなかった。

ジェフティについていえば、彼はおとなしい子供だった。おだやかな恐怖と鈍い憎悪の中にどっぷり漬りながら、気づいているにしても、ひと言も漏らさなかった。そこらの子供と同じように遊び、それで幸福のようだった。だが五歳児なりの直観で、自分が両親とはどれほど異質な存在か気づいていたにちがいない。

異質？　いや、これはあたっていない。むしろ、あまりにも人間的といったほうが近いだろう。ただ周囲の世界と位相が、波長がずれていて、両親とは異なる波長に共鳴しているのだ。と、これはぼくの想像だが。ジェフティにはまた子供の遊び友だちもなかった。肉体的年齢で彼を追いこすにつれ、友人たちはみんな彼が子供っぽすぎることに気づき、つぎには退屈に思い、やがて成長の仕組みがのみこめてきたところで、彼が時間の影響をなにもこうむっていないと知って、おびえ敬遠するようになるのだ。ときには同い年ぐらいの小さな子供が、うっかり近所に迷いこんできて彼と知りあうこともある。だが連中もまた、通りで車のバックファイアを聞いた犬みたいに、たちまち尻尾を巻いて逃げだしてしまうのだった。

そんなわけで、ぼくは彼のたったひとりの友だちだった。古いつきあいの友人。古いつきあいといっても、それは五年なのか二十二年なのか。ぼくは彼が好きだった。これは言葉ではいいあらわせない。はっきりした理由もわからない。だが、ためらいなく、好きだったということができる。

ジェフティといっしょにいる時間が長いので、必然的にキンザー夫妻と――上品な言いかたをすれば――時をすごす機会もよくめぐってきた。夕食の時間、ときには土曜の午後、ジェフティを映画から連れて帰ったあとの一時間かそこら。二人はこれを感謝していた。卑屈なほどに。とにかく、ぼくにまかせておけば、ジェフティを連れて外に出るという気づまりな労苦から、二人は解放されるのだ。まったく健康で幸福で魅力的な子供に恵まれた、愛情豊かな両親の演技を世界に対してする必要もなくなるのだ。そして二人の感謝の気持は、ぼくへのもてなしのよさとなって表われた。なんといういやらしさ。深い憂うつに沈みながらも、なんとかぼくをもてなそうとするのだ。

ぼくは夫婦をいたましく思いながらも、この愛すべき息子ジェフティを愛することができない二人を軽蔑した。

だが顔や言葉に表わすことはしなかった。二人とすごす夕べが、信じがたいほどぎごちないものであっても……。

暗くなるリビングルームにぼくらはすわり——そう、部屋はいつも暗いか、暗くなる途中にあった、まるで部屋を明るくしたら最後、この家の秘密が外世界になにもかもさらけだされてしまうといわんばかりに——ぼくらはすわり、ひっそりとたがいに見つめあうのだ。彼らには、ぼくに対していう言葉さえない。

「で、どうですか、工場のほうの具合は？」とぼくがジョン・キンザーにきく。

彼は肩をすくめる。彼の会話や人生には、気楽さとか優雅さといったものはかけらもない。「いい具合だよ、上々だ」彼はようやくいう。

そして、ぼくらはまた黙りこむ。

「コーヒー・ケーキはお好き？」とリオーナがきく。「今朝作ったばかりなのよ」でなければ、深皿焼きの青りんごパイ。またはミルクとトール・ハウス・クッキー。またはブラウン・ベティ・プディング。

「いいえ、あのう、けっこうです。帰りがけにジェフティといっしょにチーズバーガーを食べてきましたから」そしてまた沈黙。

やがて、静けさとぎごちなさが夫妻にとっても耐えがたくなったところで（しかもこの二人は、家族だけのとき、もはや話題にのせることもない生き物をあいだにおいて、この完全な沈黙がどれほど長びくものか知っているのだ）、リオーナ・キンザーがいう、「どうやら寝たようね」

　ジョン・キンザーがいう、「ラジオの音が聞こえないな」

このとおり。これが延々といつまでも続き、ついにはぼくが他愛ない口実をひねくりだして、ほうほうの体（てい）で逃げだす羽目になるのだ。そう、いつもこうなるのだった、いつ行っても、十年一日のごとく……ただ一度、あの日を除いては。

「もうわたし、どうしたらいいかわからないわ」リオーナがいい、泣きはじめた。「いつもいつも同じ、心の安まる日もなくて」

　ジョン・キンザーが古びた安楽椅子からやっと体をおこし、妻のところに行った。かがんで慰めようとするが、白いもののまじった妻の髪をそっけなくなでる手つきを見れば、彼の中の同情心がすでに麻痺していることは明らかだった。「シーッ、リオーナ、だいじょうぶだよ。シーッ」だが泣き声はやまない。彼女の両手は、椅子のアームにあるカバーをそっとかきむしっている。

　やがてリオーナがいった、「死んで生まれてくれればよかったと思うときがあるわ」

　ジョンの目が部屋の隅々に走った。彼をいつも見張るあの名前のない影の群れをさがしているのか？　そういうところをさがせば神が見つかるとでもいうのか？　「おまえは本気でいってるんじゃないんだ」と、やさしく悲愴に彼はいう。体をこわばらせ、声をふるわせて妻をさとす。神の耳にとどく前に、このおそろしい考えをもみ消してしまおうと。だが彼女は本気でいったのだ。真底にある思いをぶちまけたのだ。

　その晩、ぼくはそこそこに立ち去った。夫妻としても、身内の恥を他人の目にさらしたくはないだろう。ぼくもほっとしていた。


　それから一週間、ぼくは遠ざかった。夫妻から、ジェフティから、キンザー家のある通りから。町のその方面にも決して足を向けなかった。

　ぼくにはぼくの人生があるのだ。店、経理、同業者仲間との懇談会、友人たちとのポーカー、きれいな女性と明るいレストランでするデート、車に不凍液を入れる、洗濯屋がカラーとカフスに糊をきかせすぎるので苦情をいう、税金、レジの金をくすねるジャンまたはデイヴィッド（どちらであれ）をつかまえる。ぼくにはぼくの人生があるのだ。

　だが、あの晩のようなできごとがあったあとでも、ジェフティとの縁は切れなかった。店にいるぼくに彼のほうから電話がかかって、ロデオに行きたいといいだしたからだ。ぼくらは仲よく遊んだ……ほかにいろいろと関心のある二十二の男が、五つの子供を相手に仲よくできる程度に。このくされ縁がなにに由来するのか、ぼくは知らない。つきあいが長いせいだろうと、ぼくは単純に考えていた。もうひとつは、弟がいないため、そのかわりになる少年への愛情みたいなものだ。（ただ、ぼくらがいっしょに遊んだころ、彼とぼくが同い年だったころを今でも覚えているのだが、その時期の印象を思い返しても、ジェフティは今と同じなのだ）

そうこうして、ある土曜日の午後、ぼくは映画の二本立を見に行こうと彼のところに立ち寄り、本来なら前から何回も気づいていなければならなかったある事実に、その日はじめて気づくことになった。

キンザー家に着くと、ぼくは玄関のポーチに目をやった。ジェフティはたいていポーチの階段か、でなければ吊り椅子にすわって待っているはずなのだ。だが彼の姿はなかった。家にはいるなど、この五月のきらきらした日ざしの中からあの闇と静けさの中に踏みこむなど、考えられない。ぼくは前の歩道につかのまたたずみ、両手を口にあてて「ジェフティ？」と叫んだ。「おーい、ジェフティ、出てこいよ。行こう。遅れるぞ」

声がかすかに返ってきた。地中からひびくように。

「ここだよ、ダニィ」

声は聞えるが、姿は見えない。だが、まちがいなくジェフティだった。ホートン家電センターの社長であり唯一の所有者であるこのドナルド・H・ホートンを、ダニイと呼ぶのはジェフティだけだ。彼はぼくをほかの名前で呼んだことはなかった。

（おことわりしておくが、今いったことに嘘はない。世間一般に関するかぎり、ぼくは疑いもなくホートン家電センターの唯一の所有者だ。共同経営者としてパトリシア叔母の名があるのは、叔母からの借金を返し、ぼくが二十一で相続した金の食いこんだ分を埋めあわせるためにすぎない。遺産は、ぼくが十のとき死んだ祖父が遺したものだ。借金はたいした額ではない。わずか一万八千ドル。だが子供のとき世話になった叔母への感謝の気持として、ぼくは叔母に匿名社員になってもらうことにした）

「どこにいるんだ、ジェフティ？」

「ポーチの下の秘密の場所さ」

ぼくはポーチの横手にまわり、かがみこんで小枝細工の格子をどかした。その奥、踏みかためた地面の上に、ジェフティの秘密の隠れががあった。コミック・ブックを入れたオレンジの箱がある。小さなテーブルに枕が二つ三つ。大きな太いローソクが隠れがを照らしている。むかし、ここにいっしょに隠れたことがあるのを、ぼくは思いだした……二人ともまだ五つだったころ。

「なにしてんだい？」ぼくはいい、中にすべりこむと、格子をうしろでしめた。ポーチの下は涼しかった。あたりは居心地のいい土の香りにつつまれ、ローソクの秘密めかした懐しいにおいがした。子供ならみんな、こうした秘密の場所に夢中になる。人生でもっとも幸福な、もっとも活動的な、もっとも甘美で神秘的なその時代に、こうした秘密の場所を持たなかった子供はいない。

「遊んでるの」とジェフティはいった。なにか金色の丸いものを持っている。それは彼の小さな手のひらいっぱいを占めていた。

「映画に行く約束、忘れちゃったのかい？」

「覚えてるよ。ここで待ってたんだ」

「パパとママは家？」

「ママだけ」

なぜポーチの下で待っていたかわかるような気がした。ぼくはそれ以上きかなかった。

「なにを持ってるんだ？」

「キャプテン・ミッドナイトの秘密暗号解読バッジさ」ジェフティはいい、広げた手のひらをさしだした。

長いあいだ、ぼくはわけもわからず見つめていた。やがて、ジェフティの手にあるものが奇蹟であることが呑みこめてきた。本来ならありえない奇蹟。

「ジェフティ」さりげなく言ったが、声に驚きは隠せなかった。「どこでそんなもの手に入れた？」

「きょう郵便で来たんだよ。注文したんだ」

「ものすごく高いだろう」

「そんなでもないよ。十セントと、オバルチンの壜に入ってるワックス・シール二枚だけだもの」

「見せてくれないか?」声が震えている。伸ばした手も震えていた。ジェフティはそいつをぼくによこし、ぼくは自分の手のひらにその奇蹟をつかんだ。すばらしかった。

覚えておいでだろうか。〈キャプテン・ミッドナイト〉は一九四〇年に全米の電波に乗った。スポンサーはオバルチン。そしてオバルチンは、秘密飛行中隊の暗号解読バッジを、毎年新しいデザインで発売した。毎日の番組の終わりには必ず、翌日の回の手がかりが暗号で送られ、これは公式バッジを持っている子供でなければ解読できない。このすてきな解読バッジは一九四九年に生産が中止された。ぼくは一九四五年のを持っていたが、ほれぼれするような美しさだったのを覚えている。暗号ダイアルの中心に拡大鏡がついているのだ。〈キャプテン・ミッドナイト〉は一九五〇年に最終回となった。もっとも五〇年代なかばに短期間テレビで復活し、五五年と五六年には解読バッジも発売されたことがあったが、本物のバッジについていうなら、一九四九年以降はもう作られていない。

ぼくの手にあるキャプテン・ミッドナイトのコーデオグラフ——ジェフティが十セント(十セント!!)とオバルチン・ラベル二枚で手に入れたそいつは、まったくの新品で、ぴかぴかと金色に光り、へこみも錆もなかった。ときどきコレクター・ショップで法外な値段つきで見かける古物とは似ても似つかない……新型の暗号解読バッジ。しかも、そこに刻まれた値段は今年のものなのだ。

だが〈キャプテン・ミッドナイト〉はもはや存在しない。それらしいものは、もう長いあいだラジオではやっていない。今でもたまに昔の番組のへたくそなまがいものをラジオで流すときがあり、ひとつふたつ聞いたことがあるけれど、物語は退屈で、音響効果はパンチがなく、なによりも全体の感じが狂っている。時代ずれして、陳腐なのだ。ところが、いまぼくの手には新しいコーデオグラフがあるではないか。

「ジェフティ、ちょっと教えてくれないか」

「なに教えるの、ダニイ？　それ、ぼくの新しいキャプテン・ミッドナイト秘密暗号解読バッジさ。明日どうなるか、それを使うとわかるんだよ」

「明日のなにが？」

「番組がさ」

「なんの番組なんだ?!」

ジェフティは、わざととぼけているとでも言いたげな表情でこちらを見た。「〈キャプテン・ミッドナイト〉のさ！　なにいってんだい！」馬鹿はこちらだというわけだ。

それでもまだ、ぼくは呑みこめないでいた。事実はそこにある。白日のもと、目の前に横たわっている。なのに、ぼくにはまだ合点がいかないのだ。「すると、むかしのラジオ番組を吹きこんだレコードがあるのかい？　そういうことなのかい、ジェフティ？」

「レコードって？」今度は彼がききかえす番だった。ぼくのいう意味がわからないのだ。

ポーチの下で、ぼくらは顔を見合わせた。やがてぼくが口をひらいた。ゆっくりと、おそるおそる、「ジェフティ、どうやって〈キャプテン・ミッドナイト〉を聞くんだ？」

「そんなの毎日やってるよ。ラジオで。ぼくのラジオで。毎日五時半から」

ニュース。音楽、くだらない音楽とニュース。毎日五時半にラジオから流れるのは、せいぜいそんなものだ。〈キャプテン・ミッドナイト〉ではない。秘密飛行中隊の物語はここ二十年電波には乗っていない。

「今晩聞けるかい？」

「聞けるわけないじゃん！」とジェフティ。また馬鹿なことをいってしまったらしい。彼の口調からそれはわかった。だが理由が呑みこめなかった。そこで、ふと思いあたった。きょうは土曜日だ。〈キャプテン・ミッドナイト〉は月曜から金曜までだった。土曜や日曜にやるはずはない。

「映画行かないの？」

ジェフティは二度くりかえさなければならなかった。ぼくの心がどこか他をさまよっていたからだ。とりとめはない。結論が出たわけでもない。野放図な仮説にとびついたわけでもない。ただ答えを見つけようとあらぬところをさまよい、けりをつけようとしている

——あなたならそうするであろうように、だれもが真実を、すばらしい、ありえない真実を認めるよりはそうするであろうように——自分には見当もつかないが、この理由はきっと簡単に説明がつくはずだと、いっさいにけりをつけようとしている。きっとありふれた退屈なことなのだ。古き良きものをすべて盗み去り、かわりに安ピカの飾りとプラスチックをごまんと、それも進歩の名のもとに残してゆく時の流れと同じように。

「映画行かないの、ダニィ？」

「行くさ、決まってるじゃん、あたりきよ」とぼくはいい、にっこりすると、彼にコーデオグラフを返した。ジェフティはそいつをズボンの横のポケットに入れ、そしてぼくらはポーチの下からはいだすと、映画を見に出かけた。〈キャプテン・ミッドナイト〉の話は、その日はもうぼくらの口から二度と出なかった。だがその日、ぼくが〈キャプテン・ミッドナイト〉のことを忘れて十分以上すごすことも、もうなかった。

つぎの週は棚卸しに忙殺された。ジェフティと会ったのは、木曜の午後もおそくなってからだった。といっても、店をジャンとデイヴィッドにまかせ、急ぎの用事があるといって早々に退出したことは白状しなければならない。時刻は午後四時。キンザー家には四時四十五分に着いた。リオーナがノックにこたえた。疲れきった顔、遠くを見ているような目。「ジェフティ、いますか？」二階の自分の部屋にいる、と彼女は答えた。

……ラジオを聞いている、と。

ぼくは一度に二段ずつ階段をのぼった。

そう、ぼくは理性に反した論理の飛躍をやってのけたのだ。この不可能な、矛盾した発想の転換が、大人であれ子供であれ、ジェフティ以外の人間にかかわりあうものだったら、もう少し筋の通った答えをさがしたことだろう。だが相手はジェフティ、明らかに別の種類の生き物なのだ。彼の経験する事象が、この世の常識にあてはまるとはかぎらない。

正直にいおう。ぼくは自分の耳で聞きたかったのだ。

ドアはしまっていたが、番組はすぐにわかった——

「野郎、逃げるぞ、テネシー！　狙え！」

ライフルが発射される鈍い爆発音、弾丸がはね飛ぶキーンというひびき、そして同じ声が勝ち誇って叫ぶ。「やったぜ！　おおおおうあたり！」

彼が聞いているのはＡＢＣ放送、七九〇キロサイクル、そしてやっているのは、四〇年代の人気番組のひとつ〈テネシー・ジェッド〉、もう二十年このかた聞いたことのない西部アクションだ。いや、聞いてないどころではない、二十年前に消えたはずの番組なのだ。

ぼくはそこ、キンザー家の二階の廊下、階段のてっぺんにすわりこみ、ラジオの音に耳をすませていた。これは昔の番組の再放送ではない。なぜならドラマの中に、四〇年代には考えられなかった現代社会のテクノロジイや文化情報、言いまわしなどがときおりさしはさまれるからで、エアロゾル噴霧器とか、刺青の消去、タンザニア、〝つっぱり〟などという言葉まで聞こえた。

事実を無視するわけにはいかない。ジェフティは〈テネシー・ジェッド〉の最新版を聞いているのだ。

ぼくは階段をかけおり、玄関からとびだして車のところへ走った。キーをまわし、ラジオのボタンを押し、ダイアルを七九〇キロサイクル、ABC放送に合わせる。ロック・ミュージック。

つかのま、ぽかんとすわっていた。それからダイアルをゆっくりと端から端までまわした。音楽、ニュース、おしゃべり。〈テネシー・ジェッド〉は入らない。しかもこれはブラウプンクト、手にはいる最高のラジオなのだ。どんな中小の放送局でも聞き逃すはずはない。要するに、そんな番組はないのだった！

しばらくして、ぼくはラジオとイグニッションを切り、ひっそりと二階にあがった。階段のてっぺんにすわり、番組を最後まで聞いた。すばらしかった。

おもしろく、想像力ゆたかで、ぼくの記憶にあるかぎりのラジオ・ドラマの新機軸はすべて盛りこまれていた。そのうえ現代的なのだ。むかしを懐しむ少数派のための古めかしい再放送ではない。懐しい声が、いまだ若く潑剌とひびきわたる最新番組なのだ。コマーシャルさえ、いま発売中の製品を扱っているが、声は大きくも無礼でもなく、近ごろ流行(はやり)

の絶叫型にはほど遠かった。

　そして〈テネシー・ジェッド〉が五時に終わると、ジェフティがラジオのダイアルをまわすのが聞え、やがてアナウンサー、グレン・リッグズの忘れもしない声がひびいた。「空の勇士ホップ・ハリガン！」空を行く飛行機の爆音。それもプロペラ機だ、ジェット機ではない！　いまの子供が聞いて育つ音ではなく、ぼく自身が聞いて育った音。うなるような、しわがれたようなプロペラ・エンジンの回転音。G8と戦う空の勇士たちが乗り、キャプテン・ミッドナイトが乗り、ホップ・ハリガンが乗った飛行機の音だ。そこでホップの声、「CX4から管制塔へ。CX4から管制塔へ。待機中！」間をおいて、「オーケイ、こちらホップ・ハリガン……着陸する！」

　ここでジェフティは、四〇年代の子供たちがみんなそうであったように、同時間帯に別の局から放送される対抗番組といずれをとるかの問題に直面し、ホップ・ハリガンとその相棒タンク・ティンカーに敬意を表しつつダイアルをまわし、またABCにもどった。銅鑼が鳴りわたり、でたらめの中国語のおしゃべりがひとしきり続き、アナウンサーが叫んだ、「テェェェリイと海賊野郎たち！」

　ぼくは階段の上にすわったまま、テリイとコニーとフリップ・コーキン、そしてなんということかアグネス・ムーアヘッド演ずるドラゴン・レディが、中華人民共和国を舞台にとり、盗賊団、蔣介石、督軍、砲艦外交による素朴なアメリカ帝国主義と彩りもはなやかにくりひろげる新しい冒険絵巻に聞きほれていた。もちろん中華人民共和国などというものは、ミルトン・キャニフの原作マンガに描かれた一九三七年版の東洋には影もかたちもなかったものだ。

すわりこんで全部聞きおえ、それでもまだ立とうとせず〈スーパーマン〉を聞き、〈ジャック・アームストロング、オール・アメリカン・ボーイ〉の一部と〈キャプテン・ミッドナイト〉の一部を聞いた。ジョン・キンザーが帰宅したが、彼もリオーナもようすを見に二階にあがってくる気配はなく、ぼくはすわったまま気がつくと泣いていた。泣きだすと、あとはこらえようもなく、流れおちる涙が口の端にたまるのもかまわず、すわって泣いていると、その声を聞きつけたのか、やがてジェフティがドアをあけ、ぼくに気づいてかけより、子供らしい困惑の表情をうかべて見つめた。ラジオからはミューチュアル放送のコール・サインが流れ、ついで〈トム・ミックス〉のテーマ曲が始まった、「テキサスに牛のかり集めの時(ラウンド・アップ・タイム)が来て、セージの花がかおるころ……」ジェフティがぼくの肩に手をおき、ほほえんで言った、「ねえ、ダニイ。はいって、いっしょにラジオ聞かない?」

ヒュームは、物体がおのおのそれ自体の場所を占める、絶対空間の存在を否定している。ボルヘスは、あらゆる出来事がかかわりあって生起する、唯一の時間の存在を否定している。

ジェフティが聞くラジオ番組は、常識的には、アインシュタインが想定した時空世界のありかたからいえば、存在しえない場所から送られているのだ。だが彼が受けとるものは、それだけではない。ジェフティが持っているラジオ番組の賞品は、現在だれも作っていないものなのだ。彼の読むコミック・ブックは、三十年前に廃刊になったもの。彼の見る映画は、死んで二十年にもなる俳優たちが演じているもの。ジェフティは、世界がその進歩の過程で失った、過去の無限の快楽と歓喜をうけとる端末器なのだ。新しい明日への自殺的な飛行の過程で、世界は素朴なしあわせの宝庫を打ちこわし、その遊園地にはコンクリートを流しこみ、落伍した妖精たちを捨て去った。ところが、失われたそのすべてが、あろうことかあるまいことか、ジェフティを通して現代によみがえってくるのだ。新たな生命を吹きこまれ、現代にマッチした装いをこらし、しかも伝統を保ちつつ。ジェフティは、その存在自体が魔法のランプのように現実を変える、まごうことない現代のアラジンなのだ。

そしてジェフティはぼくを彼の世界にいざなってくれた。

ぼくを信頼したからだ。

ぼくらはクェーカー印の小麦スパーキーを朝食に食べ、今年発売の〝みなし子アニー〟カップで温かいオバルチンを飲んだ。それから映画館に行ったが、ほかの客がみんな、ゴールディ・ホーン、ライアン・オニール主演のコメディを見ている中で、ジェフティとぼくだけは、ハンフリー・ボガートが悪党パーカーを演じる「死の遊園地」を楽しんでいた。これは、ドナルド・ウェストレークの原作をジョン・ヒューストンがすばらしいタッチで演出したものだ。そして同時上映は、スペンサー・トレイシー、キャロル・ロンバード、レアード・クレーガー主演、ヴァル・ルートン製作の「黒い絨緞」。

月に二度、ぼくらはニューススタンドに行き、ザ・シャドウ、ドク・サヴェジ、スターリング・ストーリーズなどパルプ雑誌の最新号を買った。ジェフティとぼくはいっしょにすわり、ぼくが彼に雑誌を読んで聞かせた。彼はとくにヘンリイ・カットナーの新作長篇一挙掲載「アキレスの夢」と、極微宇宙リナーダに舞台をとった、スタンリイ・G・ワインボームの短篇シリーズが気に入ったようだった。七月、ぼくらはウィアード・テールズに連載の始まった、ロバート・E・ハワードのコナンもの長篇『黒魔の島』に狂喜した。八月のエドガー・ライス・バローズにはちょっと失望だった。バルスームのジョン・カーターが主人公として活躍する、木星シリーズの中篇第四作「木星の海賊船」だ。けれど週刊アーゴシー・オールストーリイの編集長によれば、このシリーズにはあと二本の中篇が待機しているということだった。これはジェフティにもぼくにも予想外の発表であったので、今月の小説への不満も吹きとぶ思いだった。

ぼくらはコミックもいっしょに読んだ。そしてジェフティもぼくも――あとになって話はしたが、その前に別々に――いちばん好きなキャラクターは、ドル・マンとエアボーイとザ・ヒープの三人であるという結論に達した。またジングル・ジャングル・コミックスにのるジョージ・カールスンの漫画も、ぼくらのお気に入りだった。特にオールド・プレッツルバーグのパイ顔王子ものが楽しみで、ぼくらは買って来ては、読んで笑いころげた。もっとも微妙な語呂あわせは幼いジェフティにはむずかしすぎるので、ときどきこちらが説明しなければならないこともあったけれど。

しかし、この全体をどう解釈すればいいのだろうか？　ぼくにはできない。カレッジでは物理学も少しはやったので、大雑把な仮説ぐらいは立てられる。だが、そうしたところで、どうせ誤りにきまっているのだ。エネルギー保存の法則は、ときには破れることがある。物理学者のいう「微弱に背反している」という状態だ。もしかしたらジェフティは、エネルギー保存則の微弱な背反――ごく最近ぼくらがその存在に気づきはじめた現象――を引きおこす触媒ではないのか。この分野の文献をいくらかかじってみた。「禁じられた」種類のミューオン崩壊――その産物の中にミューオン・ニュートリノを含まないガンマ崩壊……だがどんな文献にも、チューリッヒ近郊にあるスイス核研究所の最新出版物の中にさえも、ぼくに手がかりを与えてくれる情報はないのだった。「科学」の正しい名前は魔術なのか、ぼくはそんなあきらめの哲学におちいりかけていた。

解釈はない。だが途方もない喜びはあった。

ぼくの人生でもっとも幸福な時。

ぼくには「現実」の世界がある。店と友人たちと家族、利益と損失と税金、若い女性たちとショッピングや国連の話をしてすごす夕べ、日に日に値のあがるコーヒーと電子オーブンの世界が。一方ぼくにはジェフティの世界もある。ただ、そこにぼくが存在を許されるのは、ジェフティといっしょにいるときだけ。彼にとっては新鮮な過去の事物をぼくが経験できるのは、彼という案内人がいるときだけにかぎられるのだ。そして二つの世界を隔てる膜は、日を追って薄くなり、ますます明るく透明になってゆく。ぼくは両世界の最良のものを享受している。だがそのひとつからひとつへなにかを持ちこむのが不可能なことも、なぜか気づいているのだった。

その事実を忘れるとは。いっときではあれ、その事実を忘れ、ジェフティを裏切ったことが、すべてに終止符を打つ結果となった。

有頂天のあまり、うかつにもぼくは、ジェフティの世界と自分の世界とのつながりがいかに弱々しいものであるかを考え忘れたのだ。現在が過去の存在をねたむのには理由がある。ぼくにはそれがわからなかったのだ。動物の本には、生存競争が、蹴爪と牙のあいだで、また触手と毒液嚢のあいだで決せられるさまが描かれている。だが現在が過去に対して抱く凶暴性については、気づいている気配はまったくない。現在がかつてあったものを待伏せする事実、それが今この瞬間に変わるのを待ちうけ、無慈悲なあごでずたずたに切り裂くようすについては、くわしい報告はまだどこにも書かれていない。

だれがそんなことを知ろう……いつの時代であろうと……ましてや、ぼくの時代においては……だれにそんなことが理解できよう？

どうやらぼくは言い逃れをしているようだ。それは許されない。罪はすべてぼくにあるのだ。


それもまた土曜の午後のことだった。

「きょうは映画はなんだい？」ダウンタウンにむかう車の中で、ぼくはきいた。

ジェフティは運転席のとなりで顔を上げると、とっておきの微笑をうかべた。「ケン・メイナード主演の『鞭打ち判事』と、もうひとつは『破壊された男』さ」してやったりという顔で、彼はまだにこにこしている。ぼくは信じられず、まじまじと見た。

「まさか！」いいながらも大喜びだった。「ベスターの『破壊された男』かい？」ジェフティはこっくりとうなずいた。ぼくが大喜びなのを見て嬉しいのだろう。原作がぼくの好きな小説だということを知っているのだ。「そりゃ、すげえや！」

「すげえどころじゃないよ」

「だれが出るんだ？」

「フランチョット・トーン、イヴリン・キイズ、ライオネル・バリモア、それからイライシャ・クック・ジュニア」映画俳優のことなら、彼はぼくよりはるかにくわしい。映画に出てくる性格俳優の名前をみんなあてることができるのだ。群衆シーンでさえも。

「漫画は？」とぼくはきいた。

「三本やるよ。リトル・ルル、ドナルド・ダック、それからバッグス・バニーさ」

「最高じゃないか！」ぼくは顔じゅうで笑っていた。そのときぼくの目がふさがり、シートにおいた注文控え書の上にとまった。店においてくるのを忘れたのだ。

「ちょっとセンターに寄らなきゃならない」とぼくはいった。「センターにおいとかなきゃいけないものがあるんだ。一分でかたづく」

「いいよ」とジェフティはいった。「だけど遅れるのいやだぜ」

「まかしとけって」

センターのうしろの駐車場に車を入れたところで、ジェフティが、いっしょにおりると言いだした。劇場まで歩けばいいのだ。大きな町ではない。映画館は、ユートピアとリリックの二つだけ。ぼくらが行くユートピアは、センターから三ブロックのところにあるのだ。

注文書を手に店に入ると、中は大混乱だった。デイヴィッドとジャンはそれぞれ客を二人ずつ抱えているが、まわりにはまだたくさんの客が、店員の来るのを待っている。ジャンがぼくに気づいた。その顔は恐怖もあらわに、ぼくにむかって懇願していた。デイヴィッドが倉庫からショールームにかけてきた。すれちがうとき「手伝って！」とつぶやいただけで、彼の姿は客の中にのみこまれた。

「ジェフティ」ぼくはしゃがんで彼にいった。「なあ、二、三分時間をくれないか？　ジャンとデイヴィッドがてんてこまいしてるんだ。遅れないと約束するから。お客さんをさばかなきゃならない」彼は不安そうだったが、こころよくうなずいた。

ぼくは椅子のひとつを手で示した。「しばらくそこにすわっていてくれよ。すぐもどる」

事情は察したようだが、彼は精一杯にこにこ顔で椅子のところに行き、すわった。

ぼくは、カラー・テレビを買いに集まった客の応待をはじめた。新しく入荷した機種は、ぼくらとしてははじめての売りがいのある商品だった。カラー・テレビがようやく手ごろな値段で買えるようになり、そこへソニーが最初の大々的な宣伝に乗りだしたのだ――これはぼくにとっても待ちかねた大あたりのチャンスだった。借金を清算し、はじめてセンターの正当な所有者として名乗りをあげた自分の姿が、目に見えるようだった。商売、商売。

ぼくの世界では、なによりも商売の繁盛が優先するのだ。

ジェフティは椅子にかけ、壁を見つめた。その壁のことを説明しよう。

床から天井の下二フィートのところまで、棚が設けられている。その棚の一段一段に、テレビ・セットが趣味よく陳列されているのだ。全部で三十三台。どのセットもスイッチが入っている。白黒、カラー、小型の機種、大型の機種、どれもが番組を流している。

ジェフティはすわり、その土曜日の午後、三十三台のテレビ・セットをながめはじめた。このあたりで受像できる放送局は、UHFの教育テレビを含めて十三局。ひとつのチャンネルではゴルフをやっていた。二番目のチャンネルでは野球。三番目は有名人ボウリング大会。四番目は宗教の講座。五番目は若者向けのダンス番組。シチュエーション・コメディの再放送が六番目。警察アクションが七番目。自然の風物が八番目。九番目のチャンネルはニュースと対談。十番目はストック・カー・レース。十一番目では、男が黒板で対数の問題を解いている。十二番目では、レオタード姿の女が美容体操をしている。十三番目のチャンネルは、スペイン語放送による稚拙なアニメ。そのうち七つの局の番組は、それぞれ三台のセットを使って映している。ジェフティはすわって、土曜日の午後、テレビの壁にむかいあった。ぼくはテレビを売るのに大わらわだった。パトリシア叔母に借金を返し、この世界の地固めをしなければならない。商売、商売。

ぼくは当然気づかなければならなかったのだ。現在が過去を無慈悲に殺すやり口を理解していなければならなかったのだ。だが、ぼくは商売に夢中になっていた。ようやくジェフティに目をやったときには、三十分が過ぎていた。ジェフティはまるで別人のように見えた。

彼は汗を流していた。流感で腹をこわしたときなどに出てくる、あのひどい脂汗だ。顔色もわるかった。パテのような生白い色だった。小さな両手で力いっぱい椅子のアームをにぎりしめているので、手の関節がぼくのいるところからも、くっきりと浮き彫りにされて見えた。新発売の二十一インチ地中海型セットの前に立つ中年夫婦に言いわけをし、ぼくは彼のところに走った。

「ジェフティ！」

彼はこちらを見たが、目はうつろだった。すくみあがっているのだった。彼を抱きあげ、椅子から立たせると、いっしょにドアにむかった。うしろでは、ぼくが放りだした客が「おい！」と叫んでいる。中年の男の声がとんできた、「にいさん、こいつを売る気があるのか？」

客からジェフティへ、そしてふたたび客に目をもどす。ジェフティはまるでゾンビだった。ぼくが引っぱる方向におとなしくついてくるのだ。足どりは力なく、重い。現在にむさぼり食われる過去、苦痛を訴える何者かのうめき。

ぼくはズボンのポケットからいくらかの金をつかみだすと、ジェフティの手に押しつけた。「ジェフティ……おい、聞くんだ……早くここから出ろ！」まだ目の焦点が定まっていない。「ジェフティ、聞け！」ぼくはできるかぎりきびしい口調でいった。中年の夫婦がこちらにやってくる。「いいか、ジェフティ、すぐここから出るんだ。ユートピアへ行って、切符を買っておいてくれ。ぼくはすぐ追いつく」中年夫婦はぼくらに食ってかからんばかりだった。ぼくはジェフティをドアから外に押しだした。ジェフティはよろめきながら反対の方向に歩きだし、そこで多少意識がよみがえったのだろう、立ちどまると向きを変えてセンターの前を横切り、ユートピアにむかった。ぼくはシャキンと背をのばし、客のほうに向いて言った、「はい、奥様、あちらが新発売の超豪華セットです。いま評判の便利な装置もいろいろとそなわっておりまして、わたしといっしょに、こちら側に少々さがってご覧いただければ……」

なにかがこわれるすさまじい音がした。だが、その音がどのチャンネルから、どのセットから出たのか、ぼくにはわからなかった。

ことのあらましは、あとになって切符売場の女の子と、事件を目撃した知人たちから聞いた。ぼくがユートピアに着いたのは、それから二十分ほどもたってからだったが、そのころにはジェフティはくたくたに打ちのめされ、支配人の部屋に運ばれていた。

「五つぐらいの小さな男の子を見かけませんでしたか？　大きな茶色の目で、まっすぐな茶色の髪をした……ぼくを待っていたはずなんだけど」

「ああ、たしかあの子だわ、いじめっ子たちにやられた……」

「なんですって?!　今どこですか？」

「支配人の部屋に運ばれてったわ。だれも名前を知らないし、連絡先もわからないから——」

案内係の制服を着た若い女が、ジェフティの顔に濡れたペーパー・タオルをのせていた。ぼくはタオルを彼女の手から取りあげ、部屋から出ていくように命じた。女は憤然とした顔で、口ぎたない言葉をつぶやくと、出ていった。ぼくは長椅子の縁にすわり、血のかたまりかけた傷口をあけないように注意しながら、顔の血をぬぐった。両眼ははれあがり、とじている。口もとは無惨に裂けている。髪は乾いた血でかたまっていた。

ジェフティは客の列にならび、十代の少年二人のうしろに立っていたのだ。切符の発売は十二時半から、上映は一時から。ドアは十二時四十分まであかなかった。彼は待ち、前にいる少年たちはポータブル・ラジオを持っていた。野球の中継を聞いていたのだ。ジェフティはなにか番組を聞きたくなった。番組はなんだったのだろう、〈グランド・セントラル・ステーション〉か〈失われたものの国〉か。もはや、だれにもわからない。

ジェフティは少年たちに声をかけた。聞きたい番組があるのだけれど、すこしラジオを貸してくれないか。少年たちはラジオをさしだした。なにか言いがかりでもつけて、小さな子供をいたぶってやろうとか、そんな下心でもあったのだろう。ジェフティはダイアルをまわした……ところが、少年たちに返ってきたラジオからは、もう野球放送は聞こえなかった。アンテナが過去に固定されてしまったからだ。ジェフティ以外の人間にとっては存在しない放送局に。

少年たちはジェフティをたたきのめした……衆人の見守る中で。

そして逃げていった。

ぼくが彼を置き去りにしたのだ。満足な武器も持たせぬまま、彼を現在の攻撃にさらしてしまったのだ。二十一インチ地中海型コンソール・テレビの売上げと引き換えに、彼を裏切ってしまったのだ。いま彼の顔はずたずたの肉塊だった。聞きとれぬうめき声と弱々しいすすり泣きが、その口からもれた。

「シーッ、だいじょうぶだ、ぼくだ、ダニィだよ。ここにいるから。家に送ってあげる。もうだいじょうぶだ」

まっすぐ病院に運ぶべきだった。なぜそうしなかったのか、理由はわからない。だが病院に行くべきだった。家に連れて帰ってはならなかったのだ。

ジェフティを抱えてドアを通りぬけると、ジョンとリオーナ・キンザーはぽかんとぼくを見つめた。立ちあがって、ぼくの腕から抱きとろうとするようすはなかった。ジェフティの片手はだらんと下がっている。意識は残しているが、それもかろうじてという程度だ。両親の目がぼくらを見つめた。土曜の午後の薄闇の中から、現在という時間から。ぼくは両親を見返した。「劇場で大きな子供たちになぐられたんです」ぼくはジェフティの体を数インチ持ちあげ、両親にさしだした。見つめる二人の目には、なにもなかった、感情のかけらもなかった。「なんてことだ」ぼくは叫んだ、「お子さんが怪我をされたんですよ！　あなたがたの息子なんですよ！　さわってあげる気もないんですか？　いったいなんという人たちなんだ?!」

するとリオーナがゆっくりと動きだした。彼女はぼくらの前に数秒立ちつくしていた。その顔にうかぶ鉛のような冷たさは、見るに耐えなかった。それはこう語っていた。こういう目には今までさんざんあってきました。もう二度と同じ気持を味わいたくはありません。でも仕方がないでしょう。

こうして、ぼくは彼をリオーナにあずけた。なんということか、彼女にいっさいをまかせてしまったのだ。

リオーナは、彼の血と苦痛を洗い流すため、彼を二階に運んでいた。

ジョン・キンザーとぼくは薄暗い部屋の中に立ち、顔を見合わせた。ぼくにいうべき言葉を、彼はなにひとつ持ちあわせていないのだった。

ぼくは彼を押しのけ、椅子にかけた。体がとめどもなく震えていた。

二階のバスルームから、湯の流れる音が聞こえてくる。

長い時間がたったように思われるころ、リオーナがエプロンで手を拭きながら、階下におりてきた。彼女はソファーにすわり、ややあってジョンがとなりにすわった。二階からはロック・ミュージックが聞こえていた。

「おいしいパウンド・ケーキがあるのよ？　召しあがらない？」とリオーナ。

ぼくは答えなかった。音楽に耳をすませていたのだ。ロック・ミュージックに。ラジオの。ソファーのかたわらのテーブルにランプがある。影につつまれたリビングルームに、それは弱々しい無益な光を投げかけていた。二階のラジオから現在のロック・ミュージック？　ぼくはなにか言いかけ、そこで思いあたった……

ぼくが立ちあがった瞬間、パチンというおそろしい音が聞え、音楽がやんだ。テーブル・ランプの光がみるみる薄れてゆき、消えた。ぼくは絶叫したように思う。なにを叫んだのかはわからない。そして二階にかけあがった。

近ごろのテレビ番組には、あまり興味がない。ぼくは例の大寺院の形をした旧式のフィルコ・ラジオを古道具屋で買い、焼き切れた部品を入れ替え、ポンコツ寸前の古ラジオからかき集めた真空管をさしこんだ。トランジスターやプリント回路に用はなかった。そんなものでうまくいくはずがないのだ。そして暇を見てはラジオの前にすわり、ダイアルを左から右へ、右から左へ何回もまわした。ゆっくり、ゆっくり、その動きが目にもとまらないくらいに。

だが、お目あての番組ははいらなかった。〈キャプテン・ミッドナイト〉も〈失われたもの国〉も〈ザ・シャドウ〉も〈みなさん、お静かに〉も。

そう、その意味では、リオーナ・キンザーはジェフティを愛していたのだろう。この長い歳月を経たのちでも、やはり、まだ多少は愛が残っていたのかもしれない。キンザー夫妻を憎むことはできない。彼らはただ現在の世界に住みたかっただけなのだ。それが悪いことだとは、口が裂けてもいえないだろう。

すべてを考えあわせれば、なかなか住みよい世界でもある。いろんな意味で、むかしよりはずっとよくなった。むかしの病気では、人もめったに死なない。新しい病気では死ぬこともあるけれど、それが進歩というものだ。

だろう？

そうだと言ってほしい。

どなたでもよい、お願いだ、そうだと言ってほしい。

ソフト・モンキー
Soft Monkey

動物行動学が専門の心理学者は、ソフト・モンキー実験なるものを知っている。赤んぼうに死なれた母親オランウータンは、かわりにフラシ天のぬいぐるみ人形を与えられると、まるでそれが生き物であるかのように、わが子であるかのように養う。——養い、慈しみ、守り、この代用物に手を出そうとする者に激しく抵抗する。ビデオ映像を与えられても、陶器の人形でも、彼女は関心を示さない。やわらかい猿（ソフト・モンキー）でなければならないのだ。それが彼女の生きがいとなるのだ。

五十一丁目も深夜の零時二十五分ともなると、風冷えは体をえぐるようで、尻の穴がもうひとつ開いてしまってもおかしくない。

アニーはその夜、閉店したコピーサービスの回転ドアをねぐらに決め、通りに面したちっぽけなVの字のスペースにまるくなっていた。ドア側に引きよせたショッピング・カートは、一番街、五十七丁目寄りのスーパー、〈フード・エンポリアム〉から失敬してきたもので、注意深く手前にかたむけ、詰めこんだ荷物が動かないように、寝場所にこぼれださないように確かめてあった。カートから抜きだした段ボールが六、七枚——〈フード・エンポリアム〉の生理用ナプキンの大箱をこわしたなかから、昼間、ごみ屋に売らなかった分で、そのうち二枚をとってカートの前をかこい、店の人間が戸口を封鎖したように見せかけてあった。残りの段ボールはそれぞれの隅に詰めこんで隙間風をふさぎ、ぼろぼろのソファー枕を二つ、背中と尻にあてがっていた。うずくまってもうしばらくになる。三枚重ねのトップコートにくるまり、船乗りの厚ぼったいウールのストッキング・キャップを耳まですっぽりと、つぶれた鼻筋が隠れるまで深くかぶっていると、この軒先もまんざらではなかった。むしろ気持ちがいいほどだ。ひゅうひゅうと鳴る風は、吹きこみもするが、たいていははねかえされていく。小さなスペースに体をまるめ、アニーはすりきれて垢じみたぬいぐるみを取りだすと、あごの下にかきよせ、目をつむった。

油断のない眠りにすべりこむ。夢心地ながら、通りの物音には神経をとがらせている。アニーは赤んぼうの夢をふたたび見ようとした。アラン。目をつむり、ぬいぐるみを胸もとに押しつけながら、アニーはまぼろしの赤んぼうを抱き、そのぬくもりを感じていた。そこが肝心なのだ。アランの体は温かく、ちっちゃな褐色の手は彼女のほっぺたにあり、その温かい温かい息づかいは得もいわれぬ赤んぼう臭さを運んでくる。

(あれはつい今日のことだか、いいや、もっと前だったかね)アニーは夢うつつに身をゆすり、ぬいぐるみの破れた顔にくちづけした。この戸口もわるくない。ぬくぬくと気持ちがよかった。

いつもと変わらぬ街の物音にまどろんだのもつかのま、眠りは不意に現われた二台の車によって破られた。二台ともボディを大きくかしげながらパーク・アヴェニューをとびだし、マディスン・アヴェニュー方向へすっとばしてくる。気配が尋常でないことは眠っていてもわかる。第六感といおうか、むかし街なかで靴と財布の小銭を奪われて以来、この感覚には万全の信頼をおくようになっていた。厄介ごとが急接近してくるにつれ、目はすっかりさめた。アニーはぬいぐるみをコートの下に隠した。

　コピーセンターの手前に来たところで、胴長リムジンがキャディラックのブルーアムに横打ちをくわせた。ブルーアムは歩道にのりあげ、街路灯にグリルから激突した。助手席側のドアがはね落ち、フロントシートからひとりの男がもがきでると、よつんばいに歩道にのめり、はって逃げようとした。胴長リムジンはブルーアムをまわりこむように曲がり、歩道のふちでずんと止まった。タイヤの回転がやまないうちに、もう三つのドアがあいていた。

　暴漢たちは立ちあがろうとする男をつかまえ、膝立ちの姿勢に押しもどした。ネイビーブルーの上等なカシミアのトップコートを着たひとりが、コートのまえをあけ、尻のほうに手をまわす。もどった手にはリボルバーがあった。なめらかな腕のひとふりで、リボルバーがひざまずく男のひたいを割り、骨をあらわにした。

　アニーはすべてを見た。胸がわるくなるほど鮮明に、回転ドアのVの字のおくで、暗闇にうずくまり、一部始終を目撃した。二番めの暴漢のけりあげた足が、ひざまずく男の鼻をつぶす。骨の折れる音が、とつぜん夜のしじまを破った。三番めが胴長リムジンのほうをふりかえると、リムジンの黒ガラスがすべりおり、バックシートから片手がのぞいた。ウィンドウがひらくウィーンという電気的なうなり。男はリムジンに歩みより、さしだされる手から金属の缶を受けとった。パーク・アヴェニュー沿いにサイレンが鳴りひびき、通りすぎていく。仲間のところへもどった男が「くそばかを動かすな。つらを上に向けろ！」といった。二人が囚われ人の頭をのけぞらせる。街路灯の硫黄色の光のもと、あおむけの顔が白く浮きあがり、つぶれた鼻からは赤いものがどくどく流れている。靴をはいた両足は歩道をひっかくのをやめない。三番めがコートの外側のポケットに手をいれ、スコッチのパイントびんを出した。キャップをはずし、囚われ人の顔に酒をあびせる。「口をあけておけ！」カシミアのトップコートのやくざ者が、親指と人差し指を哀れな男のあごの蝶つがいにねじこみ、口をこじあけた。苦しげにのどを鳴らす音、てらてらと光るよだれ。スコッチが男の胸もとを流れ下る。第三の男がパイントびんを側溝に捨て、ガラスの割れる音がした。その手がこんどは金属缶を持ち、プラスチック・キャップのまん中を親指で押した。すがりつき、叫び、むせび泣く被害者の口にドレイノ（排水パイプ洗浄剤）が流しこまれた。アニーはそのすべてを見、すべてを聞いた。

カシミアのトップコートは哀れな男の口をふさぐと、のどをマッサージしてドレイノを飲みこませた。断末魔は思ったより長くつづいた。おまけに騒々しさも桁はずれだった。

男の口は、頭上のカルシウム光を受けて妙に青っぽく光っている。へどを吐こうとして、飛沫がネイビーブルーのカシミアの袖にとんだ。胴長リムジンから降り立ったこのめかし屋が、《GQ》誌の教えなどどこ吹く風のうすのろであったなら、以下のできごとは起こらなかっただろう。

カシミアが悪たいをつき、よごれた袖をぬぐおうと被害者をはなした。その瞬間、口を青っぽく光らせた男は、はらわたを煮立てられながら、二人の手下をふりきってとびだした。正面には、ショッピング・カートと段ボールにふさがれた回転ドアがある。

男はひょろひょろした足どりで突進してきた。ひろげた両腕、ぎょろつく目、競走馬みたいにとびちるよだれ。このままではカートに倒れこんでくる、あと二歩で正面衝突だ、とアニーは気づいた。

彼女は立ちあがり、Vの字の片面にあとじさった。立ちあがり、キャディラックのまばゆいヘッドライトのなかに入った。

「クロが見ていやがった！」と、カシミアが叫んだ。

「バッグ・レディのくそたれだ！」と、ドレイノの缶を持った男。

「野郎、まだ動いてるぜ！」三番めが叫び、コートのなかに手をさしいれる。脇の下から抜いた青光りするスチールのしろものは、大きさからいえば、むしろ伝説の巨人ポール・バニヤンの脇の下にあるほうが似合いそうだった。

口から泡をふき、両手でのどをかきむしりながら、ブルーアムの男はばね仕掛けのような足どりでアニーに向かってくる。

体がショッピング・カートにぶつかった瞬間、脇の下の深い男が一発めの引き金をひいた。45マグナムの轟音が五十一丁目の一角をえぐり、逃げる男を群衆のどよめきのように突き抜けると、顔面を吹きとばし、回転ドアに骨片や血しぶきをまきちらした。ヘッドライトの光芒のなか、ガラスが一面にきらめきだした。

なのに、男は止まらなかった。カートにぶつかると、ファースト・ダウンを狙うフットボール選手そこのけに起きあがり、二発めの銃弾でばらばらに散った。

こんどは食いとめるほどの固形物はなく、弾は回転ドアをぶち破ると、死体が彼女に倒れかかるのと同じ瞬間にガラスを粉砕した。

アニーは割れたガラス越しにうしろに投げとばされ、文書コピーセンターのフロアにころがった。そのさなかにも、アニーは第四の声、明らかにいままでとはちがう男の声が、胴長リムジンの内部からほとばしるのを聞いていた。「そのばあさんを押さえろ！　つかまえるんだ、全部見られた！」

トップコートの男たちが光芒のなかをかけてくる。

ごろんと体をまわしたアニーの手に、なにか柔らかいものがふれた。ぼろぼろのぬいぐるみ人形だった。まるめた衣類のなかからすべり落ちたにちがいない。（寒くないかい、アラン？）

ぬいぐるみを抱えると、コピーセンターの暗がりめざして這っていった。背後では、回転ドアのフレームをがたつかせて男たちが侵入してくる。警報装置が鳴っている。もうじき警察がくる。

荷物を全部捨てられてしまう。アニーの頭にはそれしかなかった。やつらは上等の段ボールを始末し、カートを取りあげ、ハンカチや枕やグリーンのカーディガンをゴミ缶に捨ててしまうだろう。また、まるはだかで街を歩くことになる。前もそうだった。百一丁目と一番街の部屋から追いたてられ、アランも取りあげられて……

銃声がとどろき、近くの壁にかかった表彰状のガラスが割れた。暴漢たちはオフィス内部に散ったようで、ヘッドライトの光輝をさえぎるものがなくなった。アニーはぬいぐるみを手に廊下をかけ、コピーセンターの奥をめざした。両側にはドア、ドア、ドア。みんな閉まって、鍵がかかっている。男たちの近づく音。

右手に、あけっぱなしになった両開きの金属ドアがあった。なかは暗い。すべりこむと、すぐに目が慣れた。コンピュータ室で、ひび焼きふうにグレイの上塗りをされた大型マシンが三方の壁を占めていた。隠れるところはない。

部屋をかけまわり、物置きなり押入れなり、なにかないかとさがした。そのとき物につまずき、冷たいフロアにはいつくばった。気がつくと顔の下に空虚があり、あるかなきかのそよ風がひんやりと頰をなでた。大きな四角いパネルを手軽にはめこんだフロアなのだ。

そこからはがした一枚が、きちんと戻されていなかった。おさまりが悪く、隅が浮いていたのを蹴って、あけてしまったのだろう。

手をさしいれる。床下には、はって動けるスペースがあった。

アニーは金属の縁どりのあるプラスチック・パネルをずらし、空所にすべりこんだ。あおむけになり、パネルを穴の上に引きずると、そっと浮かし、縁にはまるように落とした。フロアは平らになった。いましがたまで廊下の光がちらついていた個所も、もうまっ暗だ。彼女は息をひそめ、いつも戸口で寝るときと同じように心をからっぽにした。見えない存在と化した。ぼろ布のかたまり、ごみの山となって消失した。残された空虚に、赤んぼう人形のぬくもりが寄り添った。

男たちがどやどやと廊下をかけ、ドアを試していく。（毛布にくるんであげたよ、アラン。あったかくしなくちゃ）コンピュータ室にも踏みこんできた。からっぽなのは、ひと目でわかる。

「ここのはずなんだが、畜生め！」

「おれたちの見つけてねえ出口があるんだ」

「どっかの部屋にたてこもったのかもな。調べてみるか？　ぶち破って？」

「おいおい、うすらばかは普段だけにしてくれ。警報が鳴ってるだろうが。逃げるんだ！」

「どやされるぜ」

「知るか。これだけさがしたあとで、おやじさんならまだなにか思いつくか？　ずたぼろになったビーディを前によ、道路にすわりこんでるぜ。ご機嫌さんってわけにゃいかんだろう」

警報にはりあって、新しい音がはじまった。通りでクラクションを鳴らしている。音はヒステリックにいつまでもつづいた。

「必ず見つけてやる」

ついで足音。それがかけ足に変わる。

アニーはひっそりと心うつろに横たわり、ぬいぐるみを抱いていた。

ここは暖かい。十一月はずっとこれくらいの暖かさだった。アニーはそこにひと晩泊まった。

あくる日、ニューヨーク最後のオートマット食堂——コインをさしこめば、きれいな小窓の列から食べ物が出てくる店で、アニーは二つの死を知った。

回転ドアのまえで死んだ男のことではなく、二人の黒人女性の死である。腹のなかをチェサピークベイ・ロブスターみたいにゆでられ、内臓の大半を吐いて死んだビーディの事件は、十一月の身を切るような寒風よけに、いまアニーが着こんでいる《ニューヨーク・

ポスト》の一面をでかでかと飾っていた。ミッドタウンの路地で女がふたり、大口径の銃器で顔面を吹きとばされて見つかったという。アニーはそのうちのひとりを知っていた。名前はスーキーといい、知らせてくれたのは、気のいいサンダーバード狂いの男だった。テーブルに立ち寄った男から話を聞きながら、アニーはフィッシュケーキと紅茶を注意深く口に運んだ。

むこうが誰をさがしているか、アニーは知っていた。スーキーともうひとりのホームレスを殺した理由も察しがついた。胴長リムジンの白人連中にとって、年をくった黒んぼのバッグ・レディはみんな同じなのだ。アニーはフィッシュケーキをゆっくりひと口食べ、四十二丁目の雑踏を見わたした。これからどうしたものか？

バッグ・レディ殺しは際限なくつづき、ミッドタウンに安眠できる場所はなくなるだろう。それは見当がついた。犯罪組織のしわざだと、コートの下の《ポスト》紙は語っていた。だからといって、みんなに警告してどうなるものでもない。どこへ行く？　どこへ行きたがるだろう？　彼女にしてからが、事情をいちばんよく知りながら……そう、この地域を出る気はないのだ。ここが彼女の生きる土地、彼女のテリトリーなのだから。そのうち連中は見つけだすだろう。

アニーは知らせてくれた男にうなずき、男がコーヒーを注ぐため、片足を引きずりながら壁の蛇口のほうに歩きだすと、急いでフィッシュケーキを食べおえ、今朝コピーセンターを抜けだしたときと同じすばやさでオートマットから消えた。

　人目に立たぬよう気をつけながら、アニーは五十一丁目にもどった。一帯は囲われ、わたされたグリーンのテープには〈捜査現場――立入禁止〉とあった。だが人だかりはしていた。通りの混雑は、行き来するオフィス・ワーカーたちのほかに、見物に来たやじ馬のせいもあった。ニューヨークでは人は他愛なく集まる。ビルの軒蛇腹（コーニス）が落ちるだけで、礼拝定足数（ミニャン）は満たされる。

　アニーは自分のツキが信じられなかった。警察は目撃者がいたことに気づいていない。暴漢たちは戸口に押しかけたとき、道をつくろうとカートや荷物をはねのけ、歩道にまきちらした。警察はそれらをごみと見て、車道ぎわに集積された大きな茶色のポリ袋の山と区別しなかったのだ。ショッピング・カートに寝心地いいソファー枕、段ボールにセーター……全部見つかった。あるものはゴミ缶のなかに、あるものはポリ袋の山のすきまに、また、あるものはただ側溝に投げ捨てられている。

　これはつまり、両方の側から追われる心配はないということだ。ひとつだけでもお手上げだというのに。

　そして、小銭稼ぎに拾い集めたアルミ缶――それもまた大きな〈ブルーミングデール〉の袋にはいって、手つかずのままビルの外壁に寄せられていた。これで夕食にありつける。

　荷物を回収しようと店先から踏みだしたとき、ネイビーブルーのカシミア・コートが目にとまった。ドレイノ漬けにされるビーディを押さえこんでいた男だ。同じ歩道上、三軒むこうの店のまえにいて、バリケードとコピーセンターと群衆ににらみをきかせている。彼女をさがしているのだ。あごの剃り残しの毛をつまみながら。

アニーは店先にあとじさった。うしろで声がした。「なあ、おばさん、出てってくんな。商売のじゃまだ」ついで背筋をぐいと突かれた。

おびえきってふりかえる。紳士雑貨店の主人だろう、異様な仕立てのグレイのピンストライプ、襟のかたちが本人の耳にそっくりのウステッドを着た男が、深紅色のシルク・ハンカチを胸ポケットから霊感の泉のようにわき上がらせて、彼女の背を木製のコート・ハンガーでこづいているのだ。「どくんだ。どけったらよ」と男は、客に使えば平手打ちをくらいそうな声音でいった。

アニーはなにもいわなかった。街では誰とも口をきくことはない。沈黙がいちばん。

(行くよ、アラン、二人だけで平気だものね。泣かないで、坊や)

アニーは店先をはなれ、そろそろと逃げだしかけた。そのとき突き刺すような、かん高い口笛がひびいた。カシミア・トップコートの男が彼女を見つけたのだ。口笛で五十一丁目のどこかにいる仲間に合図を送っている。走りながらうしろをふりかえると、二重駐車していたダークブルーのオールズモビルがすべりだすところだった。カシミア男は通行人をかきわけ、5番アップタウン行きレキシントン急行みたいに突進してくる。

アニーは意識しないまま、すぐさま行動をおこした。背中をつかまれ、うしろから声をかけられる……それが恐ろしいのは、他者に反応しなければならないからだ。だが通りを歩いていれば——すばやく動き、流れとひとつになっていれば安心だ。アニーはそうするすべを知っていた。そうやって生きてきたのだから。

　本能的にアニーは肩をいからせ、全身を大きくふくらませた。ずたぼろの腕を左右にふり、不潔なオーバーコートを波打たせ、ふらつく足どりで行く手を切り開いた。きれい好きの買物客やスーツ姿のビジネスマンが飛びのいていく。むさくるしい年老いた黒人バッグ・レディの出現に、ぎょっとする者もいれば、ただ横を向き、最近入れた肩パットがかすらないよう念じるだけの者もいた。紅海は奇跡的に割れてアニーの逃走を助け、すぐにまたふさがってカシミア男の追跡をはばんだ。だがオールズがせまってくる。

　アニーは左折してマディスン・アヴェニューにはいり、ダウンタウンに向かった。四十八丁目には建築工事現場がある。四十六丁目には手ごろな路地がある。マディスンから四十七丁目に折れると、わずか三つめのドアから地下室にはいれることも知っている。だがオールズの動きは速い。

　うしろで信号が変わった。オールズはつっきろうとしたが、ここはマディスン・アヴェニューだ。横断歩道にはもう雑踏ができていた。オールズがとまり、運転席側のウィンドウがおりて男の顔がのぞいた。目がアニーの動きを追う。

そのとき雨が降りだした。

コンクリートに黒いきのこが大量発生したように、歩道で傘がつぎつぎと開く。通行人の流れはスピードを増し、一瞬アニーの姿は消えていた。カシミア男が街角にあらわれた。オールズからは一本の腕が狂ったように左手方向にふられており、それを見ると男はコートの襟を立て、群衆を押しのけてマディスンを走りだした。

歩道のくぼみには、もう水たまりができている。男のウィングチップのコードバンは、たちまちずぶ濡れになった。

女がノベルティ・ショップ（全商品一ドル十セント以下!!）のわきの路地にはいるのは見えた。それは断言できる。右に曲がるなり、かけこんでいった。雨と人ごみと半ブロックの隔たりはあれ、たしかに見た。見たのだ！

なのに、どこにいるのか？

路地はからっぽ。

奥行きのない袋小路で、まわりはレンガ壁だ。巨大なデンプシーごみ収納器（ダンプスター）と、ごみ缶が二ダースほどかたまっているばかり。隅にはお定まりのごみの山。避難ばしごも、年寄りバッグ・レディがとびつけるようなものはない。荷物の積み下ろし口や、人間がすべりこめそうな戸口は見当たらず、それらしいものもみんなセメントやスチール板で封じられている。地下室へ通じるコンクリート階段なし。途中にマンホールなし。手のとどく高さに開いた窓、こわれた窓なし。身をかくす木枠の類なし。

路地はからっぽ。

彼女がはいるのは見ている。たしかにここにはいったし、出られるはずはない。路地の口にかけつけるまで、目を離さなかったのだから。どこかにいるはずだ。およその見当はつく。カシミア男は頼りの38ポリス・ポジティヴを抜いた。もしこいつを捨てたとしても、もし逃げのきかないヤバい仕事でこいつを使うはめになったとしても、万一そこから足がつくとしても、たぐっていった先にはニュージャージー州ティーネックのお巡りがいるだけだ。三年前、ポーランド系社交クラブの奥の間で、酔いつぶれているその男からちょうだいしたのである。

見つけたらたっぷりかわいがってやる、きたならしい年寄り猿め。男は心のうちで悪たいをついた。自慢のネイビーブルーのカシミアは、すでにずぶ濡れの犬みたいなにおいがしている。雨はあがるどころか、どしゃ降りになり、路地に吹きこんでくる始末だ。

男は闇のなかにさらに進み、ごみの山をけり、缶が詰まっているかどうか確かめた。このどこかにいる。おおよそは見当がつく。

暖かい。アニーはぬくもりにひたっていた。すりきれた人形を抱きながら目をつむっていると、まるで百一丁目と一番街の角にあるアパートにいるようだった。人的資源局からきた女が、アランのことで言いがかりをつけたあのときみたいに……。女はソフト・モンキー、ソフト・モンキー、どっかの学者のいうとおりだとくりかえしたが、アニーにはさっぱりわからなかった。それはどうでもいいことで、彼女は赤んぼうをあやしつづけるだけだった。

アニーは隠れ家で身じろぎもしなかった。周囲はぬくぬくと暖かい。（いい気持ちかい、アラン？ あったかいね。ああ、あったかいとも。こうやって静かにしてれば、役所の女のひとは帰ってくれるかね。ああ、静かにしてるとも）ごみ缶をけとばす耳ざわりな音。（見つかりゃしないよ。しいいいっ、坊や）

壁に小割り板をかためて立てかけた個所がある。銃をかまえて近づくと、そのかげにドアがあるのに気づいた。この中だ、と男は思った。まちがいない。うすうす見当がついていたことだ。隠れ場所はここぐらいしかない。

すばやく走り寄り、板をはねとばし、暗い戸口に銃をむけた。からっぽだった。スチール・ドアには錠がおりていた。

雨は顔を流れくだり、ひたいに髪の毛をはりつかせる。コートからも、靴からも、いやな臭いがたちのぼってくる。なあ、勘弁してくれ。男はふりかえり、見わたした。残るは巨大なダンプスターだけだ。

油断なく近づき、ひとつ発見をした。ふたの壁に沿った半面がまだ乾いているのだ。ほんのすこし前まで、ふたは開いていた。それを閉めたやつがいる。

銃をポケットにいれると、ごみの山から木枠を二つ引きずってきて、上によじのぼった。木枠の上に立つと、膝頭がふたの高さに来て、ダンプスターを見下ろすかたちになった。両手をつっかい棒にして前かがみになり、重いふたの下に指先をさしいれる。ふたをはねあげると銃を抜き、のぞきこんだ。ダンプスターはほぼ満杯で、雨は汚物と残飯をどろどろの粥に変えていた。男はあぶなっかしく体をかたむけ、暗がりに浮かんでいるものを見とどけようとした。

（くそたれの年寄り猿め――）

そのとたん、いい臭いのするべとべとの腕が二本、汚物の池からあらわれ、ネイビーブルーのカシミアの襟をつかむなり、頭から金属コンテナーのなかに引きずりこんだ。男は汚物だまりに落ち、銃が発射され、開いた金属ぶたが弾をガンとはねかえした。コートは、ごみと水をいっぱいに取りこんだ。

アニーは体の下で男がもがくのを感じた。だが力はゆるめず、男の首と背中を踏みつけ、汚物の底にうつむけに押しこんでいった。男が残飯とくさい水を吸いこんでいる音が聞こえる。大きな図体をばたつかせ、足の下からもがき出ようとしている。アニーは足をすべらせたが、ダンプスターのふちで体をたてなおすと、ふたたび男を足でとらえ、深みへ押しやった。レタスと黒いどろどろをしたたらせ、片手がごみのなかから現われた。手にはなにもない。銃は底に沈んでいるのだ。ばたつきは激しくなり、男の足がダンプスターの金属壁をけりつける。アニーは両足にはずみをつけ、男の首筋に全体重を落とした。男は腹ばいのまま泳ぎ出ようとするが、つかまるところがないようだ。

彼女の足をつかんだが、こらえていた息もそこまでで、大きな泡ぶくが水面にわきあがった。アニーは力まかせに踏みつけた。何かが靴の下でボキリと鳴ったが、彼女には聞こえなかった。

抵抗は長びき、アニーには考えもつかないほど長時間つづいた。雨はコンテナーからあふれだした。足の下の動きは弱まり、一度だけ瞬間的にヒステリックな動きがあったが、それを最後に静かになった。だがアニーはふるえながら、なおもその場にとどまり、暖かかったころの思い出を呼びさまそうとしていた。

やがて踏んぎりがつき、腹がすわると、汚水まみれの体ではいだし、アランやこれからのことを考えながら路地を出た。じっと立ったときから、足もとのどろどろのなかでは、もうなにも動くものはなかった。アニーはふたたびもしめなかった。

ようすをうかがいながら暗い路地を出たときには、オールズモビルは消えていた。通行人が道をあけた。臭気、したたる汚水、おびえた表情、胸に抱えたきたない人形。よろめく足で歩道に踏みだし、途方にくれた顔をしたが、やがて思いだして曲がり、歩き去った。

雨は相変わらず市中の行進をつづけている。

五十一丁目でアニーが荷物を集めだしたとき、それを止めにはいる者はなかった。警察はただのごみ集めと見たし、見物人は遠巻きにするばかりで、コピーセンターの主人にすれば、店先がきれいになるのはけっこうなことだった。アニーはありったけを回収すると、まずアルミ缶を売って着替えの資金をつくることにした。といって、自分を不潔だと思ったことはなかった。元来きれい好きだし、それはホームレスになってからも変わっていない。だが多少のだらしなさは許せるとしても、いまの状態は不愉快だった。

それに、ぐずぐずのぬいぐるみも、乾かし、よごれを落とす必要がある。二番街の近く、東六十丁目に知りあいの心あたりがあった。なまりの強い英語を話すベジタリアンの白人女性で、ときどきアニーを地下室に寝かせてくれる。頼んでみよう。

ささやかな願いだが、あいにくその白人女性は留守だった。その夜アニーは、かつてS・クライン百貨店があった十四丁目とブロードウェイの角、新しいゼッケンドーフ・タワーができる建設現場で寝た。

胴長リムジンの男たちが彼女を見つけたのは、それから一週間近くもたってからだった。四十四丁目寄りのマディスンで金網の屑かごから新聞紙を拾っているとき、彼女は男にうしろから組みつかれた。相手はビーディの口に酒とドレイノを流しこんだやつで、そいつは背後から腕をまわすと、アニーを自分のほうに向きなおらせた。だがこうした手口は、財布をひったくりに来る悪ガキ相手に経験済みなので、反応はすばやかった。

アニーは敵の顔面に頭つきをくらわすと、垢まみれの両手でつき倒した。男は車道にころがり、タクシーがあわててハンドルを切ってよけた。男はすぐに立ちあがり、頭をふったが、アニーはあともふりかえらず四十四丁目を一目散にかけだすと、隠れる場所をさがした。カートを置いてきたのが悔まれた。こんどは荷物は見つからないだろう。

明日は感謝祭だ。

この一週間にミッドタウンのビル街で、さらに四人の黒人女性の死体が発見されていた。出口が別の通りへ通じている店へとびこみながら、アニーは逃げた。それしか逃げるすべを知らなかった。なんだかよくわからないものの、厄介ごとがうしろからアニーと赤んぼうを追ってやってくる。アパートのなかは寒かった。いつも寒いのだった。十一月のはじめごろはいつもそうなのだが、家主は雪が降る時期まで暖房を入れようとしないのだ。彼女はアランを抱いてすわり、優しくゆすりながら、アランが気持ちよく眠れるように、寒い思いをしないようにと気を配っていた。人的資源局から、市当局から、人びとが追いたてに来たときも、彼女は赤んぼうを抱いたままでいた。役人たちが、身じろぎもしない青ざめた赤んぼうを取りあげたとき、アニーは通りへ逃げだした。彼女は逃げた。逃げるすべは知っている。逃げつづけることさえできれば、二人はしあわせに暮らせるのだ。だが厄介ごとは背後からせまっていた。

気がつくと、目のまえに広々としたスペースがあった。落成してまもないビル、新しくできた摩天楼で、むかしこのあたりには商店がたてこみ、ごみ缶やときどきは積荷置場などに上等の古物が見つかったものだ。ビルには〈シティコープ・モール〉とあり、彼女はなかにとびこんだ。感謝祭の前日なので、たくさんのデコレーションがほどこされている。アニーは中央吹抜けまで走り、周囲を見わたした。エスカレーターがあり、そのひとつに向かってかけだすと、二階に上がり、さらに三階に上がった。アニーは動きつづけた。休んだりすれば、きっと逮捕されるか追いたてをくうだろう。

手すりから見下ろすと、中庭に男の姿がはいってきた。男は気づいていない。立ったまま、四方をさがしている。

子供の命を救うため、こわれた自動車を持ちあげた母親の話は数知れない。

警察が到着したとき、目撃者たちの証言は一致していた。がっちりした体軀の黒人の老女が、大きな太い樹木をテラコッタの鉢ごと持ちあげ、手すりに載せて横すべりさせ、三階下にいた哀れな男の頭上めがけて投げつけたという。彼らは嘘ではないといいはるが、老女で、黒人で、身を持ちくずした風体だったという以外、決め手となる情報はなかった。アニーは消えていた。

アニーがいま右靴の裏打ちに使っている《ポスト》紙の第一面には、この数ヵ月間に十数人のバッグ・レディを無意味に殺害した疑いで、法廷に立つことになった四人組の写真がのっていた。アニーには興味のない記事だった。

季節はそろそろクリスマスで、寒さはきびしく、信じられないほど強烈になっている。アニーはその夜、四十三丁目とレキシントンの角、郵便局の奥まった戸口に段ボールを立てかけてねぐらにした。ぼろをすっぽりと身にまとい、ストッキング・キャップを鼻筋の上までずりおろし、手さげ袋の荷物をありったけ周囲や体の下に置いてガードをかためた。空には雪がちらつきだしている。

バーバリー姿の男と、ミンクのコートを着た上品な女が、夕食に行く途中、四十二丁目から通りかかった。二人は〈ニューヨーク・ヘルムズリー〉に泊まっていた。結婚十一周年のお祝いとブロードウェイの劇場まわりをかねて、三日間の予定でコネチカットから来た夫婦だった。

ちょうど真正面にさしかかったとき、男が足をとめ、戸口をのぞきこんだ。「おい。これは見ちゃいられないな」と、男は妻にいった。「こんな寒空に、まあ。これはひどすぎる」

「デニス、いいから！」と、女。

「知らんふりはできないよ」男はキッドの手袋をぬぐと、ポケットからクリップに留めた札を取りだした。

「デニス、その人たちは他人から干渉されるのが嫌いなのよ」女はいい、男の手を引っぱる。「ちゃんと自給できているの。《タイムズ》に書いてあったの覚えていない？」

「もうクリスマスだぜ、ローリ」男はクリップの札束から二十ドル紙幣を抜いた。「少なくとも、これで宿賃にはなる。ここじゃ朝まで生きちゃいけない。なんの足しにもなりそうもないが」男は妻の手をふりきると、奥まった戸口に向かった。

ぼろ布にくるまった女をのぞきこんだが、顔は見えない。吐きだされる白い息から、生きているのがわかる程度だ。「おばさん」と、男はかがんで声をかけた。「おばさん、これを受けとってください」二十ドル札をさしだす。

アニーは動かなかった。街では決して人と口をきかないのだ。

「おばさん、頼みますよ、受けてください。どこか暖かい宿をとってくれませんか……ねえ？」

男はあと一分ほどそこにとどまり、彼女を起こすすべを思案していた。〝行ってくれ〟

というひと言でいい。だが老女は動かなかった。とうとう最後に男は、そのくたくたした塊りのなか、彼女の膝とおぼしきところに二十ドルを置くと、妻に引っぱられるまま歩き去った。

すばらしい夕食をすませた三時間後、降り積もった六インチの雪を踏んで〈ヘルムズリー〉に帰るのも一興と、ふたたび郵便局の前を通りかかったが、老女は動いた気配もなかった。二十ドルもそのままだった。凍死していないかどうか、ぼろ布をはぐ勇気はなく、まして金を取りもどすつもりはなかった。二人は通りすぎた。

ぬくもりのなか、アニーはアランを胸もと深く抱きしめ、その体を優しくさすりながら、のどと頬にふれる小さな温かい指の感触を味わっていた。(大丈夫、坊や、大丈夫。もう安心だね。しいいいっ、ほら、坊や。誰もおまえに指一本ふれさせるもんか)

Rediscovering Harlan Ellison®

SF評論家
高橋良平

　ヒューゴー賞受賞作を表題にした、本文庫既刊の作品集『世界の中心で愛を叫んだけもの』でつとに知られるハーラン・エリスン。作品に対する高い評価ばかりか、アメリカSF界最高のカリスマにしてトリックスター（ハーレクィン？）、ときにトラブルメイカーとして〝喧嘩屋エリスン〟とあだ名されもし、その言動だけでなく、ファッションからパフォーマンスにいたるまで、数々の逸話に彩られたレジェンド的存在。

　そもそも、日本のSFファンに初めてその名が知られたのも、本書の訳者である伊藤典夫さんが〈S‐Fマガジン〉に連載していた海外SFコラムの一節で、「海のむこうにはこんな御仁もいる。名前は、ハーラン・エリスン。一九五二、五三年ごろ、ファンダムでもっとも目立った人物。その当時、十八かそこらだったが、昼間は働き、夜は学校へ通い、そのあいだに月々出る三十種のSF誌を読み、四十ページもある分厚いファンジンを発行し、作家になるべく創作に精を出しながら、しかも食事と睡眠をとっていたという」と書かれていたから、純真なファンはこの〝伝説〟にころりとマイってしまったものだ。

それにしても、「偉大な現役アメリカ短篇小説家のひとり」（ワシントン・ポスト）と名声をほしいままにしているエリスンの作品集が、邦訳は一冊しかなかったのは、いかにも寂しかった。《ハヤカワ・SF・シリーズ》版が一九七三年七月刊、その文庫化が一九七九年一月、以来、とぎれることなくインプリントであったことは輝かしい記録にしても、読者の渇を癒すべく、この作品集が日本オリジナルで編まれたのである。

SF界で確たる地位を築いたブレイクスルー作品から、凝りに凝った文体と構成で魅了する成熟期をへて、作者が自称する幻想作家（ファンタジスト）にふさわしい手だれの境地まで、ヒューゴー賞やネビュラ賞、エドガー賞などの受賞作、候補作ばかりを収めた、達意の翻訳による珠玉の傑作集だから、ぜひとも熟読玩味ねがいたい。

以下、ガイダンスとして書誌データと執筆時代も知れる初訳時の解説を添えると――

「『悔い改めよ、ハーレクィン！』とチクタクマンはいった」

〝Repent, Harlequin!〟Said the Ticktockman

（ヒューゴー賞／ネビュラ賞受賞）

初出＝〈ギャラクシイ〉誌一九六五年十二月号

初訳＝〈S－Fマガジン〉一九六七年二月号

「名前は今まで何度か紹介されましたが、作品ははじめて（ただし日本語版〈マンハント〉に短篇が一つあり）のハーラン・エリスンです。一九三四年生まれ。これまで著作は十一冊（ほかに〝アンダーグラウンド・クラシック〟といわれて原稿のまま回し読みされている短篇集と、金に困って書いた低俗な長篇が一冊ずつあるそうです）。うちSFは三冊（長篇一冊）。全体の作品量から見ればSFは余技みたいな作家ですが、ニューヨークにいたティーンエイジャーのころ、夜学校で学ぶかたわら、〈サイエンス・ファンタジイ・ブレティン〉というアマチュア雑誌を盛んに出していた経歴があり、SF界では知らぬもののない存在です。現在ハリウッドに住んでテレビドラマのシナリオを書きまくっており、こちらでも《バークにまかせろ》《ナポレオン・ソロ》などで何回かこの名を見たことがあります。後者では、再放送第一回「フランケンシュタイン博士の女怪物」の作者が彼だったとか。／本編については、小粒ながら一九六五年度のアメリカSF作家協会ネビュラ賞、恒例のヒューゴー賞を二つともかちとった作品というだけで充分でしょう。表題にある〈ハーレクィン〉は日本語にもなりますがハーランと頭韻が同じなのは偶然ではないという作者の注釈もあるのでそのままにしました。（訳者）」

マイクル・ムアコックをはじめとする友人たちの証言や、本人も認めているように、エリスンは遅刻魔で、原稿の締切りに遅れるのも常習であったという。

再録＝ウォルハイム＆カー編『ワールズ・ベスト1966　忘却の惑星』（本文庫・一九七八年四月刊）／アシモフ編『世界SF大賞傑作選2』（講談社文庫・一九七九年五月刊）／中村融・山岸真編『20世紀SF3　1960年代　砂の檻』（河出文庫・二〇〇一年二月刊）

「竜討つものにまぼろしを」
Delusion for a Dragon Slayer
（ヒューゴー賞候補）

初出＝〈ナイト〉誌一九六六年九月号
初訳＝〈S-Fマガジン〉一九九一年十一月号〝悪夢の色彩　サイケデリック・ファンタジイ特集〟

「一九六六年、男性雑誌〈ナイト〉（九月号）に発表されたこの小説は、当時、難破の場面などのきわめて〝サイケデリック〟な描写で話題になった。だがシオドア・スタージョンが弁護しているところによれば、世の中には麻薬のお世話にならなくても、自然にハイ状態でいられる人間がいるようで、作者ハーラン・エリスンもそういう特異体質のひとりらしい。スタージョンはあるパーティで、ホステスがエリスンに麻薬を勧めるのを見た。するとエリスンはこう答えたという。「いや、いらない。さめたらいただくよ」エリスン自身、このエピソードを否定していない。／この小説、アンブローズ・ビアスの有名な短篇を連想させるが、ここでは物語がいったんフィクションとして完結したところで、発端部があらためて意味を持ち、読者の意識を現実世界へと広げてゆくところがおもしろい。……（訳者）」

〈ナイト〉Knightは一九六三年五月創刊、ロサンジェルスのサーケイ・パブリッシングが発行していたメンズ・マガジン。ぼくの知っている七〇年代初めには、編集部はメルローズ・ストリートにあり、SF関係者に好意的で、小説以外にも、ウィリアム・ロッツラー、チャールズ・プラット、ダン・シモンズらがコラムやアーティクルを寄稿していた。〈プレイボーイ〉や〈ローグ〉だけでなく、メンズ・マガジンにおけるSF史というのが、人脈を通じて確固として存在するのだが、研究はほとんどされていない現状。

「おれには口がない、それでもおれは叫ぶ」
I Have No Mouth, and I Must Scream
（ヒューゴー賞受賞）
初出＝〈イフ〉誌一九六七年三月号
初訳＝〈S－Fマガジン〉一九六九年三月号〝ヒューゴー賞特集〟

「……作者のエリスンは本誌にはこれで二度目の登場ですが、すでにアメリカでは赫々たる業績をあげて〈新しい波〉の旗手と目される第一線の若手作家。昨年はこの賞のほかにも、最優秀ドラマ賞、意欲的なオリジナル・アンソロジー『危険なヴィジョン』の編集が買われて特別賞と、三ヒューゴーを獲得しました。……（編集部M）」

初訳時の邦題は「声なき絶叫」。いまではAIの〝シンギュラリティ〟問題ととらえられているが、マスター・コンピュータが人類に反乱を起こす設定は、本作の前年に発表され、《地球爆破作戦》（一九七〇年）として映画化されたD・F・ジョーンズの『コロサス』の前例もあり、あるいは、スカイネットが登場する映画の《ターミネーター》シリーズ――第一作に対し、エリスンが盗作訴訟を起こしたことでも知られる――を連想するほどSFでは手垢のついたテーマながら、デミ・ゴッドと人間の魂の問題として暴力的に描いたところが、いかにもエリスンらしく、AMの独白がパンチング・テープで表わされているのは時代色を感じさせるものの、作品はまったく古びていない。

再録＝ウォルハイム＆カー編『ウールズ・ベスト1968　ホークスビル収容所』（本文庫・一九八〇年一月刊）／アシモフ編『世界SF大賞傑作選2』（講談社文庫・一九七九年五月刊）

「プリティ・マギー・マネーアイズ」
Pretty Maggie Moneyeyes
（ヒューゴー賞／ネビュラ賞候補）
初出＝〈ナイト〉誌一九六七年五月号

初訳＝〈Ｓ－Ｆマガジン〉二〇〇〇年二月・創刊四〇周年記念特大号〝年代別ＳＦ特集②変革の１９６０年代ＳＦ〟

「……圧倒的な怒りと力強さに目を眩まされてしまいがちだが、エリスンには敗者の視点による作品が多い。今号掲載の「プリティ・マギー・マネーアイズ」もその一例だ。破滅を前にした男の、運命の女との絶望的な一瞬の邂逅を、何種もの活字体を用いて華麗な文体で描いたこの短篇は、まぎれもなく彼の代表作だろう。シュールレアリスティックで強烈な幻視は、エリスン自身が発見した作家、ダン・シモンズを思わせる」（「哀しみと表裏一体の怒り」阿部敏子）

本作を最初に収めた短篇集 ***I Have No Mouth and I Must Scream*** (1967) では、例によって、短篇集をコンセプト・アルバム的に考えているエリスンが、各作品に饒舌(じょうぜつ)な前書きを書いている。本作に関しては、マギーは実在しており、ラスヴェガスでの偶然の再会をヒントにいっきに書きあげたと内幕を明かしている。こうした前書きが、読者とのインティメイトな関係を結び、結果、カリスマ性を生じる一因にもなっていた。

再録＝若島正編『ベータ２のバラッド』（国書刊行会〈未来の文学〉・二〇〇六年五月刊）

「世界の縁にたつ都市をさまよう者」
The Prowler in the City at the Edge of the World

初出＝*Dangerous Visions: 33 Original Stories* (1967)
初訳＝エリスン編『危険なヴィジョン　1』（本文庫・一九八三年十二月刊）
詳しくは同アンソロジーのエリスンの言葉を参照のこと。ロバート・ブロックの「切り裂きジャックはあなたの友」に感銘を受けたエリスンは、のちにブロックとともに朗読レコード《Blood! The Life and Future Times of Jack the Ripper》を制作。本作自体は無冠だが、タブーに挑戦した五〇〇ページ超の画期的なオリジナル・アンソロジー『危険なヴィジョン』がヒューゴー賞受賞なのだから、オマケしておいてもいいだろう。

「死の鳥」
The Deathbird
（ヒューゴー賞／ローカス賞／ジュピター賞受賞・ネビュラ賞中篇部門第二席）
初出＝〈F&SF〉誌一九七三年三月号
初訳＝〈S-Fマガジン〉一九七五年十月号〝ヒューゴー賞特集〟
「……エリスンの『死の鳥』は、地球の遠い未来を舞台に、例によってコントロヴァーシャルなテーマを、華麗な技巧で追求した野心作。つけくわえておくと、原文はざっと数えても六種類の活字を駆使した、訳者と印刷所泣かせのもの。この中篇を中心に、同傾向のテーマの短篇を集めた『死の鳥の物語』は、エリスンの作品集の中でも最高の出来栄えと

いわれている」（特集解説・浅倉久志）

『死の鳥の物語』*Deathbird Stories: A Pantheon of Modern Gods* (1975) の巻末に置かれた本作には、「そしてお別れの一撃は、蛇がいいやつだったとする理論を押し進めた『創世記』の書きなおしで、神がＰＲリリースを執筆したせいで、いにしえの蛇はあまたの悪い烙印を押されるばかりだった」との前置きがある。13章の「アーブー」と題されたエッセイはフィクションではなく、事実、作者の体験である。小説と変わらない文体で書かれたエッセイや時評的コラムもまたエリスンの魅力であり、一九八二年には米国ペン・クラブからジャーナリズムに対するシルバー・ペン賞を贈られた。なお、二〇一三年に刊行された大冊の作品集 *Harlan 101: Encountering Ellison* には、「死の鳥」として徹底改稿される前の、"Snake in the Crypt" と題された未発表作が収録されている。

再録＝アシモフ編『世界ＳＦ大賞傑作選７』（講談社文庫・一九七九年三月刊）／〈Ｓ－Ｆマガジン〉一九九〇年十月号〝創刊四〇〇号記念再録特集〟

「鞭打たれた犬たちのうめき」

The Whimper of Whipped Dogs

（エドガー賞受賞）

初出＝ *Bad Moon Rising* (1973)

初訳＝〈ハヤカワ・ミステリマガジン〉一九七四年九月号

「『世界の中心で愛を叫んだけもの』（ハヤカワ・SF・シリーズ）というゴツイ題名の短篇集で、このハーラン・エリスンを「現代アメリカSF界の生きた伝説」と書いたところ、その後まったく同じことをいっているロバート・シルヴァーバーグの文章に出会った。／一九三四年生まれ、ユダヤ系であることと、アメリカ人としては小さい五フィート五インチの背丈がわざわいして、少年時代からさんざん人にバカにされ、作家となって世間への「復讐」を誓う（SF誌〈ヴァーテクス〉のインタビューで本当にそういっている。手に負えない悪女だったらしい三人目の妻が、いま映画スターと再婚して、天罰も受けず遊び暮らしているのを見ると、「復讐」以外考えられなくなるのだそうだ）。自分と名前の似たハル・エルスンの小説を読んだこと、それにはじめてニューヨークに出てきたとき、不良少年の一団にたたきのめされたことから、彼らに興味を持ち、偽名を使って彼らと十週間生活をともにし、その体験をもとに処女長篇 *Rumble* (1958) を書きあげる。／SF、ミステリ、実話などを書きながら、一九六〇年代はじめハリウッドに移り、TVシリーズ《バークにまかせろ》の脚本で認められる。以後SF界とテレビ界がもっとも重要な仕事の場となり、ヒューゴー賞を五つ、ネビュラ賞を二つ、ハリウッド作家（脚本家）協会賞を二つ、そして今年は、MWA最優秀短篇賞を獲得。一九六七年には、〈コズモポリタン〉誌が選んだ「ハリウッドのもっとも好ましい独身男性四人」のひとりに選ばれている。

出世してからも負けん気は相変わらず強くて、六フィートあまりの大男たちを相手に喧嘩したり、フランク・シナトラにいんねんをつけたり、武勇伝がいっぱい。／いまアメリカでもっとも人気のあるSF作家のひとりといわれ、著書二十冊、アンソロジー三冊（ほか十数冊待機中）。卒業論文として「ハーラン・エリスン著作リスト」を提出する女子学生まで現われた（それは出版され、千部限定の第五六七部がぼくの手もとにある）。／といった情報は、ここに訳した「鞭打たれた犬たちのうめき」の内容を予想する手がかりにはあまりならないか（MWAの会員が、このような小説を一位に推す時代が来るとは思わなかった）、読んでいただければ、なるほどとうなずかれるはずである。この作品は、はじめトマス・M・ディッシュ編のSFアンソロジー *Bad Moon Rising* (1973) に発表され、〈ギャラリイ〉誌一九七三年六月号に再録された。（訳者）」

再録＝プロンジーニ編『エドガー賞全集（下）』（ハヤカワ・ミステリ文庫・一九八三年三月刊）

「北緯38度54分、西経77度0分13秒　ランゲルハンス島沖を漂流中」

Adrift Just off the Islets of Langerhans: Latitude 38° 54′ N, Longitude 77° 00′ 13″ W

（ヒューゴー賞／ローカス賞受賞）

初出＝〈F&SF〉誌一九七四年十月創刊記念号

初訳＝〈S-Fマガジン〉一九七六年九月号〝ヒューゴー賞特集〟

「昨年、アメリカのファンジンのヒューゴー賞速報で、ハーラン・エリスンのこの「ランゲルハンス島」がノヴェレット部門第一席にはいったと知ったときには、ちょっと驚いた。アメリカのSF読者は、このての作品まで簡単に吸収してしまうのだろうか、そんな疑問がうかんだのは事実である。とにかく作者は、SF界の人気男、短篇の名手……それにしても、という感じがつきまとうのは、エリスンの魅力の一つであるむんむんするような熱気が、この作品に限ってはなかなか表面にあらわれず、それを解放する糸口をさがすのに苦労したおぼえがあるからだ。その理由が、彼の作品の中でもきわめて例外的な、複雑な構成にあることはまちがいない。／「この作品を書きあげるのに二年半かかった。今まで試みたうちで、いちばん手こずったものの一つだ」とエリスンはいう。「この中で、ぼくは、現実と幻想、過去と現在と未来を融合させようとした——それも、可能な世界から信じがたい世界へ、さらに不可能な世界へ、段差一つなく読者を引きずりこめるように。ある意味では、これはミステリ小説である。映画に詳しい読者は、第三ページまでに重要な手がかりを手にいれるだろう」／もちろん、これはアメリカの読者のために書かれた言葉であり、日本の読者にはもうすこしていねいな解説が必要だろう。わずらわしくない程度に、この作品を解く鍵をいくつかあげると——／主人公の名前ロレンス・タルボットは、ハリウッド製怪奇映画でロン・チャニー・ジュニア演ずる狼男の名前。その友人で、ヴィクトルと呼ばれる男の姓は、フランケンシュタイン。題名にある経緯度は、アメリカ合衆国ワシントン特別区にあるホワイト・ハウスの位置。また物語の途中から現われる老婆ナジャの名前は、フランスのシュールレアリスト、アンドレ・ブルトンの小説『ナジャ』のヒロインと同じ綴りである。（訳者）」

『死の鳥の物語』の最後から二番目に置かれた本作には、「現実が幻想となり、幻想が現実となる。三五ミリで構成されるものは、あなたの上院議員よりも本質をそなえているが、マーサ・ネルスンは実在する、あなたがどう思おうとも。そして、魂なき世界での魂の探索には特別な地図が必要である」との前置きがある。

再録＝アシモフ編『世界SF大賞傑作選8』（講談社文庫・一九七八年八月刊）

「ジェフティは五つ」 Jeffty Is Five

（ヒューゴー賞／ネビュラ賞／ローカス賞／英国幻想小説賞／ジュピター賞受賞）

初出＝〈F&SF〉誌一九七七年七月〝ハーラン・エリスン特集〟号

初訳＝〈S‐Fマガジン〉一九七九年十月号〝ヒューゴー／ネビュラ賞特集〟

ときおり〈F&SF〉誌は作家特集を組み（いちばん最近ではジーン・ウルフを特集）、ブラッドベリは自分の特集用に二篇書いたから、エリスンは三篇を寄稿すると意気ごんだものの、例のごとく締切りには遅れた。「ジェフティは五つ」は、この特集のために書かれた一篇。特集の序文として書かれたエッセイ“You Don't Know Me, I Don't Know You”によれば、本作の成立由来は以下のごとく。

友人のウォルター・コーニッグ（トレッキーには説明不要でしょう）の新年パーティに参加したエリスンだが、知人はひとりもおらず、ウォルターの子供たちと遊んでいた。他人の会話を聞きまちがえる天性のソラ耳ストの彼には、こんな子供の声が聞こえた。

「だからジェフに会いにいくと、彼は五つ……あいつはいつも五歳なんだ……」

とたんに五歳のままの子供が目にうかんだエリスンは、コーニッグ家のポータブル・タイプライターを借りると、一心不乱に最初の数ページ分を叩きだした。だが、そこでストップしてしまう。構想がうかんだのは、マルディグラ見物でニューオリンズにあるジョージ・アレック・エフィンジャーのアパートに泊まった一夜、昔を今になすよしもがなだが、懐旧談で盛りあがったのち、自分がなにを書こうとしているのか、気がついたという。

レスリー・ケイ・スワイガートのエリスン作品リストも併載された、〈F&SF〉誌のこの特集号は、コレクターズ・アイテムになっている。

「ソフト・モンキー」

Soft Monkey

（エドガー賞受賞）

初出＝〈ミステリ・シーン・リーダー〉誌一九八七年五月創刊号
初訳＝〈ハヤカワ・ミステリマガジン〉一九八八年九月号〝エドガー賞受賞作特集〟

「……本篇は〈ミステリ・シーン・リーダー〉誌が初出だが、すぐさまロバート・ランディージ編の『リザード・ブック』に収録された。その中で編者は、ハーラン・エリスンをウールリッチ、コリア、ブラッドベリとともに孫子の代まで読み継がれるだろう現代アメリカの屈指の短篇作家と紹介した……」（編集部・無署名）

再録＝グリーンバーグ編『新エドガー賞全集』（ハヤカワ・ミステリ文庫・一九九二年六月刊）／チャーリン編『ニュー・ミステリ』（早川書房・一九九五年十月刊）

「ソフト・モンキー」の発表年と同じ一九八七年、テリイ・ダウリングら編集による一〇〇〇ページ超の大ボリュームに驚く総括的作品集 *The Essential Ellison: A 35-Year Retrospective*（二〇〇一年には、数字を50に変えた、さらなる増補版が！）を出した後の一九九〇年、ピーター・クラウザーのインタビュウで、以前からCFS（慢性疲労症候群）で苦しんでいることを明かし、すべての企画が遅延しているとのことだった。そして、二〇一〇年のSF大会マッドコンを最後に、病気を理由に公衆の面前にでることなく、ロサンジェルスのシャーマン・オークスにある〝火星の失われたアステカ神殿〟（以前の

〝エリスン・ワンダーランド〟）と称する邸宅に、五〇歳で五度目の結婚をした妻のスーザンと隠栖（いんせい）したかと思えたのだが……、アカデミー賞などと同じく®マークをつける登録商標化を、自分の名前に対しておこない、相変わらずのトリックスターぶりを発揮。

さらに、これまでの仕事を集大成するような出版物が続々と刊行されはじめた。主なものでも、二〇一一年度のネビュラ賞受賞短篇〝How Interesting: A Tiny Man〟を含む、B5判サイズの五〇〇ページ超のハードカバーで出版された全受賞作集 *The Top of the Volcano: The Award-Winning Stories of Harlan Ellison*® (2014)、一九九九年以降発表の新作一〇篇を収めた *Can & Can'tankerous* (2015) などがある。

同い年の筒井康隆さんと同じく、八面六臂（ろっぴ）の大活躍をしてきたエリスンの再発見は、本書を機に、まさにはじまったばかり。本文庫未刊の『危険なヴィジョン』の残り二分冊や、書籍化されていない既訳短篇もまだまだ、ある。今冬には、国書刊行会の〈未来の文学〉から、クライム・ストーリー系を中心にした若島正・編のエリスン短篇集『愛なんてセックスの書き間違い』が出版予定という、ファンには嬉しいニュースも届いている。

二〇一六年六月

ゼンデギ

Zendegi

グレッグ・イーガン
山岸　真訳

脳マッピング研究を応用したヴァーチャルリアリティ・システム〈ゼンデギ〉。だが、そのシステム内エキストラたちは、あまりにも人間らしかった。余命を宣告されたマーティンは、幼い息子の成長を見守るため〈ゼンデギ〉内に〈ヴァーチャル・マーティン〉を作りあげるが……。現代ＳＦ界を代表する作家の意欲作

訳者略歴　1942年生，英米文学翻訳家　訳書『2001年宇宙の旅〔決定版〕』クラーク，『猫のゆりかご』ヴォネガット・ジュニア，『黒いカーニバル』『十月の旅人』ブラッドベリ（以上早川書房刊）他多数

HM=Hayakawa Mystery
SF=Science Fiction
JA=Japanese Author
NV=Novel
NF=Nonfiction
FT=Fantasy

死の鳥

〈SF2085〉

二〇一六年八月十五日　発行
二〇一七年二月十五日　三刷

（定価はカバーに表示してあります）

著者　ハーラン・エリスン
訳者　伊藤典夫
発行者　早川浩
発行所　株式会社早川書房
郵便番号　一〇一－〇〇四六
東京都千代田区神田多町二ノ二
電話　〇三－三二五二－三一一一（大代表）
振替　〇〇一六〇－三－四七七九九
http://www.hayakawa-online.co.jp

乱丁・落丁本は小社制作部宛お送り下さい。
送料小社負担にてお取りかえいたします。

印刷・三松堂株式会社　製本・株式会社フォーネット社
Printed and bound in Japan
ISBN978-4-15-012085-6 C0197

本書は活字が大きく読みやすい〈トールサイズ〉です。